LE BOULEVARD PÉRIPHÉRIQUE

ISBN 978-2-7427-8493-6

HENRY BAUCHAU

LE BOULEVARD PÉRIPHÉRIQUE

roman

BABEL

REMERCIEMENTS

Je remercie la Promotion des lettres de la Communauté française en Belgique de l'aide qui a rendu possible cet ouvrage.

Merci à Marie Donzel pour son aide.

A Christian,
à Rodolphe,
à Marine.

Marche doucement, car tu marches
sur mes rêves

YEATS

I

Tandis que le métro m'emporte vers la station du fort d'Aubervilliers où je prendrai le bus pour Bobigny, je pense à ma famille telle qu'elle était dans mon enfance. La famille, les années lointaines que j'ai encore connues, c'est cela surtout qui intéresse Paule lorsque nous parlons ensemble à l'hôpital. Les racines, les liens entremêlés, les façons de vivre de ce clan auquel son mari et son petit garçon, souvent à leur insu, appartiennent si fort et avec qui elle a conclu alliance.

Le traitement contre le cancer a fait perdre ses cheveux à Paule. Je pense souvent, en la voyant si préoccupée de garder sa perruque bien en place, combien elle a dû souffrir en se découvrant chauve. Stéphane, s'il avait vécu, s'il n'avait pas été assassiné en 1944 par les nazis, serait-il devenu chauve ? Je le verrai toujours tel qu'il était à vingt-sept ans, et dans ma mémoire il n'aura jamais été touché par le temps. Il me semble qu'il entre avec moi dans la chambre de Paule, avec ses yeux très bleus, ses cheveux blonds, sa taille haute, son sourire bref. Non pas timide mais réservé. Un homme de l'acte.

C'est en juillet 1940 que je l'ai connu, dans un chantier de déblaiement des ruines de la guerre. De son métier il était sondeur de mines, mais il connaissait bien les travaux de chantier. Très vite c'est lui qui a dirigé le nôtre. Quand nos chantiers se sont regroupés il a pris la tête d'un camp de formation de chefs de chantier en 1941 dans la région mosane.

Chaque fois qu'il était libre il partait grimper dans les rochers qui par endroits bordent le fleuve, puisque depuis la guerre les Alpes ou les autres montagnes ne lui étaient plus accessibles. J'ai appris qu'il était un excellent alpiniste et que montagnes, rochers, glaciers étaient la passion de sa vie.

Un jour il m'a proposé d'aller grimper avec lui. Un petit train nous mène à proximité d'un groupe de rochers où il y a plusieurs voies à faire. Il sort de son sac une corde tressée en anneaux et la met autour de son cou. Nous marchons jusqu'au pied des rochers et avec son collier de cordes il paraît à la fois modeste et glorieux. Pour grimper il faut une pratique, un apprentissage et tout de suite j'aime le faire avec lui. Je me rappelle cette voie, la première qu'il m'a fait faire. Je suis impressionné car j'ai toujours eu le vertige. Il ne m'explique pas grand-chose sinon le maniement de la corde et comment il faut la faire coulisser dans les mousquetons qu'il attache à quelques pitons. Pour le reste, il me dit : "Fais comme moi." Je le regarde m'étonnant du peu de surface qui lui est nécessaire pour une prise de pied ou une prise de main. Cela me semble irréalisable pour moi, je vais lâcher, glisser, pourtant j'arrive à peu près à tenir où il a tenu, à me soulever là où il a pris de la hauteur. A un passage un peu délicat il faut contourner le rocher en ne se tenant en équilibre que sur un pied tandis que l'autre, à tâtons, cherche une vire sur laquelle s'élever. On est forcé de poser le regard vers le bas. Nous ne sommes pas très haut, assez pourtant pour que la sensation du vide me trouble. Tout se met à tournoyer légèrement et mon pied tremble sur la prise qu'il faut quitter sans que j'arrive à trouver l'autre. Je pense : Je vais dévisser. A ce moment je vois son regard, tourné vers moi, pendant qu'il tend un peu la corde pour m'assurer mieux, et j'entends sa voix très calme dire : "Lève un peu la jambe gauche, tu vas trouver la prise. Ensuite n'hésite pas, lance le bras droit vers le haut, il y a une petite vire pour te hausser." Je sens que ce moment est décisif, j'oserai ou n'oserai pas être un grimpeur et de toutes mes forces je veux le devenir. Je passe, je le rejoins. Par la suite, j'ai souvent refait ce passage et me suis demandé pourquoi il m'avait paru si difficile. Chaque fois que j'y ai amené un débutant, j'ai constaté qu'il avait les mêmes problèmes que moi la première fois et je me suis efforcé de lui inspirer confiance à la manière de Stéphane.

Me voilà devant Paule et elle me pose la question : "Est-ce que je vais guérir ou non ?" Il me semble que Stéphane est présent. Il s'agit de passer, de lui indiquer la bonne prise. Celle justement que je ne connais pas. Je ne réponds pas, je me répète sa question, je laisse l'étonnement envahir mon visage et je réponds comme toujours : "Naturellement, tu es en train de guérir, tu le sais bien." Qui me dicte cela, est-ce que c'est Stéphane ? Est-ce qu'il aurait fait cela comme moi, sans rien savoir ? J'obéis à une pulsion, celle de l'équipe soignante et de sa mère qui veut maintenir Paule dans l'espérance. Ils ont raison, que faire d'autre ?

En sortant de l'hôpital, je rencontre sur le seuil une amie de Paule qui va la voir. Elle s'étonne : "Tout le monde lui raconte des blagues, elle pense partir à l'étranger, installer sa maison, tout cela est impossible. C'est terrible de le lui cacher et de jouer la comédie."

La mère de Paule arrive avec ce visage calme et décidé qu'elle a depuis que sa fille est à nouveau hospitalisée. Elle n'a pas entendu ce que Justine m'a dit, elle le devine et l'écarte d'un mouvement d'épaule : "Ce qui compte, c'est que Paule garde le moral, s'il cède, tout cédera." Elle prend le bras de Justine et elles entrent dans l'ascenseur en me faisant un signe d'adieu.

Je pars, je reprends l'autobus. En face de moi il y a un homme encore jeune, le visage creusé. Je suis frappé par son regard bleu-gris, un regard attentif, concentré, qui semble fait pour scruter le lointain. C'est de ce regard que Stéphane scrutait le rocher avant d'entreprendre une escalade et c'est de ce même regard, qui ressemblait un peu alors à celui d'un oiseau de proie, qu'il étudiait les prises possibles en cours d'ascension.

Pendant les premières années de la guerre nous avons souvent grimpé ensemble et une amitié est née entre nous. Un jour il m'a emmené avec un moniteur de sport, Sarquin, très bon grimpeur. A la fin de la journée, Stéphane nous a montré, pendant que nous l'assurions d'en bas, comment faire une voie dominée par un fort surplomb sur lequel il fallait faire deux rétablissements difficiles.

Stéphane franchit le premier surplomb assez lentement, puis, ayant repris souffle, il aborde et dépasse le second avec une précision et une rapidité admirables. Redescendu en rappel, il assure Sarquin. Celui-ci prend un bon départ, franchit trop vite le premier surplomb, arrive fatigué au second, ne parvient pas à s'élever et soudain dévisse.

Stéphane assure sa descente et me dit d'essayer à mon tour. Si Sarquin a échoué, ce n'est pas moi qui vais réussir. Je n'ai pas trop envie de tenter l'entreprise mais je ne puis me dégonfler devant les deux autres.

Je prends le départ plus lentement que Sarquin, je franchis le premier surplomb avec peine, en ménageant mon souffle. Au second surplomb il y a un rapide travail des mains à faire. Face au rocher je me rappelle tous les gestes de Stéphane et l'instinct qui m'habite les exécute. Mes mains se hissent sur des prises minuscules, un élan me soulève et, sans savoir comment, je passe. Au moment où je franchis le premier surplomb, je vois entre mon corps et mon bras le visage attentif de Stéphane en train de m'assurer. Quand, parvenu en haut je me retourne, je vois l'ébauche d'un sourire de satisfaction sur son visage. Son sourire d'Indien, comme disent les hommes de son chantier, et je ressens à travers lui un sentiment de joie, de plénitude totale.

Quand je reviens au sol Sarquin me regarde étonné, ne comprenant pas comment j'ai pu réussir là où lui, plus fort et plus entraîné, a échoué.

A partir de ce regard jeté d'en haut sur le sourire de Stéphane, le vertige, dont j'ai toujours souffert, me quitte. Je n'ai plus affaire qu'à la paroi, à la pesanteur, au travail de mes quatre pattes et je n'ai plus été paralysé par la peur. Quelque chose a eu lieu comme si Stéphane m'avait revêtu de sa force.

Aujourd'hui dans le bus, puis dans le métro qui me ramène à l'Opéra pour y prendre le RER, je songe à cet instant qui m'a soulevé pendant des semaines, et qui a compté, je m'en rends compte aujourd'hui, fortement dans ma vie.

C'était une preuve. Une preuve de l'efficacité de mon corps, c'était surtout une preuve de l'amitié de Stéphane. Il lui fallait, il nous fallait une épreuve de vérité. Il en a ménagé très subtilement les conditions. Il a été heureux de ne pas s'être trompé sur moi. C'est ici qu'il y a un doute car cette force dont j'ai disposé à ce moment-là, ce n'était pas ma force mais, par le pouvoir de son regard, la sienne. Pourquoi ce moment de triomphe, pourquoi ces années d'amitié si profonde, presque en dehors de la parole, me reviennent-ils si rarement en mémoire ?

Quelque chose a effacé ces moments heureux, les nombreux instants de risque, de force et de victoire de mes ascensions avec Stéphane. Quelque chose que je n'ai pas vécu, que je suis en train de vivre aujourd'hui et qui est sa mort.

Alors que j'ai vieilli, que mon corps a perdu de sa souplesse et de sa force, Stéphane sera toujours jeune, il aura toujours vingt-neuf ans, ses yeux bleus, ses cheveux blonds et son sourire d'Indien.

La mort de Paule que je crains et ne crains pas, car l'espérance m'habite de force, ranime en moi bien d'autres souvenirs et avant tout celui de

Stéphane. Est-ce que je veux, est-ce que je peux vivre tout cela maintenant, dans ce mois de juin venteux, gris, submergé par les ondées où je me sens dépassé par les choses à faire, par les déplacements et la cruelle absence de mon travail d'écrivain ? A la gare de l'Est des gens montent, d'autres descendent. Je n'en puis plus de penser à Paule, de vivre à travers elle la mort de Stéphane. Je descends à Opéra, je m'engouffre dans les corridors que je connais jusqu'à l'écœurement. Je prends le trottoir roulant avec ses murs rouges, je mets mon ticket dans l'appareil de contrôle. A côté de moi, un jeune homme le franchit d'un bond léger. Je le regarde avec envie, je me dis que si j'étais encore comme nous étions Stéphane et moi en 1942, je le franchirais comme lui, aussi légèrement. Les années ont passé, je ne suis plus ainsi, un poids s'est étendu sur ma vie.

Je descends l'escalier, il y a dans le grand hall d'Auber une exposition sur les années 1900-1914. Il est tard mais j'entre quelques instants. Il y a là une étonnante photo du roi Léopold II de Belgique à Ostende. Il est penché pour lutter contre le vent, en redingote avec un haut-de-forme d'où ne sort que son air déterminé et son énorme barbe blanche. Il est entouré de plusieurs messieurs en hauts-de-forme aussi penchés en avant, plus petits que lui. Il ressemble plus à un grand capitaliste du début du XXe siècle qu'à un roi. A un grand homme d'affaires givré, gelé par l'âge qui sait qu'il n'y aura bientôt plus d'affaires, plus de lendemain.

Cette extraordinaire image me fait penser au pôle, au temps où des bateaux à voiles y étaient enserrés par les glaces. Le vieux roi, encore en mouvement, se hâtant peut-être vers de dernières cérémonies, de derniers plaisirs, me fait penser à un de ces bateaux des grands explorateurs du passé. Sur cette immense barbe, les ouvriers de Sainpierre, qui étaient en grève, le jour d'une visite du roi dans la ville – c'est mon grand-père qui l'a raconté à table – ont lancé des crottins de chevaux. "Lui, a dit grand-père, ne s'est pas arrêté, n'a pas bronché, il a légèrement de la main fait tomber les débris de crottin de sa barbe." Les rires ont cessé immédiatement, il y a eu un silence sidéré, il a fait un salut léger à la foule qui s'est mise à applaudir. "Il n'était pas populaire, a dit grand-père, mais il avait de la tenue, il savait faire face aux risques du métier."

Je descends l'escalier qui va vers les quais de façon à être en face de la dernière voiture, celle où j'ai le plus de chance de trouver une place assise. L'image du vieux roi, tout blanc parmi les signes annonciateurs de la Première Guerre mondiale, occupe mon esprit. Etonnante photo qui date d'avant ma naissance. Mais ce monde-là, celui des villes sans voitures, des chevaux, des ouvriers lançant des crottins dans la barbe des rois, a été un peu le mien. J'ai connu ce monde sans tracteurs et les campagnes où seuls labouraient des chevaux et des bœufs. Dans ma petite enfance, pendant la guerre, nos ennemis n'étaient pas des dictateurs ou des présidents, mais l'empereur Guillaume II, l'empereur François-Joseph, le sultan turc et parmi nos alliés il y avait le roi d'Angleterre, le tsar de Russie et le roi d'Italie. Les gens d'aujourd'hui, en 1980, n'ont plus aucune idée de ce monde, dont il ne reste que des photos et des séquences de films, en noir et blanc.

Voilà le train, je trouve une place dans la dernière voiture, autour de moi deux Noirs parlent et rient, tous les autres sont silencieux et fatigués. Je prends le livre que j'ai dans mon sac. C'est une patiente qui me l'a prêté. Elle prépare un doctorat d'histoire, elle m'a plusieurs fois parlé des livres de Philippe Ariès, elle a senti que cela m'intéressait. Elle m'a apporté *Essais sur l'histoire de la mort en Occident*. Je le feuillette et je tombe sur cette réflexion : "Au XIXe siècle, on ne parlait pas du sexe mais on vivait encore en présence de la mort, maintenant on parle du sexe et on a caché la mort." Cette phrase repousse avec vigueur le flot des revendications mesquines qui m'a accablé toute la journée. Pourquoi tant de travail, de déplacements, pourquoi le délaissement du livre que je sentais se former en moi ?

Argile est à la gare avec la voiture, je suis content, au moins la fatigue du retour à pied me sera épargnée aujourd'hui.

Je lui dis : "Paule ne va pas mieux, pourquoi est-ce que je m'oblige à aller à l'hôpital, si souvent, alors que je ne puis rien pour elle ?

— Parce que tu le désires. Tu crois que tu ne peux rien pour elle, mais au moins tu te crèves… Tu es ainsi."

Je la regarde. Les yeux sur la route encombrée, elle le sent, elle sourit.

II

Ce qui m'apparaît peu à peu, dans les jours, les nuits qui suivent, c'est ce que, Stéphane et moi, avons vécu pendant les quelques années où nous avons été liés par la varappe. Si au début nous avons souvent grimpé à trois ou quatre, bientôt nous ne sommes plus montés qu'à deux. Parce que ainsi nous faisions plus de voies et parce que je le suivais mieux que les autres ? Sur le plan du rocher, j'ai eu le sentiment, jamais clairement formulé jusque-là, d'être son compagnon préféré. Là, il était mon maître. Un maître rigoureux qui ne m'épargnait pas la difficulté, qui relevait mes fautes. Un maître qui me traitait comme un égal. Ce garçon, peu instruit, qui avait quitté l'école à seize ans, était un maître auprès duquel j'apprenais une technique, une science de la gaieté dans l'effort et l'énergie du plaisir difficile. Je me souviens qu'un jour nous avons fait une voie particulièrement aérienne qu'il était un des seuls à pouvoir faire en premier. Il avait plu le matin, la roche était glissante. Arrivés presque en haut, il fallait faire une extension pour atteindre du bout des doigts un piton, qu'il avait posé lui-même en créant la voie, et y placer un mousqueton. Le piton était tombé et personne ne l'avait remplacé.

La vire sur laquelle Stéphane compte pour prendre son élan s'effrite et cède soudain sous son poids. Il se rattrape de justesse en calant son pied et sa main gauches dans une faille très étroite. Il se met à examiner avec un calme extrême la paroi au-dessus de lui. Je le regarde d'en dessous, gagné par son calme bien que je sois moi aussi dans une position malaisée.

Son regard me frappe, qui ne ressemble plus à celui d'un homme, un œil sans sourire, sans angoisse, sans autre expression que celle d'une extrême attention. Je pense alors à l'œil d'un rapace et j'éprouve non pas que Stéphane est suspendu en situation difficile à un rocher assez friable mais qu'il plane dans le ciel comme un faucon (à cette époque je n'avais jamais vu d'aigle en vol). Aussi, quand Stéphane me dit d'une voix calme : “Laisse-moi assez de mou pour partir, ensuite assure de près, si je dévisse, le premier piton ne tiendra que si la chute est brève”, je ne suis pas inquiet, je plane comme Stéphane.

Il repart, il arrive, je ne sais comment, à coincer un instant son autre pied et, tout en ne pouvant le maintenir sur cette prise minuscule, à s'étendre pour parvenir à saisir au dessus de l'ancien piton une prise assez forte à laquelle il se suspend d'une main, puis réussit à placer la main gauche à côté de la droite. Il se hisse peu à peu, s'aidant des pieds sur la paroi puis, brusquement, semble se fendre en deux, pose ses pieds où étaient ses mains et s'élève, atteint de la main gauche une prise que je ne vois pas. Il dit : “Donne du mou !” Il a passé, je l'entends qui souffle, il s'élève encore, je ne le vois plus. A peine est-il sorti de ma vue que je commence à avoir peur. Survient alors sa voix calme, un peu essoufflée : “Je t'assure. Vas-y, coince ton pied à gauche et lance-toi." Comme il me l'a appris, j'emplis mes poumons d'air, je vérifie que la corde est bien tendue, j'arrive à coincer mon pied dans la fente, je m'élève, je sens mon pied qui tremble et tout d'un coup il me semble que je n'ai plus aucune force dans la jambe et que mon corps tout entier n'est plus que spasme, convulsion et tremblement. Je suis pris d'une intense angoisse, une sueur glacée m'inonde le dos. Je ne vois pas Stéphane mais lui, de l'anfractuosité où il est parvenu, peut me voir. Il me dit : "Ta main, ta main gauche puis la droite et quand tu as rapproché suffisamment ton pied tu y vas." Je n'ai plus aucune force, comment m'élever sur mes mains ? Il m'assure, il va me tirer. Je tâte instinctivement la corde. Elle n'est pas tout à fait tendue. Donc Stéphane ne compte pas me tirer de ce mauvais pas grâce à la corde. Il pense que je puis le faire seul. Une sorte de force me revient. Je lance ma main droite. Je sens la prise, je ne l'ai que du bout des doigts. La main gauche s'accroche aussi. Mon pied dérape sur la dalle. Impossible de m'élever. La voix dit : "A gauche, en oblique, cale ton pied." Je sens une résistance, je prends appui dessus et d'un dernier effort j'élève le pied droit. Je passe, je suis passé. Lui devant, assuré par lui, mais en somme seul, tout seul. Je m'effondre à côté de lui dans la cheminée. Je suis à bout de souffle, couvert d'une sueur froide, incapable de faire encore un geste. Il se penche, enlève mon pull, ma chemise, me bouchonne avec elle comme un cheval et quand je suis sec il me renfile mon pull sur la peau et me frictionne d'un mouvement doux, expérimenté. La voie, à partir de là, est facile. Il n'y a pas, il n'y aura pas d'autres commentaires sur ce que nous avons vécu tous les deux. Je marmonne confusément : “Tu as été formidable” et je suis soudain submergé de joie, comme tout à l’heure je l’ai été d’angoisse et de sueur glacée.

Nous revenons à travers les arbres par une sorte de lit de ruisseau coupé de dalles assez faciles à descendre. Je plane dans la joie, dans le calme, comme s’il le comprenait il me fait remarquer par où il faut passer et les points de repère pour s’y retrouver. Cela trouble l’enthousiasme, l’état de possession par les dieux, où je me trouve.

“Pourquoi me fais-tu remarquer tout ça ?” Et lui : “Pour que tu puisses t’y retrouver si tu viens sans moi, si on ne suit pas la bonne route on arrive sur un à-pic.

— Mais je ne reviendrai jamais ici sans toi.

— Tu devrais apprendre à devenir premier de cordée.”

Cela me donne à penser, je dis : “Je n’en suis pas là et de toute façon, si j’arrivais à grimper en premier, jamais je ne pourrais faire cette voie sans toi. Ça, ce sera toujours au-dessus de mes forces.”

Nous parvenons à un petit mur pas trop aisé, il me fait passer en tête. Je descends sans peine sous son regard. Le ciel est devenu gris foncé, il va y avoir un orage, de larges gouttes commencent à tomber. Je lui dis comme si nous avions l’un et l’autre continué à penser la même chose : “D’ailleurs je n’ai pas envie de monter avec d’autres. J’aime être avec toi.” Il s’arrête, il a l’air heureux : “Moi aussi, mais les chantiers ne vont pas durer toujours. C’est la guerre, on ne sait pas où on sera, toi et moi, dans un an. Quand on a commencé de grimper, on est mordu, on ne peut plus s’arrêter.” Il me semble qu’il ouvre soudain devant nous une perspective très sombre.

Je sais bien que les chantiers ne vont plus durer très longtemps, que la guerre ne peut que s'aggraver toujours jusqu'à sa fin. Mais je n'aime pas y penser, je me concentre sur le présent, sur les prochains mois, les prochaines semaines. Nous sommes arrivés dans la vallée, l'orage éclate. Abrités sous un arbre nous écoutons la pluie crépiter sur le dôme de branches. Le bonheur que j'ai ressenti tout à l'heure persiste, mais adouci. Il bute sur cette masse de nuages gris pourchassés par le vent qui semble sortir de la réflexion de Stéphane et de l'avenir noir, du gouffre qu'il a fait surgir devant nous. Dans ce monde de mort, qui nous entoure en ce mois de septembre 1942, dans ce petit îlot de relative tranquillité où nous nous trouvons encore, je ne pense jamais à la mort. Toujours à l'avenir.

"Tu penses souvent à la mort, toi, Stéphane ?"

Il ne répond pas, il bourre méthodiquement une petite pipe qu'il allume de temps à autre. La pluie s'arrête presque, nous sommes trempés, il m'emmène à travers les prés gorgés d'eau jusqu'au rocher au pied duquel il a caché sous un surplomb nos deux sacs. Il me guide jusqu'à une petite grotte au fond de laquelle, sous quelques pierres, il a entreposé un peu de bois sec. Il allume le feu pendant que je ramasse encore un peu de bois. Quand je reviens, le feu commence à éclairer la grotte, il a mis ma chemise à sécher et lui-même est en train de se dévêtir. Je fais comme lui, nous sommes en slips et, pendant que nos vêtements sèchent, nous mangeons. Il s'est assis sur une pierre, moi sur une bûche, nous partageons la nourriture que nous avons. J'admire la façon lente dont il mâche et savoure ses aliments, quel contraste avec ma façon rapide et nerveuse d'absorber ce que je mange. Je me dis que si je pouvais mâcher comme lui mes difficultés corporelles s'évanouiraient, mais quoi, je ne suis pas comme lui. Je suis une sorte d'intellectuel nerveux, au cerveau sans cesse en érection, au désir vite allumé, pris constamment entre des contradictions insolubles dont je me dis parfois, quand je l'ose, qu'elles font ma richesse. Lui, je le sens bien, vit aussi ses contradictions mais pas au niveau des mots. Je ne peux m'empêcher de lui demander : "Tu n'as pas répondu à ma question. Stéphane, tu penses souvent à la mort ?" Il répond simplement "oui", en tirant sur sa petite pipe qui s'est éteinte et qu'il vient de rallumer avec un tison. Il ajoute : "Et toi ?

— Moi presque jamais.

— Toi, tu as des enfants, les enfants, c'est l'éternité."

Cette idée me frappe. Je regarde sur la paroi nord de la grotte une sorte de couche de feuilles et de fougères.

"Tu viens parfois dormir ici ?" Il fait oui de la tête.

"Tu viens avec une fille ?"

Il hausse les épaules, marmonne : "Tu sais, les filles ne s'intéressent pas beaucoup à moi

— Tu veux dire que tu ne t'intéresses pas beaucoup à elles."

Il rit, il se lève pour prendre un peu de bois et le place méthodiquement sur le feu. Cela provoque un nuage de fumée et de vapeur. Le bois grésille, il reste debout en face de moi pour surveiller la façon dont le feu prend. Je me lève aussi, gêné par mon slip mouillé, je l'enlève et le pose à côté de mes autres vêtements sur une branche en face du feu. Je vois qu'il fait de même. Nous sommes séparés par le feu, je regarde Stéphane à travers un écran de fumée.

Debout, très droit, plus grand que moi, tenant d'une main la pipe qu'il fume d'un air méditatif, il ne me regarde pas. Le visage et les bras bronzés par le soleil avec ses membres et ses muscles longs, la légère cicatrice qu'il porte au sommet du front, sa beauté me frappe. Non pas sa beauté à lui, Stéphane, mais celle de l'homme jeune, le bel équilibre des jambes, des hanches fines, des épaules larges. Le défaut du dos, un peu arrondi par le travail dans la mine, ajoute à l'ensemble la menace du caractère précaire de la beauté. Je pense tout à coup que si c'était une femme qui était nue en face de moi, une femme aussi belle que Stéphane est beau, je ne pourrais m'empêcher de la désirer et d'en être ému dans tout mon corps. Je n'éprouve rien de tel aujourd'hui et pourtant comme beaucoup d'hommes j'ai connu autrefois de l'amour pour un autre garçon, je l'éprouverai peut-être encore. Je le regarde seulement à travers la fumée et le trouve beau. Mon corps plus fragile, plus nerveux que le sien se reconnaît dans l'image, dans la juste proportion de sa forme. Il lève les yeux et voyant que je le regarde il me regarde aussi. Nos yeux ne se rencontrent pas, il regarde mon corps, je regarde le sien. Je vois qu'il admire comme j'admire. Ce n'est pas moi qu'il admire, mais cette forme déliée, un peu grêle, un peu aiguë de l'homme qui est en moi. L'homme qui jette ses actes et sa semence, qui ne porte pas d'enfant, qui ne porte pas la durée. L'homme éphémère, joueur, qui s'amuse avec le rocher. Jamais je n'ai compris comme en cet instant combien l'homme, le mâle, est gratuit en somme, fait pour le jeu, la guerre. La femme, l'enfant l'entraînent vers le travail, vers la civilisation. Mais lui, Stéphane, l'homme jeune sans femme, sans enfant, il peut chanter avec les garçons de son chantier *Travail tient debout* de sa belle voix profonde. On voit, je vois à ce moment qu'il n'a nul besoin du travail pour tenir debout. Sobre, industrieux comme il l'est, il pourrait très bien vivre dans un monde sauvage. Il y serait plus heureux peut-être, il n'y courrait sans doute pas les risques dans lesquels moi et mes pareils avec nos idéaux, nos idées, nos plans, notre volonté de donner un sens à la vie, nous nous engageons. Je ne sais pas combien de temps nous sommes restés ainsi à nous voir sans nous regarder, quelques instants peut-être ou peut-être quelques minutes. Dans la casserole qu'il a posée sur deux bûches pour le thé l'eau s'est mise à bouillir. Nos yeux se rencontrent, il a eu une sorte de sourire silencieux, la bouche fermée mais les yeux rayonnants de gaieté et de sympathie. Je souris aussi, je suis même sur le point de parler, de casser ce moment parfait. Nous nous asseyons tous les deux. Il ébouillante sa petite théière, il y met quelques grains de thé noir et des feuilles de tilleul. Moi, j'ai apporté du sucre, cela fait un breuvage que nous buvons brûlant. Pendant que je mange, en buvant mon quart à petites gorgées, il se lève, prend ma chemise étendue près du feu et me la tend. Elle est sèche et le contact de l'étoffe bien chaude et de la peau est exquis.

Je m'habille, mes vêtements sont secs comme ceux qu'Eugène m'apportait quand je devais partir en patrouille de nuit. Eugène qui est parti pour le Service du travail obligatoire en Allemagne. Où est-il maintenant ? J'ai vu sa femme, elle a eu un bébé avant son départ, je me suis étonné : “Mais il avait le droit de ne pas partir comme père d'un enfant de cet âge.” Elle m'a répondu : “Il le savait mais il fallait aller demander à la Kommandantur. Il a dit : Je n'irai jamais demander quelque chose à ces gens-là." J'ai vu qu'elle pensait comme lui. Jamais elle n'y serait allée non plus. Moi, par contre, j'y serais allé, c'est évident. Pour Eugène, le droit, c'était autre chose. L'honneur n'était pas un mot de son vocabulaire. En 1940, il aurait pensé que c'était un mot d'officier. Pour lui un homme ne va pas chez ces gens-là. C'est tout. Et il part, laissant au village sa femme et sa petite fille. Je raconte ce qu'a fait Eugène à Stéphane en buvant avec lui plusieurs tasses de ce mélange que nous nous sommes habitués à appeler du thé. Il demande : "Eugène est mineur ?

— Non, il n'est pas mineur, il a fait un peu tous les métiers à cause du chômage. Pourquoi demandes-tu ça ?"

Il répond : "Les mineurs sont comme ça !

— Toi, Stéphane, tu n'y serais pas allé non plus ?"

Il me regarde : "Pour moi, non. Si j'avais un enfant, je ne sais pas."

Il va rapidement jusqu'à l'entrée de la grotte : "Il ne pleut plus, il y a même un peu de soleil qui se pointe. Nous avons le temps de faire encore une voie. Le rocher sera humide, on va choisir quelque chose de pas trop difficile."

Dans le train de retour, il y a d'autres varappeurs. Nous nous regroupons sur la plate-forme, nous nous asseyons sur nos sacs et nous chantons. C'est Stéphane qui de sa voix grave soutient la base du chant, parfois dans les chants de marins qu'il affectionne et dont nous ne connaissons pas complètement les paroles nous le laissons chanter seul certains couplets pour reprendre en chœur le refrain. Nous sommes heureux, ayant partagé le même plaisir, sentant la même fatigue dans nos bras, dans nos jambes, unissant nos voix. Parfois je ferme les yeux pour mieux entendre la voix de Stéphane et la mienne se mêler à celles des autres.

A Namur, je change de train pour Bruxelles tandis que lui rejoint son chantier par un autre train. Nous nous donnons rendez-vous quinze jours plus tard. Il me demande d'acheter quelques mousquetons. Je ressens avec étonnement qu'il y a un moment de séparation très dur. Très dur des deux côtés et que nous sommes en 1942 dans le temps des séparations. Je monte avec les autres varappeurs dans le train, nous occupons à quelques-uns un coin de plate-forme, nous recommençons à chanter mais je n'y trouve plus le même plaisir.

Quelqu'un se penche vers moi :

“C'est toi qui faisais la grande voie avec lui ce matin ?

— Oui.”

J'ajoute : “Cela a été dur pour lui, le piton était tombé. Mais il a passé tout de même.”

L'autre approuve : “Sans le piton, il faut être un as. Il est le seul à pouvoir faire ça. Moi j'ai essayé ce passage avec le piton en me faisant assurer d'en haut, chaque fois j'ai dévissé. Et naturellement il a remis un autre piton ?

— Oui, et qui tient bien.

— C'est bien lui : passer tout seul. C'est qu'il risquait une chute et la tienne en plus. Et remettre le piton en même temps…

— Je ne crois pas qu'il risquait de dévisser, j'ai senti qu'il allait passer. Avec lui on se sent toujours en sécurité. Tu as grimpé avec lui ?

— Oui, souvent avant la guerre dans les Alpes, c'est lui qui m'a appris ce que je sais. Mais toi, tu es nouveau sur le rocher ?

— Depuis six mois.

— Et tu n'as pas dévissé au passage.

— Non. A un poil près, mais comme Stéphane était sûr que je pouvais passer, je l'ai suivi.

— Dis donc, c'est pas mal après six mois. Tu montes avec qui, d'habitude ?

— Toujours avec lui."

Il siffle un peu entre ses lèvres : "Bon maître, tu as de la chance."

Nous arrivons à Ottignies, je me cale sur mon sac dans le coin, le dos contre la paroi, je chantonne vaguement avec les autres en pensant à ce que m'a dit Stéphane : "Je tiens aux chantiers. Oui, un peu à cause de toi." Je sens que je compte pour lui.

Cela me fait penser à Argile. Quand je la vois, je suis souvent submergé. Submergé par l'admiration, par le désir, par le plaisir, par la tendresse, parfois par une étrange désespérance. A ces moments-là je sais que je ne la vois plus comme elle est. Je suis dans la vague, je ne la vis plus comme une personne, mais comme une légende parmi les saisons, les odeurs, les parfums, dans l'intense précarité de la jeunesse, du plaisir, du désir qui cherchent plus grands qu'eux.

Tout à l'heure, c'est ainsi que j'ai vu Stéphane, non pas seulement avec la grotte, la fumée, le feu et son corps nu, qui me regardait de son regard sans yeux. Je l'ai vu dans la connaissance obscure des années d'avant, celles de l'enfance et de la mine, dont il ne parle jamais et celles qui vont s'aggraver, les années de la guerre.

III

Le lendemain je retourne à l'hôpital. Paule est seule avec sa mère, elle semble mieux, elle m'interroge sur le temps de mon enfance qui lui paraît préhistorique. Le temps des chevaux, des fermes, des petites routes pavées, étroites, des champs pleins de bleuets, de coquelicots, de chardons. Quelle différence de couleurs, de densité avec les champs désherbés, presque désertés d'aujourd'hui.

On lui téléphone, elle parle gaiement, puis une kinésithérapeute arrive pour des exercices. La mère reste près d'elle. Je vais dans le corridor, les portes avec une vitre sont celles des chambres, les autres, jaunes, sont celles des douches et des toilettes. Un peu plus loin vers les ascenseurs c'est le bureau d'étage. Il y a des infirmières qui entrent et sortent et des employées qui remplissent des paperasses ou qui discutent. J'ai vu, j'ai déjà trop vu tout cela, je vais de l'autre côté du couloir vers un hall plus large sur lequel débouche la porte d'un large ascenseur. Je m'arrête un instant devant une fenêtre qui fait face à l'ascenseur d'où deux infirmières sont en train de sortir une civière roulante. Par la fenêtre, on voit des toits de zinc sur lesquels tombe la pluie. Puis, en face, une autre aile de l'hôpital avec son toit plat, ses fenêtres régulières, ses matériaux médiocres qui serrent le cœur d'ennui.

Un homme aux cheveux gris, au visage un peu enflé, en pyjama et robe de chambre s'arrête à côté de moi. "Ce n'est pas gai, dit-il, surtout quand il pleut et qu'on sait qu'on finira ici. Pourtant, à cet étage, on est bien soigné. L'an passé, j'ai été dans un hôpital tout neuf, c'était bien. Comme chez soi. Ils avaient des moyens modernes, ici c'est vieux déjà et puis, il faut le dire, surchargé." Il me prend par le bras, et m'entraîne vers des sièges de cuir. Je m'assieds à côté de lui, il met sa main sur la mienne : "Vous savez, je viens ici tous les trois mois pour un séjour de quinze jours, c'est encore possible, mon patron comprend, mais si je devais venir plus longtemps pour des séjours plus longs…" Il semble prêt à se lancer dans de longues explications, mais il se lève brusquement, fait de la main un petit signe de détresse et se presse à pas lourds vers les toilettes.

Je suis seul, dans l'ombre, à l'abri. Je me demande ce qui m'a tant rapproché de Paule. Peut-être le regard. Cela remonte à loin, quand nous habitions la montagne. Elle est venue de Vancouver où elle vivait avec mon fils, pour des vacances. J'ai été frappé par mon petit-fils, un petit garçon d'un autre continent, d'un autre monde. Tellement indépendant, habitué à parler anglais, si farouche sauf en présence de son père et de sa mère. Après tout, qu'est-ce que je représente pour lui ? Il m'intimide presque, si je lui dis quelque chose il fait le contraire, pour manifester que seuls ses parents ont le droit de lui donner des ordres. Le matin, quand il joue dans le jardin, pendant que son père et sa mère skient, j'entreprends de jouer avec lui, de me manifester à lui comme quelqu'un de sa famille. Ce n'est pas facile, il refuse, il part en courant vers la route, ce qui me fait peur à cause des voitures qui passent vite sur la neige gelée. Je suis obligé de l'arrêter, il se fâche et me dit des injures en anglais. L'apprivoiser n'est pas facile, je manque de temps, il faut être là quand ses parents sont sur les pistes, lorsqu'ils sont là je n'existe plus. Alors j'ai trouvé un jeu, un jeu tout simple avec un bâton fourchu. Il me poursuit avec ce bâton puis quand, à force de rire de mes manifestations de terreur, il le laisse tomber, je le poursuis à mon tour. C'est un jeu qui peut durer, qui dure un long moment après lequel il est prêt à jouer à n'importe quoi, de préférence à monter dans ma voiture, à prendre le volant en imitant son père avec parfois un moment de repos où il met son pouce dans la bouche et le suce avec délectation. Quand son père et sa mère reviennent, il se précipite dans leur direction et il ne me connaît plus jusqu'au lendemain. Pourtant, lorsque personne ne le voit, à la fin d'un repas ou le soir avant d'aller se coucher, il me fait un petit sourire en coin qui me dit que demain… J'ai le sentiment d'un secret entre lui et moi, puis un jour au milieu du jeu du bâton fourchu, comme il rit à gorge déployée, j'entends un autre rire, je me retourne et je vois à sa fenêtre Paule qui nous regarde.

Elle se demandait si j'aimais Win. A cause de ce lien si évident entre moi et les deux autres petits-enfants plus âgés, que je voyais souvent. Elle a vu le même lien de jeu et de confiance se créer entre nous. Je ne sais plus si c'est elle qui m'a proposé de prendre le thé ensemble au village ou si c'est moi. Nous nous retrouvons dans un coin d'un salon de thé, où l'on voit les rayons du long couchant de février tomber sur les hautes pentes de l'Oldenhorn. J'arrive après le ski. J'aime de passion la montagne l'hiver, le ski focalise toute l'attention sur le passage à franchir, les bosses, les virages, la vitesse à ne pas dépasser, et là, comme sur le rocher avec Stéphane, la matière profonde et indifférente du monde pénètre en nous. Il ne s'agit plus de gestes, de pentes, de risques mais de soleil et d'astres invisibles mais présents. Il s'agit de la neige et de s'identifier à elle, comme Stéphane, à quatre pattes sur le rocher, s'identifiait à lui.

Tout cela déborde en moi quand j'entre dans le salon de thé. Il y a du monde, des skieurs gonflés d'air et de soleil. J'avais fait réserver mon coin, je m'assieds à contre-soleil pour laisser à Paule la vue sur l'Oldenhorn. Elle arrive, elle s'est changée et est, comme toujours, habillée avec un charme fait de discrétion et de vivacité. Toute sa personne rapide, efficace est faite pour l'action et pourtant je perçois souvent en elle, sous sa gaieté, un certain mouvement de déception, de mélancolie. Elle refuse de se mettre à la place prévue et s'assied à contre-jour. Le soleil baisse encore au-dessus de l'Eggli, bientôt il fusera à travers les arbres et disparaîtra, sa lumière oblique arrive encore jusqu'à mes yeux. C'est à travers ce nimbe de lumière qui décroît peu à peu que je vois Paule qui, avec de jolis gestes simples, verse le thé. Il y a ensuite des paroles, une sorte de plainte qui sort d'elle dans ce mouvement de lumière, qui s'efface peu à peu sur les dernières pentes du glacier derrière elle. La lumière s'élève, elle est au bas du dernier sommet, bientôt elle ne touchera plus que le ciel où elle va disparaître à son tour et dans le bleu assombri on discernera les premières étoiles. Que dit cette plainte : “Je ne me sens pas à la hauteur de Mykha. Lui, c’est un savant. Je ne sais que des choses pratiques. Faire, vendre, acheter, briller s’il le faut un soir, élever mon fils et encore pas si bien. Il est dur, il est très dur, alors qu’il n’est encore qu’un petit garçon.” Je dis : “Est-ce que tu ne veux pas trop l’éduquer, l’élever, le dresser ? Tu lui mets un mors alors il prend appui dessus et il tire. Lâche le mors, ou mieux enlève-le.” Elle rit, elle approuve, mais ce n’est pas cela qui la tourmente, elle voudrait devenir une égale, elle ne peut pas, il est trop tard. Ceci m’étonne : “Mais enfin tu n’as que trente-deux ans, on peut apprendre, étudier à tous les âges. Tu n’aimes pas étudier, tu n’as pas de plaisir à lire ?

— Si, j’aime lire, je pourrais lire un peu mieux que des policiers, mais je ne le fais pas. Je pourrais, mais en réalité je ne peux pas… Il est trop tard.” Les derniers rayons du soleil font étinceler la cime du glacier, alors que toute la vallée et les pentes sont déjà dans l’ombre. Mes yeux sont aveuglés par la lumière ou par son visage, je ne sais. Il est trop tard pour l’étude, pour la culture, c’est clair, je le lis sur ses traits, ce n’est chez elle qu’un désir sans force. Elle vivra avec ce qu’elle sait faire, avec sa pratique, ses ambitions de femme de jeune cadre international, avec ses capacités commerciales qui sont considérables. Avec cette vision du monde qui l’a déjà menée sur les cinq continents. Pourquoi, pourquoi ne serait-elle pas comme elle est ? Pourquoi cet air d’angoisse, pourquoi ressemble-t-elle en face de moi à cette cime du glacier que la lumière a désertée et qui s’assombrit et se perd dans la nuit ? Elle me paraît pâle sous son hâle. “Tu as froid ?

— Oui, j'ai froid, à l'intérieur de moi quelque chose a peur, je ne sais pas de quoi. Pour faire face, il y a quelque chose qui me manque.

— Quoi ?

— L'amour, tu vois, je l'ai voulu, je l'ai eu, j'attendais qu'il vienne comme ça du ciel, sans effort, comme il est venu en moi. Moi, j'ai été illuminée, lui pas. La culture, la vie spirituelle, je suis vaguement attirée mais je ne sais pas ce que c'est. Dieu m'embête si c'est un effort de plus à faire. Je préfère acquérir des choses plus proches.

— Ce que tu désires, c'est autre chose que ce que tu obtiens.

— C'est ça, je voudrais qu'on me donne et je prends toujours.

— Je vais essayer de te dire de mémoire ce qu'une femme morte jeune pendant la guerre a dit : Nous ne pouvons pas faire même un pas vers le ciel. La direction verticale nous est interdite. Mais si nous regardons longtemps le ciel, ce qui est divin, comme le dit Eschyle, se fait sans effort."

Elle soupire : "Je ne sais même pas qui est Eschyle et je n'ai pas envie de le savoir, alors je suis malheureuse. Un petit peu…"

Il y avait alors quelque chose qui menaçait en elle. Quelque chose qu'aujourd'hui nous appelons le cancer parce que nous savons ce qui a suivi. Je l'ignorais. Comme j'ignorais dans la grotte ce qui allait suivre pour Stéphane. Est-ce que le corps sait ce qu'il en est ? L'esprit cache, se voile des choses mais le corps sait peut-être. Sait par la lutte qu'il soutient. Paule, quand je l'ai vue au salon de thé, ignorait qu'elle avait le cancer ou ne voulait pas le savoir. Elle n'est allée chez le médecin qu'à la fin de son séjour. On lui a envoyé les résultats positifs de son examen à Vancouver. C'est là qu'elle a été opérée, peu après. Elle ignorait mais son corps savait et elle avait déjà peur. C'est ce que j'ai vu sur son visage occulté par les derniers rayons du soleil avant qu'apparaisse, sorti de la lumière, le bleu gelé du ciel.

Je n'ai rien compris mais j'ai senti que, derrière ses paroles, quelque chose avait lieu, un malheur. Je n'ai rien fait que lui parler, tenter de la rassurer sur sa capacité à apprendre, à être au niveau de la carrière de son mari, à élever son fils. Je parlais pour la consoler de l'autre chose que je ne comprenais pas, mais pressentais dans son corps destiné, comme celui de Stéphane, à ne pas vieillir, à demeurer jeune. Pour affronter l'épreuve, en possession de ses forces ?

Sur ce malentendu apparent – oui, je lui ai envoyé des livres, conseillé des spectacles et des expositions lors de ses passages à Paris – quelque chose s'est ouvert entre nous au-delà des mots. Quand j'ai appris qu'elle avait le cancer, je ne me suis pas dit : C'est cela. J'ai simplement espéré comme tout le monde qu'elle guérirait, que ce ne serait qu'une mauvaise passe à traverser. Nous étions loin l'un de l'autre, la géographie nous séparait, elle écrivait peu. Je sentais, lorsque les choses allaient bien pour elle, qu'elle n'avait nul besoin de moi. Elle fermait l'ouverture entre nous et elle la rouvrait quand les choses allaient moins bien. Je l'ai revue deux ans plus tard. Elle était remise, mais à ce moment c'est pour moi que les choses allaient mal, tout ce que nous avions édifié en vingt et un ans de travail s'était écroulé et il avait fallu péniblement et dans les plus mauvaises conditions bazarder ce qui avait coûté tant d'efforts. Elle regrettait d'avoir des beaux-parents devenus pauvres, elle regrettait les chalets si pratiques pour les périodes de vacances, nous avions été peu capables en affaires, ce qui était vrai. Derrière cela il y avait une vérité plus profonde et qui était celle de l'écoulement des générations. Son malheur me touchait parce qu'elle était jeune, qu'elle avait su m'ouvrir à son malheur. Le mien ne la concernait pas. Par une singulière aventure nous étions profondément étrangers l'un à l'autre, nous ne nous intéressions guère à ce qui intéressait l'autre, nous n'avions guère d'idées en commun et pourtant nous étions, aux deux extrémités de la terre, très proches l'un de l'autre. Je progressais dans son malheur inconnu en progressant dans mon malheur connu. Je devais accepter toutes sortes de choses auxquelles je n'étais pas prêt : la pauvreté, l'obscurité, la dépendance des autres, leur mépris ou bien l'indifférence. Sans m'en rendre compte jusqu'à la soixantaine, j'avais attendu la mort jeune, la mort en force. Je n'avais jamais vraiment pensé à la vieillesse et voilà qu'elle approchait. La mort, utile aux autres, ne me faisait pas peur, du moins je le croyais, mais le vrai courage, la vraie lutte, celle contre l'affaiblissement, la diminution physique, la perte de mémoire, les maladies de l'âge, cela je ne l'avais pas envisagé et voici que c'était là à ma porte. Et surtout la peur de manquer, la crainte d'être à charge. Oui, tout cela était dans le malheur et les bonheurs du quotidien, en même temps que s'enfonçait en moi, invisible, son malheur à elle.

Il y a eu entre nous un temps de séparation, je ne pouvais pas m'imaginer sa vie à Vancouver. Sa vie de femme de cadre dans cet énorme pays sur les rives du Pacifique. Il y a quelques repères, Mykha qui part souvent pour prospecter, alors elle est seule avec son fils. Elle en souffre, Mykha souffre aussi, mais lui c'est son métier. Ces prospections augmentent son expérience, sa science, son salaire. Pendant ce temps elle doit parfois s'interroger, se demander si le mal va reprendre. Il reprend. On dit que ce n'est pas grave, il y a une nouvelle opération. Avec une amie, elle ouvre une boutique de mode à Vancouver, elle réussit, cela lui prend la moitié de son temps. C'est bien d'être occupée, de gagner soi-même son argent mais ne faut-il pas se préparer à l'épreuve qui peut revenir ? Elle ne voit pas les choses comme ça, elle n'est pas tournée vers l'être mais vers l'avoir. Elle veut agir, elle veut être en action et gagner de l'argent contre l'angoisse. Elle m'écrit : "Je ne veux pas trop penser, ce n'est pas bon pour moi et Mykha pense avec tellement plus de force que moi. Alors je préfère vivre." Je me dis : pourquoi pas ? Dans cette pente que j'ai à gravir ou à descendre, celle d'un nouveau lieu de vie, d'un nouveau travail et de la confrontation chaque jour, chaque semaine avec des névrosés, je vois que ce n'est pas avec mes acquis que je peux m'adapter. Pensée, habitudes, connaissances, je le vois bien, ne font que me jouer des tours. Ce n'est pas avec cela que je peux faire face au nouveau, à l'imprévu, parfois à l'intolérable (presque) ou à l'inespéré. Il faut payer, toujours payer et on ne paie pas avec des pensées. Il faut payer de sa personne. Payer avec sa vie.

A Vancouver la maladie est-elle sortie du corps de Paule ? Je l'ignore. Mykha est muté à Paris, politique des grandes boîtes, il faut périodiquement, suivant un plan de carrière, revenir au centre. Près de la lumière. Cela ne lui plaît guère, à elle non plus, ils seraient encore restés volontiers à Vancouver. Ils trouvent un appartement à Paris, ils s'installent, ils sont contents, quelques petits travaux à faire ensuite mais en somme ils n'ont qu'à entrer. Pendant ce temps, je continue à vivre comme je peux. Cinq jours par semaine à Paris, de quinze à vingt heures de transport par semaine. Pourquoi pas ? Comme les autres, dans la commune obligation de gagner et de perdre sa vie.

Il y a des jours, il y a des vacances, il y a l'été de la sécheresse. Pendant ce temps, je pense souvent à l'année 1943. Les chantiers, où je travaille comme Stéphane, sont fermés. Je trouve des travaux temporaires, lui aussi, très loin dans les Ardennes. Il est requis par le Service du travail obligatoire, moi pas, j'ai des enfants. Il débarque sans prévenir un après-midi, il ne part pas en Allemagne, il entre dans la clandestinité, il a déjà d'autres pièces d'identité et un travail comme forestier.

"Tu as une activité dans la Résistance ?" Il sourit et ne répond pas. Il se lève : "Il ne faut pas que je traîne dehors dans l'obscurité, il y aura beaucoup de barrages. J'ai mon ticket, je vais te montrer un endroit où on peut descendre sur les voies et prendre le train sans entrer dans la gare, ça peut servir. Montre-le à Jean-Jacques puisque tu le caches. Il est très amoureux, il ne faut pas qu'il sorte le soir, il va y avoir des rafles."

IV

Jean-Jacques, que nous cachons depuis la fin des chantiers dans un grenier bien dissimulé, sort ce soir-là, malgré l'avertissement de Stéphane. Il s'attarde et au coin d'une rue se fait épingler par la Gestapo.

Le lendemain, inquiet de ne pas le voir, j'apprends que la grande rafle pour le Service du travail obligatoire a eu lieu et que beaucoup d'hommes, surtout des jeunes, ont été arrêtés. Stéphane est parti à temps. Les prisonniers sont rassemblés dans une caserne. Jean-Jacques est parmi eux. On peut lui apporter un peu de nourriture, un sac de vêtements et des objets de toilette. Je veux aller lui donner le paquet. Mary me dit : "Il y aura du grabuge, des tentatives de fuite et tu risques de te faire embarquer. Je vais y aller, une femme fera ça plus facilement." A contrecœur je finis par reconnaître qu'elle a raison. Je l'accompagne jusqu'à l'arrêt du tram. Il y a une atmosphère lourde dans la ville, une angoisse sourde proche de la colère. La veille un aviateur de chez nous, qui est dans la RAF, a tiré deux obus sur le siège de la Gestapo. La foule, narquoise, s'est assemblée, les SS sont sortis et l'ont brutalement dispersée. On raconte que certains SS avaient des fouets.

Mary ne revient que plusieurs heures plus tard, échevelée, les vêtements froissés, elle boite car les talons de ses souliers sont cassés. Elle est épuisée, s'écroule dans le fauteuil, elle raconte et ses paroles sont coupées de crises de larmes et parfois de rires nerveux.

"J'ai pu faire remettre le colis à Jean-Jacques, on les donne aux jeunes filles de la Croix-Rouge, j'ai pu le voir de loin mais pas lui parler. Nous avons attendu longtemps leur départ pour la gare. Ils étaient trois cents au moins, encadrés par des soldats baïonnettes au canon et on disait que leurs fusils étaient chargés. Naturellement nous les avons suivis jusqu'à la gare, nous les femmes, les hommes, ça ne les concernait pas, peut-être. Les prisonniers, au milieu de la rue, nous faisaient des signes, ils nous envoyaient des baisers, formaient des V avec leurs doigts ou levaient le poing. Nous les suivions, nous étions plusieurs centaines, peut-être un millier sur les deux trottoirs. Quand ils recevaient des coups, on hurlait. Arrivées près de la gare, toutes les femmes se sont mises à crier. Je ne sais pas qui a commencé. Ce n'était pas des paroles, pas des injures ou des revendications, rien qu'un cri. Après un moment je me suis aperçue que je criais comme les autres. Tout bas d'abord, puis un peu plus fort, puis très fort. Et les prisonniers se sont mis à crier aussi. On se répondait. Nous avions mal, très mal au ventre, plusieurs se sont mises à vomir le long des maisons. Nous étions très pâles et les soldats devenaient très rouges, ils criaient des choses en allemand. Nous avions de plus en plus peur et nous criions de plus en plus fort. Alors ils ont commencé à taper plus fort sur les prisonniers pour les pousser vers la porte de la gare, mais eux sans résister

– avec quoi ? – n'avançaient qu'à tout petits pas. Ils recevaient des coups de crosse, mais n'avançaient pas plus vite. Des SS sont arrivés avec des matraques, les rangs des soldats se sont ouverts pour les laisser passer. Il y a eu une bousculade, quelques jeunes prisonniers ont jeté leurs paquets à la tête des soldats et se sont rués vers nous. On a ouvert, on a ouvert je ne sais quoi, nos rangs sans doute, ils sont passés en vitesse, se sont sauvés dans les petites rues, ont filé par des cafés, il y en a deux, trois qui se sont fait rattraper mais il y en a une vingtaine qui se sont sauvés. Jean-Jacques était de l'autre côté, ceux-là ne pouvaient rien faire.

Nous sur le trottoir, on s'est serrées après le passage des garçons. Et quand les soldats et les SS sont arrivés avec leurs fusils et leurs matraques, ils se sont trouvés devant des femmes qui n'attaquaient pas, qui ne faisaient pas mine de se défendre. Qui criaient, qui criaient rien du tout. De plus en plus fort, dans quelle panique ! Et les voix s'élevaient vers l'aigu, tu connais la mienne, elle montait, elle montait, il me semble qu'on n'entendait plus qu'elle et peut-être c'était vrai. Mais les autres, elles me l'ont dit, sentaient la même chose. Ils étaient là devant nous, les soldats d'occupation et les terribles SS, j'en ai vu deux qui avaient de longs fouets, je les ai montrés aux voisines et toutes nous avons regardé ces fouets. On ne pouvait pas s'empêcher de reculer un peu et sur trois rangs on a été très lentement le dos au mur mais nous hurlions de plus en plus fort. Nous hurlions rien du tout, les femmes sont comme ça, on se foutait des «Vive» et des «A bas». On criait à cause de quelque chose qui n'aurait jamais dû se vivre, quelque chose de honteux. Oui, quelque chose de honteux pour eux, qui étaient aussi des fils de femmes, des maris, des amants, des pères, qu'est-ce que je sais, moi. On ne pouvait pas se battre, on ne pouvait tout de même pas pleurer, même s'il y avait pas mal de larmes sur nos joues. Alors, pâles, oui, pâles de frousse et de dégoût, on criait de toutes nos forces en pensant – on se l'est dit après – en riant et en pleurant enfin : «Pourvu, pourvu que je ne fasse pas dans ma culotte. Mais si je fais, tant pis.» C'est ainsi, c'est ainsi, c'était de nouveau leur sale «c'est comme ça». Et on criait. Et de partout il y avait des femmes qui descendaient des maisons, qui arrivaient des places et des rues. Et derrière il y avait des hommes. Pas trop, puis un peu plus, des hommes qui avaient la trouille comme nous et qui, à ce qu'on m'a dit, avaient l'air pas contents, qui avançaient pas à pas, sans rien dire, en nous écoutant crier. Les femmes on sait que ça crie, mais ça c'était un cri comme ils n'en avaient jamais entendu et qui leur remuait les tripes et tout. Et ça devait remuer aussi les soldats, des soldats un peu vieux, l'air pas mauvais, et même les SS. Ils étaient en face de nous menaçants, très rouges. D'autres aussi pâles que nous criaient des choses mais personne ne les entendait, ils ne nous frappaient pas, ils n'osaient pas, ça se voyait. Ils ne frappaient pas et même, bien que nous ayons reculé, ils ne montaient pas sur le trottoir, il y avait entre eux et nous cette longue bande étroite. Cette frontière qu'ils ne pouvaient franchir. Et ils n'osaient pas non plus taper sur les prisonniers qui, maintenant que ceux qui avaient pu le faire s'étaient sauvés, se tenaient tranquilles.

Je ne sais pas s'il y a eu alors des secondes, des minutes ou peut-être un peu plus. Il y a un blanc où je nous entends seulement crier. Et puis tout d'un coup il y a quelque chose qui file au-dessus de nos têtes, quelque chose qui va s'écraser contre le mur de la gare au-dessus des prisonniers, au-dessus des Allemands. Quelque chose qui nous fait terriblement peur, plus peur que les SS et les soldats. C'est un boulon, deux boulons, dix boulons qui s'écrasent sur le mur et puis quelques pierres. Nous nous arrêtons peut-être de crier, je ne sais pas. Nous comprenons que c'est un avertissement. Que les boulons et les pierres vont tomber bientôt sur les Allemands. Car la place tout d'un coup s'est peuplée. Il y a des centaines de femmes qui sont venues nous rejoindre et qui se pressent sur le trottoir dos au mur avec nous. On était peut-être mille, on est deux mille, trois mille maintenant. Et soudain il y a des hommes, d'autres hommes, pas ceux qui sont sortis tout à l'heure des cafés et des magasins et qui avaient la trouille de se faire épingler. Ces hommes sont ceux qu'on ne voit pas pendant la journée ni sur la place, ni dans les rues, seulement un bref moment dans les cafés. Ceux qui arrivent en train le matin à six heures ou plus tôt. Qui viennent souvent de loin. Avec leur casquette, leur sac à casse-croûte et qui vont ensuite souvent avant que les trams ne circulent vers les chantiers et les usines des environs. Qui arrivent à demi endormis encore. Qui jouent aux cartes sur leurs genoux en repartant le soir vers quatre heures et demie ou cinq heures. Tous ces hommes qu'on ne voyait pas le jour, qui se précipitaient vers la gare le soir pour rentrer chez eux. Voilà qu'ils étaient là. Pas un peu, beaucoup. Toute la place était noire. Noire de leurs grosses vestes, de leurs casquettes. Ils étaient à une certaine distance et ils commençaient à lancer, exactement où ils le voulaient, leurs projectiles. Des hommes habiles avec les objets et les outils, des joueurs de balle pelote, des joueurs de foot. Bientôt, et c'est ça qui était intolérable, ils allaient envoyer boulons, pierres, boules, briques, tout ce qu'ils avaient apporté avec eux dans la gueule des SS. Et qu'est-ce que ceux-ci pourraient faire alors avec leur ridicule orgueil, leur sale petite vanité de mecs en bottes et leurs cols à tête de mort, sinon tirer ? Oui, tirer contre ces hommes désarmés, mal nourris, avec seulement des boulons, des morceaux de briques ou des cailloux dans leurs grandes poches où on a envie de mettre ses mains. Je pensais ce sont les mêmes, oui, que ceux dont tu m'as raconté qu'ils ont jeté du crottin dans la barbe du roi à Sainpierre. Les mêmes hommes habiles, hardis, qui n'ont pas grand-chose à perdre. Mais là, ils avaient affaire à un roi qui finalement avait sa propre dignité, qui pouvait se mettre au-dessus de cela, à des policiers de chez eux qui n'avaient pas envie de se mettre du sang sur les mains. Tandis que ce qui faisait peur chez ces SS, c'est qu'ils n'avaient peut-être que l'apparence de la force. S'ils avaient l'impression qu'ils cessaient de faire peur, ils allaient tirer, c'est sûr. C'est ça que nos hommes ne comprenaient pas avec leurs boulons. Ils se croyaient encore lors d'une grève de jadis et ils ne pouvaient pas supporter notre cri.

Il y a une grande rousse, une femme plus très jeune mais encore belle, qui criait on aurait dit plus fort que tout le monde, qui s'est tue alors. Elle avait la tête d'une femme qui sait boire et tenir tête aux hommes. On la regardait avec ses deux bras comme un chef d'orchestre, elle nous a fait signe de baisser la voix, puis d'arrêter, c'est ce que nous avons fait. Il y a eu alors un silence et on a entendu crépiter sur les murs les boulons envoyés par les hommes. La rousse s'est tournée vers nous et s'est mise à courir, c'était drôle, très haut perchée sur ses talons comme Sancho Pança sur le cheval de don Quichotte. Qu'est-ce qu'elle faisait cette femme avec tant de courage, qu'est-ce qu'elle foutait à faire le don Quichotte sur la place de la gare en face des SS ? Qu'est-ce que j'y foutais moi, avec mes mômes ? Finalement ils ne m'ont pas touchée, tandis que, toi, sûr qu'ils t'embarquaient. Nous, nous avons fait le poids toutes seules, sans armes. La rousse s'est mise à courir et nous derrière elle. Sans savoir avec nos têtes où elle allait, peut-être qu'avec nos pieds et nos ventres on le savait. Et on s'est retrouvées toutes autour d'elle, avant que les Allemands n'y comprennent rien. Entre eux et les hommes qui étaient sur la place et qui lançaient leurs boulons. Tu penses sûrement que c'est courageux, c'est vrai, mais en même temps c'était ridicule, dérisoire. Après la chose honteuse qui se passait, il y allait en avoir une plus honteuse encore. Le courage, oui votre courage de petits mecs bien capables de faire des centaines de veuves et d'orphelins, y en avait marre. Marre. Je ne dis pas qu'il faut se laisser faire. Je sais que nous nous sommes trop laissé faire. La rousse, elle a senti qu'il fallait faire autre chose.

On s'est retrouvées toutes entre les Allemands et nos hommes. On protégeait les Allemands contre les boulons et nos hommes contre les balles. Des deux côtés il fallait qu'ils risquent de nous blesser ou de nous tuer s'ils voulaient s'attaquer les uns les autres. On était serrées, pétrifiées. On se demandait si tous ces hommes allaient comprendre. Il y avait encore des boulons qui sifflaient. J'ai vu à ce moment Jean-Jacques et les autres prisonniers qui se mettaient à crier aux hommes sur la place : «Arrêtez !» J'ai demandé à ma voisine : «La rousse, c'est qui ?» Elle a dit : «C'est quelqu'un !» Ça, c'était vrai. Une autre a dit : «Pour moi, c'est la patronne d'une maison ou d'un grand café de la place. Elle a bien la tête.» Elle pouvait bien avoir la tête qu'elle voulait, c'était une maîtresse femme, ça se voyait et ça faisait du bien de l'avoir avec nous. D'autant qu'elle ne faisait pas mine de nous commander. Elle faisait des choses et nous les faisions avec elle. A ce moment, c'est une autre qui était derrière moi, que je ne voyais pas, qui s'est mise à crier aux hommes : «Arrêtez !» Alors on s'est toutes retournées vers les ouvriers en criant : «Arrêtez !» La rousse aussi. Ils ont cessé de lancer des boulons mais on voyait bien qu'ils les avaient toujours dans les mains et qu'ils avaient des pierres dans leurs poches et des briques dans des sacs qu'ils portaient sur leurs ventres. Ils ne lançaient plus rien mais ils avançaient tout doucement, ceux de derrière pressant ceux de devant. Oui, ils se croyaient toujours à la manif, ils croyaient qu'il y avait des règles, des règles du jeu avec les SS. Quant à ceux-là, il y en avait toujours trois ou quatre avec des fouets. C'est ça que nos hommes avaient vu. Ils ne pouvaient pas supporter ça. A cause de nous. On n'allait pas les menacer avec des armes, pire avec des fouets devant leurs femmes. Devant leurs bonnes femmes. Devant ces crieuses, ces pleureuses, ces pisseuses. Ils allaient leur montrer qu'on avait beau avoir été rossé en quarante on avait compris maintenant. On n'allait plus se laisser faire. Ils allaient voir, nous surtout nous allions voir, qu'ils étaient des hommes. Ils ne laissaient pas comme les Allemands d'espace entre eux et nous. Nous étions leurs bonnes femmes après tout. Ils nous regardaient les yeux dans les yeux. Ils nous forçaient à reculer. D'autant que nous avions perdu notre belle unité : on ne poussait plus un seul cri formidable face aux ennemis. On reculait parce qu'à la maison et au lit on avait l'habitude et le plaisir d'une sorte de reculade. Et on poussait des cris, les petits cris de bonne femme qu'ils attendaient : «Arrêtez. Vous êtes fous. Ils vont tirer.» Ils avançaient et ils nous forçaient à reculer, ils commençaient même à désagréger notre mur. Ils allaient l'infiltrer, ils allaient nous montrer, chasser ces SS et les autres et en les affrontant de tout près. Comme ça ils ne pourront pas tirer. Et ils allaient libérer les prisonniers.

Nous voyions bien que cela ne pouvait pas se passer ainsi. Nous sentions la catastrophe s'approcher et pour éviter qu'ils ne pénètrent jusqu'aux Allemands nous nous serrions de plus en plus les unes contre les autres et nous reculions très lentement. Ils nous pressaient peu à peu pour aller se faire massacrer et ils nous marchaient sur les pieds. Oui, je sens encore le poids de leurs grosses bottines sur mes pieds. C'est leur haleine, leur haleine de vivants, de vivants candidats à la mort qui nous faisait reculer. Puis soudain ils se sont arrêtés. Ils voyaient quelque chose qui, pour un moment, les arrêtait. Nous nous sommes retournées, la tête d'abord car nous avions peur. Nous avons vu alors sortir de la gare, entouré par deux autres types à galons, un officier allemand, plus très jeune, avec une casquette à bande rouge. Je n'ai jamais rien compris aux grades mais les bandes rouges je sais que ça veut dire un général. Celui-là sans doute un super général, car les deux autres avaient aussi des bandes rouges. Il était grand, très sanglé, chic, calme. L'air de quelqu'un qui en a vu d'autres. Il a eu l'air étonné pourtant en voyant les soldats, entre deux files de SS, qui nous couchaient en joue, nous les femmes, alors que nous les séparions des hommes. Puis en voyant les prisonniers menacés, massés le dos au mur de la gare avec une dizaine de SS prêts à leur balancer des grenades à la figure, il a appelé l'officier SS et d'un air imperturbable il lui a fait quelques remarques, pas agréables sûrement, car on a vu sur la figure du SS que le général s'étonnait, oui, s'étonnait beaucoup. Et j'ai entendu la rousse dire entre ses dents : "Celui-là est mûr pour le front de l'Est. Bon voyage !"

En tout cas, ça n'a pas traîné. Le SS de cette voix de tête marrante des officiers allemands a crié un ordre et tous ont relevé leurs armes. Nous avions repris notre souffle et tout d'un coup le général a dit en français, avec un drôle d'accent, aux prisonniers : "Messieurs, entrez dans la gare. Je vous prie." Et sans hésiter, deux par deux, Jean-Jacques au deuxième rang, ils sont entrés dans la gare et nous ne les avons plus vus.

Puis il s'est tourné vers nous, nous a fait une sorte de petit salut d'excuse et a donné un ordre. Alors le grand SS a balancé sa voix tout à fait vers le haut et les soldats ont élevé leur fusil et ont tiré en l'air.

Ça a fait une drôle de décharge, nous avons reculé de plusieurs pas, et les hommes aussi.

Alors nous avons crié de nouveau toutes ensemble. Crié rien du tout. Jean-Jacques et les autres allaient partir pour l'Allemagne. Déportés comme tant d'autres. Mais avec une chance. Une chance de s'enfuir, une chance de revenir. Vivants en tout cas, aujourd'hui vivants. Et les autres, nous et les hommes, vivants. Et les Allemands, même les SS, vivants aussi. Ça valait la peine de crier, non ?

Comment le général pouvait-il croire que tout était fini ? Est-ce qu'il ne voyait pas que nos hommes avaient honte d'avoir reculé et même commencé à s'enfuir. Comme nous l'aurions fait aussi si nous n'avions pas été si serrées. Oui, ils revenaient vers nous les pauvres, toujours avec leurs boulons et leurs briques dans des sacs sur leurs ventres. Ils avaient eu peur les bougres, mais ils n'avaient rien, rien compris. Ils ne saisissaient pas la chance, celle que nous leur avions donnée de vivre encore. Ils voulaient toujours montrer aux femmes qu'ils étaient des mâles. Tout d'un coup j'en ai eu marre, j'ai senti la colère qui montait en moi, en même temps que dans toutes les autres. Tout d'un coup nous leur avons crié : «Allez-vous-en, idiots ! Et vite. Vite !» Nous les avons hués. Abasourdis, ils reculaient un peu, trop peu et lentement. Tout d'un coup la rousse s'est mise à crier : «Marre, marre, foutez le camp !» Elle avait retiré ses souliers sur colonnes et leur volait dans les plumes avec ça tapant d'importe où. Criant : «Foutez le camp les mecs, tant qu'il est encore temps.» Alors, toutes nous leur avons couru dessus, comme des flics, mais pas avec des matraques, avec nos mains, avec des claques, des gifles, des coups de poing, des casquettes jetées en l'air. Oui, nous les avons chassés de la place, je ne sais pas comment, mais ils sont partis. Il était temps, il y avait des chars qui arrivaient.

Mme Walon, notre voisine, a pu voir le général. «Il a regardé, a-t-elle dit, notre charge avec un petit sourire.» C'était l'officier SS qui avait appelé les chars qu'il a renvoyés sur l'heure. Puis, sans mot dire, il est remonté dans sa voiture et il est parti. Les soldats sont partis aussi. Les SS en camion, l'officier était tout pâle. On s'est retrouvées toutes seules sur la place. Toutes seules à trois ou quatre mille. Tous les cafés, tous les magasins avaient tiré leurs rideaux de fer ou leurs volets. La rousse a commencé à frapper sur les volets. On nous a ouvert, on a essayé de boire quelque chose. On n'était plus des inconnues, on pleurait dans les bras les unes des autres comme si on se connaissait depuis toujours. On faisait la queue aux toilettes. Certaines étaient si émues, si pressées qu'elles ont dû aller faire le long des trottoirs. Personne n'osait les regarder. Oui, nous étions bien les pisseuses, comme ils disent, je ne sais pas comment ils se sont raconté cela entre eux ces hommes. Sans doute, sont-ils en train de parler de notre crise de folie. Peut-être qu'il n'y a que le vieux général et nous à savoir pourquoi ils sont encore vivants. Ah, je n'en peux plus, les talons de mes souliers se sont cassés dans la bagarre. Je boite. Je vais être malade toute la soirée, toute la nuit. Non, je ne peux pas manger. De la tisane, de la tisane chaude. Et puis je vais pleurer. Pleurer tout un jour, toute une semaine. Ce soir, Marcello, le fils de Mme Walon, qui s'est sauvé, s'il est encore libre, j'ai dit à sa mère qu'il vienne par le jardin. Tu lui diras le chemin que Stéphane t'a expliqué pour arriver dans les wagons de marchandises à la gare. Surtout ne me dis rien. Je ne veux rien savoir si on m'interroge. Je ne suis pas courageuse, moi. Ce garçon pourra peut-être rejoindre Stéphane qui lui trouvera une place. Il fera ça pour toi, il t'adore, Stéphane. Qu'est-ce qu'elle disait, Mme Arthur, qu'il faut prendre pour se remonter quand ça ne va plus ? Un jaune d'œuf, du sucre et du porto. Tu l'as déjà préparé, tu es gentil. Oui, c'est bon. Je ne sais pas si je vais pleurer ou dormir. Et tout cas, je sais que je vais occuper les toilettes la moitié de la nuit. C'est bon ce porto. C'est une recette ! Quelle femme, cette Mme Arthur ! Qui sait tout faire avec ses mains, qui peut consoler tout le monde avec ses recettes. Nous, les femmes jeunes, nous ne sommes plus comme elle, malheur, toujours à chercher à plaire ou être en colère. Pourquoi toujours ces empotés, ces rhinocéros, ces fous à notre tête ? Pourquoi pas une petite Mme Arthur ? Avec elle on aurait une journée de bonheur, puis d'autres, avec toujours un peu de soleil. Oui, pourquoi pas une bonne femme de ménage à notre tête au lieu d'Hitler, de Staline ou de Mussolini."

V

Marcello a téléphoné à sa mère. Elle sait qu'il est vivant, il doit se cacher. Il arrive le soir par un des murs du jardin. Je l'installe dans le petit grenier de Jean-Jacques et le lendemain nous allons chacun de notre côté à la gare, je le précède au cas où il y aurait des barrages, nous suivons le chemin indiqué par Stéphane et il peut monter dans un wagon de marchandises. Quelques jours plus tard sa mère me dit qu'il est bien arrivé dans un village des Ardennes et qu'un de mes amis lui a trouvé du travail.

C'est alors que j'ai rencontré un dirigeant de l'Armée secrète qui m'a demandé de rassembler en petits groupes de résistants les anciens des chantiers en qui j'avais confiance. Ces groupes devaient par sécurité être inconnus les uns des autres jusqu'au moment de l'action. Il m'a indiqué les précautions nécessaires pour ne pas se faire découvrir ni noyauter. Je commence à le faire, c'est un très long travail qui demande beaucoup de rencontres, parfois risquées. Il n'est pas facile de faire respecter à des jeunes de dix-huit à vingt ans le silence et le secret nécessaires.

L'hiver 1943 se termine, la défaite des Allemands est de plus en plus probable mais ils dominent toujours une grande partie de l'Europe.

Je passe un jour de varappe avec Stéphane. Il est venu des Ardennes à vélo par de petites routes et des chemins détournés. Arrivé la veille, il a logé dans une maison du village. Avec son grand collier de cordes autour du cou je crois voir, au premier instant, un suppliant, puis quand il vient vers moi, l'air tranquille d'un vainqueur qui s'ignore.

Un voile s'est étendu dans ma mémoire sur une partie de ce jour-là. Nous faisons deux voies le matin, il me fait monter en premier. Il fait très beau, un jour de mars avec un soleil qui sort du froid. Le menuisier, chez lequel il a logé, lui a prêté une barque. Nous la prenons pour pique-niquer sur la Meuse. La barque n'est pas trop stable, lui adossé à la proue, moi à la poupe, nous mangeons en silence. Il porte par-dessus son chandail une vieille veste de bûcheron en velours noir qui souligne sa haute taille et donne à ses traits et à ses épaules une carrure que je ne leur ai jamais vue.

Le soleil est doux, je veux me redresser dans la barque pour mettre mon pull sous ma nuque. Je déséquilibre la barque qui penche dangereusement vers la droite et l'eau oscille, un instant, sur le bord. Je m'immobilise et lui, en prenant les deux rames en main, stabilise notre esquif. Son calme ne me trompe pas, ma maladresse lui a fait peur comme à moi. Mais d'une autre peur que la mienne. C'est que lui ne sait pas nager. J'ai envie de lui dire : Si j'avais fait chavirer la barque, qu'est-ce que tu aurais fait ? J'ai appris la technique du sauvetage mais comment la pratiquer s'il est contracté comme la fois précédente. C'est qu'il y a eu une fois précédente. L'été passé, à Freyr, il faisait chaud, nous avons fait plusieurs voies le matin. Puis nous nous sommes assis au bord de l'eau, nous avions choisi un jour de semaine, il n'y avait personne. J'ai mis mon slip, lui le sien mais il n'est pas entré dans l'eau avec moi. Elle était délicieuse, quelle journée, quel plaisir. Le temps vert, le soleil, l'eau. En revenant vers la rive, je m'étonne, il est toujours assis là au soleil. “Tu ne viens pas ?” C'est alors qu'il me fait cette réponse étonnante : “Je ne sais pas nager.” Je suis stupéfait. Il me semble que tous les gens que je connais savent nager. Bien ou mal, ils savent. Comme on sait lire et signer son nom. Et lui Stéphane, un athlète, si maître de son corps lorsqu'il tient un outil ou fait face au rocher, il ne saurait pas nager. Il y a une faille dans l'image que j'ai de Stéphane ! “Ce n'est pas possible que toi, Stéphane, tu ne saches pas nager ! Viens, je vais t'apprendre.”

“Viens !” Il s'approche, il met le pied sur un banc de petits galets au bord duquel je suis dans l'eau jusqu'à la taille. “Je vais t'apprendre.” Au moment où je dis ça, j'ai tout de suite un sentiment de doute. Apprendre à nager à un enfant n'est pas facile. A un adulte, ce l'est moins encore. Surtout dans un fleuve où on est très vite en eau profonde. Bon, le vin est tiré car voilà Stéphane qui franchit le petit banc de galets. Qui descend à côté de moi, là où l'eau est un peu plus profonde et où le fond sous les pieds est fait d'une vase un peu gluante. Il est très pâle sous son hâle et je tâte le sol pour voir jusqu'où il aura pied et comment je vais pouvoir lui apprendre. Car je crois qu'on peut apprendre, toujours apprendre. Ce sont les gens de ma lignée, ceux de la maison froide qui continuent ainsi à travers moi leur mouvement, leur manie de machine : accumuler, produire. Je tâte du pied, je fais quelques brasses le long de la rive, cherchant un emplacement sûr. Il n'y a qu'une bande étroite le long de la berge. Cela ne va pas être facile, mais, quoi, je n'ai pas un goût immodéré pour la facilité. Stéphane non plus. Notre lieu, c'est au contraire l'effort, la falaise, l'ascension.

Je me retourne et je vois mon maître en ascension, le seigneur de l'à-pic et du surplomb, devenu blême et qui dans l'eau jusqu'à mi-corps tremble de tous ses membres. Je crois même qu'il va vomir dans l'eau. Je me précipite vers lui : "Stéphane, qu'est-ce qu'il y a ?" Je l'aide à sortir de l'eau, il tremble de plus en plus fort, les mains, les bras, tout le corps. Je le soutiens jusqu'à la prairie au soleil, je l'étends sur ma serviette de bain qui heureusement est assez grande, je trouve la sienne dans son sac, je le frictionne, comme il a fait pour moi. Il répète convulsivement : "C'est toujours comme ça." Il est crispé, tous ses muscles sont noués. Il ferme les yeux. Je me dis : Il va avoir une crise. Une crise de quoi ? Je ne sais pas, mais j'ai peur. Je me rappelle dans mon enfance à Blémont le fils des paysans voisins Babou-Tordu, qui avait de temps à autre des crises d'épilepsie. Il criait alors et se roulait par terre. Il travaillait dur le Babou, il passait pour exceptionnellement vigoureux, il ne parlait pas beaucoup sauf pendant ses crises où il proférait des volées de paroles par rafales. Si ça se passait aux champs ou dans la grange, les nombreux membres de la famille formaient cercle autour de lui, debout en lui tournant le dos. Ils n'interdisaient à personne de regarder, pas même à l'enfant que j'étais alors, mais ils le protégeaient pourtant de leurs corps massifs. Ils ne disaient rien et une ou deux femmes agenouillées ou assises soutenaient sur leurs cuisses la tête écumante du Babou pour l'empêcher de marteler le sol de sa tête et de se blesser. Malgré tout il se blessait souvent mais le Babou était dur. Quand il revenait à lui, il essuyait le sang, on lui faisait un pansement, et après un bref repos, sans un mot, il reprenait son outil et se remettait au travail. Cet homme hurlant, secoué de spasmes, la tête sur les cuisses d'une femme, les hommes du clan, père, frère, cousins, neveux en cercle autour de lui, c'était une scène d'une grande dignité, parfois dans la grange le soir, éclairée seulement par deux lampes, une scène sacrale, une scène de véhémence, de furie et en même temps une scène de silence. Personne ne parlait, seul le Babou hurlait des paroles parfois sans suite, des cris déchirés, des vociférations qui semblaient formés d'un lourd métal tordu par des doigts tout-puissants. Parfois aussi d'une voix presque enfantine, d'une voix de femme, il prononçait quelques phrases rapides. Alors les plus vieux de la famille se retournaient à demi pour mieux entendre. Chez nous, à table, les grandes personnes répétaient certaines de ses phrases qui concernaient le village ou le clan des Babous : achat d'une terre, vente d'une bête, prédiction du temps à venir. On disait même que le Babou, lors d'une crise, avait annoncé un an à l'avance la guerre de 1914 à laquelle personne ne s'attendait. Quand la crise était passée et que le Babou en vacillant et frottant sa bouche sanglante sur sa manche se dirigeait sans jamais se tromper vers l'endroit où il avait laissé choir son outil, tous les membres du clan se séparaient sans un mot, chacun reprenant sans commentaire ses occupations. Après avoir assisté de près ou de loin à plusieurs des crises de Babou j'ai vu que, lorsque projeté sur le sol il se mettait à crier, tous les Babous mâles enlevaient leur casquette et restaient nu-tête jusqu'à ce que le cri ou la parole l'ait quitté.

Est-ce que Stéphane va faire une crise comme le Babou ? Est-ce qu'il va se tordre sur le sol en proférant cette parole secrète que je ne suis pas, que je ne serai peut-être jamais capable d'entendre ?

Il se calme, il se détend. Il ouvre les yeux qu'il a gardés fermés depuis que je l'ai aidé à se coucher. Il fait un peu jouer ses mains et ses pieds, il éprouve leur détente comme il fait avant d'entreprendre une escalade. Il s'assied, il tend la main vers son sac et en tire un pantalon qu'il enfile à la place de son slip. Je me rends compte que je suis encore tout mouillé et que, malgré le soleil, j'ai froid. Pendant que je m'essuie et me rhabille, il a sorti de son sac du pain qu'il a coupé en tranches sur lesquelles il étend un peu de margarine. J'ai apporté des œufs durs, du fromage. Nous partageons. Je lui demande s'il se sent mieux. Il répond : “Ça va !” sans commentaires. Son silence n'a rien de lourd ni d'oppressant. Il ne refuse pas de parler, simplement il ne parle pas, comme les Babous après une crise de Babou-Tordu. Nous restons un moment au soleil, puis il se lève, prend son sac, ses vêtements et dit : “Avant de grimper, on pourrait un moment jouir de l'arbre.” Et ce mot jouir paraît prendre une proportion inattendue, ambiguë dans la bouche de cet homme sans femme. Nous nous installons sous l'arbre, l'ombre y est tiède et fraîche. Il allume sa petite pipe, en tire de lentes bouffées. Nous avons tous les deux le dos appuyé à l'arbre, nous regardons en face de nous la prairie, les reines-des-prés dominent l'herbe déjà haute du prochain regain. Mais quelle différence entre nous, lui je le sens bien, après l'alerte de tout à l'heure, est complètement détendu, donné à la jouissance de l'ombre, du vent qui souffle à peine et du soleil. Il ne s'adonne pas à un plaisir, il n'éprouve pas la fraîcheur de l'ombre, il y est tout entier. Il est l'ombre comme tout à l'heure il sera le rocher. Quelle différence avec moi tout en pensées, en sensations qui vont dans tous les sens. Je désirais moi aussi l'ombre, maintenant je la reconnais avec mon corps et ma pensée. En somme rien de nouveau, peut-être même pas de vraie connaissance. Toujours j'attends et je retrouve. Je ne suis jamais l'ombre, jamais le soleil. Oui, même dans l'amour, je retrouve, je reconnais et ce n'est que par surprise que je découvre. Tout se brise sur ce fait, celui qui est l'ombre, celui qui jouit d'elle, qui jouit vraiment, ce n'est pas moi, c'est lui. Ma pensée, mes sensations se brisent, se cassent, se démontent sur ce fait pendant qu'il tire très doucement sur sa pipe puis la vide d'un mouvement souple sur la racine de l'arbre. Je sens qu'il sourit, un instant bref, à son bonheur et une grande joie m'envahit, je suis moi aussi présent à l'arbre, au soleil et au bonheur de Stéphane. Il se lève, à sa manière, d'un seul mouvement comme les grands animaux. Il dit : “On y va ?” et nous y allons.

C'est tout cela qui me revient dans la barque qui a repris son équilibre. Ce qui me frappe à ce moment, c'est à nouveau l'idée que Stéphane ne sait pas nager et que s'il tombe à l'eau, l'eau que j'aime tant, il pourrait se noyer. C'est comme si toute la brutale insécurité de la vie m'était révélée plus durement que par la guerre. Chaque étendue d'eau, chaque rivière, chaque fleuve est pour lui une force étrangère et un danger.

Sans doute a-t-il suivi ma pensée, perçu cette douleur qui m'atteint. Il dit : "Tu l'as vu, je ne peux pas !" La vie comme ça, la vie qui est ainsi, qui n'a pas cessé de me heurter depuis ma petite enfance ne le trouble pas, lui. Il y a là une interdiction, un interdit dans son corps, il constate qu'il n'a pas pu. C'est tout, pas de commentaire, pas de conclusion.

Stéphane s'est mis à ramer, il a remonté le fil de l'eau jusqu'à l'endroit proche du rocher et des voies que nous allons faire. Je le regarde ramer très doucement sans bruit comme pour ne pas troubler, ne pas épuiser cet instant de grâce. Je regarde ses épaules parfaites, ses hanches minces de statue d'Egypte. Il regarde le fond du bateau, puis le fil de l'eau au loin, les tournants du fleuve. Il me regarde assis à l'arrière de la barque, le visage tourné vers le ciel comme si je guettais – et c'est un peu ce que je commence à faire – le retour d'un vol de bombardiers revenant d'Allemagne. Il sourit de son sourire bref. Son sourire d'Indien ou de trappeur, pourquoi cette image qui me transporte au loin dans une Amérique enfantine ? C'est vrai, on imagine qu'il pourrait vieillir là-bas allant de forêt en forêt, de chasse en chasse, entouré d'amis indiens comme Bas de cuir. Mais il n'aime pas la chasse et nous sommes en Europe, au milieu ou peut-être déjà vers la fin de la guerre. Il a traversé toutes les Ardennes à bicyclette, moi je suis venu de Bruxelles, je me suis levé tôt, je rentrerai tard. S'il n'y a pas de transports de troupes sur la ligne, s'il n'y a pas de bombardements dans les gares. Pourquoi est-ce que nous avons fait ça, pour faire rapidement deux voies ce matin, en refaire une ou deux tout à l'heure ? Ce n'est qu'un prétexte que nous nous donnons. Le vrai, le motif, c'est ce moment-ci où je le regarde, où il me regarde. C'était ce matin, ce regard sur sa façon d'aborder le rocher, sur sa manière de rassembler la corde en anneaux sur ses épaules. Et lui aussi voulait me voir à certains moments comme maintenant, emporter en lui une image de moi, que je ne peux absolument pas imaginer, qui est la sienne. En somme, ce mouvement à travers le temps et l'espace que nous avons fait, ce long retour qui nous attend, ça ressemble à quoi ? A un dialogue de regards, un dialogue sans paroles entre nous, parce que nous ne nous sommes presque rien dit et c'est autre chose que des paroles que nous échangeons. Ce qui se passe ici et maintenant, ce qui nous a poussés à venir ici l'un et l'autre à travers tant de difficultés, il est clair que si nous étions un homme et une femme on penserait que c'est l'amour. Et c'est cela sans doute, je suis prêt, lui aussi peut-être, à le reconnaître mais je suis arrêté parce qu'il n'y a entre nous ni désir, ni possession. Il n'entrera pas dans mon avoir, ni moi dans le sien. Il est hors mots d'amour, hors mots sexuels. Tout se passe dans l'échange de regards dont bientôt nous allons être privés. Il n'y a pas d'autre raison à notre présence ici, à notre heureuse conversation de regards. Et bientôt, dans trois heures et quelques minutes, nous serons séparés, sans savoir pour combien de temps, par la nécessité, par la distance, et par la guerre.

Après le départ de Stéphane à vélo, cette journée pour moi s'est perdue dans la brume, dans l'attente à la gare, dans le bruit des avions qui sont revenus d'Allemagne plus tard qu'on ne s'y attendait, j'étais déjà près de Bruxelles, le ciel s'est éclairci. La Flak s'est déchaînée, on a vu trois avions tomber et s'ouvrir les champignons blancs de plusieurs parachutes.

Le train s'est arrêté et je me suis rappelé en écoutant le bruit des canons un événement qui remontait à deux mois. J'étais descendu en ville pour rencontrer Stéphane. Il y avait une division de Waffen SS de retour du front de l'Est qui était au repos à Bruxelles et dans les environs. On racontait des choses singulières à leur propos. En marche, ils chantaient souvent des chants de guerre russes. Etait-ce un hommage à leurs adversaires les plus rudes, un signe d'admiration qu'ils leur rendaient ainsi ? Comment savoir, mais les témoignages concordaient. Ce dimanche-là, un jour de janvier, il y avait un soleil assez clair. Et comme d'habitude, sur la Grand-Place, dans le décor gris et or des vieilles maisons, on vendait des oiseaux et des fleurs. Parmi les passants, un sillage s'est creusé : comme après le passage d'un navire. Ce n'était pas un navire, ni même un véhicule. Seulement trois hommes, trois SS. De simples soldats pourtant, portant la croix de fer, qui s'enfonçaient comme un coin dans la foule qui s'écartait. La force, la décision de leurs pas, quelque chose de bronzé, d'éprouvé par le feu les faisait reconnaître bien plus que leur uniforme et l'insigne à tête de mort. Ils allaient droit devant eux, sans regarder ni à droite ni à gauche. Avec une force de vainqueurs. Oui, les Allemands étaient déjà sur la défensive à ce moment-là mais eux, les Waffen SS, les soldats d'une caste, se sentaient encore vainqueurs. Ils se sentiraient sans doute ainsi jusqu'à ce qu'on les tue.

Ils passaient et, tout en les détestant, je ne pouvais m'empêcher de les admirer. La foule s'écartait devant eux et je me suis aperçu que nous nous écartions, Stéphane et moi, comme les autres. Ils sont passés et après un moment de silence Stéphane a dit : "On ne peut pas supporter ça." C'est à ce moment qu'il a dû décider de partir et de s'engager dans la Résistance.

VI

Aujourd'hui, à l'hôpital, Paule me fait peur. Sous oxygène, le masque lui pinçant le nez, elle semble encore plus faible et amaigrie. Je suis saisi par le changement et elle me dit : "Parle, parle, sans cela c'est moi qui parlerai et il ne faut pas." Je tente de parler et, ne sachant que dire, j'évoque le temps de mon enfance car je sais qu'elle aime ce dépaysement, le sentiment d'avoir des racines dans la terre, dans des maisons, dans des familles comme étaient celles de ce temps-là. Mykha arrive, beau dans une chemise et un pantalon beige. Il la regarde et parfois lui sourit. De temps à autre il me coupe la parole pour lui dire un mot de tendresse et de sollicitude. Tout à coup la tête de Paule s'enfonce dans l'oreiller, elle s'est brusquement endormie. Le haut du buste et le visage secoués par le souffle qui, malgré le masque à oxygène, se fraie difficilement passage. Est-ce que je revis depuis des mois avec tant de peine, dans la rechute et l'aggravation du cancer de Paule, la mort de Stéphane ? Est-ce cela qui cause cette extrême difficulté que j'éprouve à vivre depuis des semaines en pensant à la mort de Stéphane qui a pris tant de place en moi ? L'angoisse devient trop forte et comme Paule dort toujours je m'en vais sur la pointe des pieds, sans me retourner.

Le vent est fort le lendemain matin, des nuages passent, le soleil s'étend et s'éteint par ondes sur mon visage. J'attends je ne sais quoi, je ne sais qui, les yeux fermés, je renverse ma tête en arrière comme Paule a renversé la sienne hier sur l'oreiller. Paule s'efforce, s'efforce encore, elle n'est pas livrée, pas libérée. Elle est chassée, traquée par la maladie, comme les nuages dans le ciel menaçant. Le soleil sur mon visage a, me semble-t-il, l'humour solaire de Stéphane. Qu'est-ce que cela veut dire, l'humour solaire du visage de Stéphane ? Des mots, rien que des mots en face de la mort ? Si j'attends, et j'attends, si je suis attentif, et je le suis, je m'aperçois que l'humour supérieur que j'attribuais à Stéphane est celui de ce ciel soudain dénudé, de cette embellie au cours d'une matinée qui ne finira pas sans orage. Cet après-midi, il faudra prendre un parapluie. Il pleuvra sur le chemin mal nivelé qui mène à l'aile droite, à l'étage des cancéreux. Et je pense aux mares que j'ai vues le long de la Seine cet hiver dont l'eau boueuse reflétait si exactement les branches des arbres, les sombres nuances du ciel et mon visage pendant l'exil du soleil. Je me dis qu'au moins je puis espérer devenir une de ces mares reflétant avec justesse dans sa boue ce qui se passe ailleurs et en même temps en moi.

Je pars seul dans l'après-midi. Est-ce qu'Argile a perçu que je préfère aller seul ? Une forte ondée est tombée, d'autres s'annoncent, c'est ce qu'en Bretagne on appelle une brume orageuse. Je n'écrirai pas aujourd'hui, non je n'écrirai pas. Je mets la voiture en marche, c'est un jour où d'habitude je ne vais pas à Paris. Sur le pont de

Chatou une petite pluie m'accueille, les feuillages sur l'île des Impressionnistes brillent mais dès que je m'engage sur la route de Paris la banalité du décor trop connu m'écrase. Ce n'est pas vraiment la laideur, la plupart des bâtiments sont assez neufs. Ce qui me frappe, c'est le manque. Quelque chose fait défaut qui devrait être là, qui y était encore il y a peu d'années. Je m'efforce de me dégager, de ces regrets, de ces soupirs. Seul compte ce qui est, cela seul est vrai. Tout est lié, le passé, la nature déjà restreinte, déjà blessée, celle qu'ont vue Claude Monet et ses camarades, et ce présent d'immeubles et de stations-service. Tout est là et dans ce rapport universel je suis pour le moment un point mobile qui va vers un autre point momentanément immobilisé et couché avant la guérison ou l'intégration dans des formes nouvelles. Me voilà à la porte Maillot, je tourne autour du square au milieu de la place et je m'engage sur le périphérique. Pas trop de monde ce dimanche après-midi, ça roule. Il me semble faire à l'ouest et au nord de Paris une sorte de chemin de croix comme on en faisait à l'église dans mon enfance. Mais les stations, cette fois-ci, sont des portes. Des portes qui s'ouvrent vers Paris, vers l'encombrement, les bouchons et de l'autre côté vers la gigantesque banlieue, les autoroutes, les routes et la campagne ruisselante de pluie. J'égrène en roulant les noms des portes comme les grains d'un chapelet. La ville est coupée en deux par ce boulevard, tout ce qui l'environne est marqué d'une sorte de saleté grise comme les gares de mon enfance l'étaient par la suie. Tout est à la fois mesquin et gigantesque, c'est Babylone mais le regard ne peut se fixer nulle part. Je suis poussé en avant par tous ceux qui m'entourent et qui me suivent. Les choses ne sont pas faites pour être regardées, elles ne sont d'aucune façon accordées à un regard même à quatre-vingts kilomètres à l'heure. Je suis poussé en avant, vers où ? Je suis poussé vers l'hôpital et la maladie. C'est là que l'on aboutit en ce lieu et en ce temps, je le ressens avec force. Porte d'Aubervilliers je prends la voie latérale, je m'engage sous le pont et je prends l'avenue Jean-Jaurès. J'aime Jaurès, sans bien le connaître d'ailleurs, c'est un homme, c'est une image qui me sont sympathiques mais presque toutes les avenues Jean-Jaurès de la banlieue ont ce côté désordonné, cet étagement inégal des immeubles, ce foisonnement de boutiques et de cafés plus ou moins minables. J'arrive à la place du 8-Mai-1945 et là, après la poste qui semble porter en elle tout l'ennui de vivre, je m'engage dans une rue étroite, qui semble depuis toujours barrée en son centre par des travaux. Une rue encombrée, avec une chapelle grise, des maisons, des boutiques et en retrait de hauts immeubles qui sont des bureaux de grandes entreprises et une école d'infirmières. Il semble qu'il y ait toujours du vent ici, un vent humide et froid malgré l'été, le souffle brutal des passages d'autobus et de camions sous un ciel de pluie. Il y a un terre-plein devant le mur, il y a déjà de nombreuses voitures. Le sol est raviné par les pluies. Je monte avec ma voiture sur le terre-plein. Tout est connu, déjà connu, le mur, la barrière qui ferme le portail, les deux entrées latérales pour les piétons où des gens se dirigent vers les bâtiments avec des fleurs comme moi, ou avec des paquets de nourriture et de fruits.

Je suis arrivé tôt de manière à donner le temps à la mère de se promener et à Mykha de reconduire Win chez des amis. Paule est seule au moment où j'entre, elle ne peut guère parler, elle a son masque. Je lui prends la main et je me souviens de ce soir dans le salon de thé où je la regardais encore pleine de force avec derrière elle le soleil qui se couchait sur le triangle parfait du glacier. Je lui rappelle ce jour, elle sourit. Nous restons un long moment sans parler. Je la regarde, je tiens avec plaisir sa main amaigrie dans la mienne. Sa main est soudain agitée d'un fort tremblement par un dérapage du souffle. Alors je lui dis comme la mère : "Ne panique pas !" Elle se détend, elle sourit un peu. C'est en moi alors que quelque chose panique. Perdre son souffle, perdre le souffle, non, je ne suis pas prêt à cela. Pas plus qu'elle. Mykha entre et je sens après un moment qu'il vaut mieux les laisser seuls. Je me lève, j'embrasse sa main, elle ne s'en aperçoit pas, Mykha et elle se regardent. Je sors en me prenant les pieds dans un paquet au pied du lit. Un grand trouble m'envahit, une vague qui vient des profondeurs et qui roule en moi ses flots sombres dans lesquels je ne peux rien discerner. Je reprends l'ascenseur jaune, les taches sales sur ses portes et ses parois me font plus mal qu'à l'ordinaire.

En débouchant à l'extérieur je tombe sur Anne-Marie que j'ai déjà rencontrée chez Paule. C'est chez elle qu'a commencé la crise grave qui a nécessité son transfert à l'hôpital. Elle aussi a eu le cancer, elle est guérie. J'admire son sang-froid, sa gaieté. J'ai été frappé l'autre jour par la façon qu'elle a de maintenir Paule dans le courant de la vie en lui parlant de leurs amis communs, des gens qu'elle a vus, d'un petit voyage qu'elle a fait. "Comment va-t-elle ?" Je suis encore pris dans le souvenir du visage de Paule lorsque son souffle a dérapé, ce qui sort de moi sans réflexion est bien inadéquat : “Elle est dans des mains plus grandes que les nôtres.” Pourquoi ai-je dit cela ? C’est ce que je ressens mais pourquoi le dire, pourquoi dévoiler sans raison ma pensée car elle réagit aussitôt : “Vous savez, moi je n’ai pas la foi, aucune foi. Comme Paule.” Ce que je lui ai dit n’était pas sollicité, ce qu’elle me répond non plus. Il n’y a aucune hostilité en elle pourtant une image me vient : le béton nu. J’ai entendu dire ça et voilà que cela ressort en face de son courage et son évidente modernité. Je lui dis : “Je ne voulais pas vous choquer ni tirer Paule d’un certain côté.

— Oui, c’est effrayant, elle ne pense qu’à sortir d’ici, à vivre. Est-ce qu’on est toujours comme ça… ? Est-ce qu’autrefois on se préparait à la mort ? Est-ce que c’est encore possible maintenant ?”

La mère, à quelques mètres de nous, sort de sa voiture, s’approche. On dirait qu’elle nous a entendus : “Pour le moment elle a encore bon moral.” On dirait qu’il y a un peu de reproche dans sa voix. Elle ne s’attarde pas et va vers l’ascenseur. Je ressens une sorte de culpabilité, Anne-Marie l’éprouve peut-être aussi, elle s’en va vers l’ascenseur et moi vers la voiture. Je reprends la route, je me sens absent de moi-même, je me dis confusément : Elle est perdue, mais ça peut durer encore longtemps. La fin de l’année scolaire approche, ça peut durer toutes les vacances, je resterai ici. Je vois une longue suite de jours où j’emprunterai le boulevard périphérique ou le métro et toutes les stations qui vont jusqu’au fort d’Aubervilliers.

J’ai franchi sans m’en apercevoir la place du 8-Mai-1945. J’arrive à la porte d’Aubervilliers, je prie confusément en égrenant les noms des portes jusqu'à Maillot. Une petite pluie commence, je dépasse la Boule et le croisement vers Nanterre et soudain un véritable déluge s'abat, une énorme pluie argentée qui me bouche la vue. Les voitures ont mis leurs phares, ralentissent, je fais de même. Tout le bord de la route est submergé. Et moi aussi intérieurement je suis submergé. Comment supporter cette vie partagée entre le doute et l'espérance, comment ne pas la supporter ?

VII

Il y a eu ensuite des mois où la guerre s'est rapprochée, puis ce qui était des nouvelles de la radio, des avions qui passaient haut dans le ciel au-dessus de nous, est devenu réalité. Le débarquement de Normandie a tout changé et j'ai été roulé comme les autres dans des événements qui ont élargi et fragmenté ma vie. Je vis dans un certain espace, dans un groupe de combat coupé de tout ce qui n'est pas l'immédiat. Stéphane disparaît de mon horizon, quand je pense à lui, c'est en sachant que je ne peux savoir où il est, ni ce qui lui arrive.

A la fin de l'année 1944, au moment de l'offensive von Rundstedt, je rentre chez moi. Après tant de mois d'éloignement, d'événements, d'errance, j'espère, je cherche à reprendre pied dans ma vie. Un soir, pas le premier soir, ni le second, je demande : “Est-ce que Stéphane n'a pas donné de nouvelles, est-ce qu'on sait quelque chose de lui ?” Mary se trouble et sanglote brusquement, puis elle dit à travers ses larmes : “Il est mort, les SS l'ont tué.” Quel gré je lui sais à ce moment, je lui sais encore, de ces larmes qu'elle verse à ma place.

“Mort… Stéphane ? Comment ?

— Personne ne sait, on a retrouvé son corps dans un étang après le départ des SS.

— Et son père ?

— Il est mort avant lui. Il était déjà dans le coma quand on l'a transporté à l'hôpital."

Après tant de mois où nous nous sommes cachés et entraînés dans des fermes et les bois des Ardennes, après les petites missions, puis les combats, la blessure, les hôpitaux d'Angleterre, le retour ce sont les enfants qui grimpent sur moi, qui se réfugient à nouveau dans mes bras. C'est le retour à l'amour, à la merveilleuse espérance sensuelle de la présence et presque de la paix.

Il y a là une période pleine de rayons et d'ombres mais les rayons permettent de supporter l'annonce de tant de morts, de blessures, de souffrances. La pire est celle de mon adjoint dans le groupe que nous formions : Emmanuel a perdu les deux pieds, le char qu'il guidait ayant sauté sur des mines. Quand je le retrouve enfin à l'hôpital militaire, il crie souvent de douleur et semble ne plus désirer survivre, tant il souffre.

La guerre peut encore durer. La guerre finira et il faudra repartir de zéro. De moins zéro à cause des loyers en retard, des petites dettes qui se sont dangereusement accumulées. Il me faudra un travail, quel travail après cette longue coupure dont je reviens chargé d'images, d'espoir, de chagrins et les mains vides ?

Je pense souvent à Stéphane, je ne puis imaginer que je ne grimperai plus avec lui, qu'après la guerre nous n'irons pas ensemble faire du glacier dans les Alpes comme il l'espérait.

Des mois passent, la guerre est finie, j'en suis heureux comme chacun mais souvent je supporte mal les exigences et la platitude du retour à la vie civile.

J'apprends par sa mère que Marcello a été arrêté en uniforme de SS avec quelques blessés à la fin de l'offensive von Rundstedt et qu'il vient d'être transféré à Bruxelles à la prison de Saint-Gilles. C'est un choc, lui qui était parti pour rejoindre Stéphane et la Résistance. Sa mère me demande d'aller voir son avocat pour obtenir l'autorisation de rendre visite à Marcello. Il ne lui dit rien à elle, il faut l'aider. Je me dis que c'est peut-être aussi un moyen d'en savoir plus sur la mort de Stéphane.

L'avocat me fait obtenir une autorisation de visite, deux fois par mois. Il me dit que le cas de Marcello est beaucoup moins grave que celui de ses deux compagnons, dont on l'a séparé et qui risquent la condamnation à mort. "Comment s'est-il fourré dans ce guêpier ?" Il a l'air de ne pas le comprendre lui-même et en tout cas ne veut pas en parler. Comme s'il craignait quelqu'un de plus redoutable que les juges.

Je vois Marcello au parloir collectif. Les prisonniers arrivent en rang, ils sont une quinzaine, vêtus de gris, ils viennent s'asseoir sur des bancs. Une table au plateau un peu gris nous sépare d'eux.

"Qu'est-ce que tu sais de Stéphane, Marcello ?

— Rien.

— C'est vrai ?

— Presque rien, ce n'est pas mon affaire.

— Pourquoi ne veux-tu pas parler de Stéphane ?

— Vous êtes venu pour lui ou pour moi ?"

Il est pâle, il s'est levé comme s'il voulait partir. Il s'agit de ne pas feindre, de ne pas mentir.

"Je suis venu pour lui, je voudrais savoir comment il est mort. Je suis venu aussi pour toi, si je peux t'aider. Je suis prêt à rassembler des témoins qui certifient que tu as échappé une première fois à la déportation, puis que tu as rejoint la Résistance avant d'être pris par les SS.

— C'est donnant, donnant, quoi ?

— Non, ce n'est pas ainsi. Je t'aiderai de toute façon.

— Pourquoi ?" Il se rassied à demi, il est soudain très ému.

"Je ne suis pas ton juge. Je ne suis le juge de personne.

— Pourquoi ?

— A cause de Stéphane. Il n'était pas un juge, tu n'as pas senti ça ?"

Il dit : "Oui." Puis il me donne le nom du village où il est enterré. "Là vous aurez peut-être des renseignements.

— Toi, tu ne peux pas m'en dire plus ?

— Si, je voudrais, je voudrais bien, mais je ne peux pas."

Sa figure de bon garçon, un peu coureur, un peu flambeur, est toute bouleversée. Toute traversée de visions, de pensées pour lesquelles elle n'est manifestement pas faite. Ses larmes coulent silencieusement, puis très fort. Il cache son visage dans ses mains, il cherche un mouchoir, il n'en a pas, je lui donne le mien. Il se lève brusquement, le temps des visites est terminé. Il s'en va.

J'arrive dans les Ardennes non sans mal, les communications sont peu rétablies. C'est un petit village, quelques fermes, un magasin, une église. Plusieurs fermes et un bunker à demi enterré ont été défendus par des SS, les avions américains les ont pilonnés, il n'en reste que des ruines.

Un homme me dit : “ Un groupe de SS est arrivé en juin, ils nous ont évacués. Ils voulaient démanteler les groupes de résistance, surtout ceux qui dynamitaient les ponts, les voies ferrées, les routes. Ces résistants recevaient des instructions par radio. Nous, on ne savait rien. Oui, j’en ai connu quelques-uns. On leur vendait et, quand ils n’avaient pas d’argent, on leur donnait du ravitaillement. Ils ne demandaient rien de plus. Les SS avaient l’air de bien connaître le pays. C’étaient pour la plupart des durs qui revenaient de Russie. Un surtout, leur chef, faisait peur. Il nous a donné une heure pour rassembler nos bêtes, nos affaires et partir. Personne n’a pris une minute de plus.

Oui, il y a eu des morts. Une famille, le père, la mère, le fils qu’ils ont gardés après notre départ. Et fusillés on ne sait pas pourquoi. Puis d’autres, venus on ne sait d’où, dont on a retrouvé les tombes un peu partout. Parmi eux un Anglais, un aviateur. L’homme dont vous parlez, c’est sans doute celui qui était dans l’étang, il était tout décomposé, le médecin est venu l’examiner et nous a dit de l’enterrer. Oui, des cheveux blonds et de la taille à peu près que vous dites. Le seul noyé. On n’a rien pu savoir, pas de papiers, plus rien sur lui, un corps tout nu. Les yeux et le visage bousillés par les oiseaux, pas beaux à voir. En tout une bonne vingtaine de morts. Les SS sont partis et les Vlassov sont arrivés. Ceux-là ont été exterminés, les Américains les bombardaient et les attaquaient de deux côtés avec des chars et les résistants leur tiraient dessus par-derrière. Ils auraient mieux fait de les laisser filer, mais quoi, tout le monde était sorti de son bon sens.”

Je vais voir l'étang, il est assez vaste, alimenté par un ruisseau, tout un côté envahi par les algues mais ce n'est pas là qu'on l'a retrouvé, c'est du côté du grand bunker éventré par les bombes et des granges dont il ne reste plus rien. J'espère qu'il a été tué avant qu'on ne jette là son cadavre et qu'il ne s'est pas débattu et noyé dans cette eau sombre. Je le revois tremblant à mi-corps dans la Meuse, je ne veux pas penser à cette mort terrible. Comment ses assassins auraient-ils pu savoir que Stéphane ne savait pas nager ?

Je vais voir le médecin qui l'a examiné. C'est un vieux praticien, il a fait un rapport précis. "Le corps de Stéphane est resté abandonné dans l'étang au moins quatre jours, peut-être plus. Il était en très mauvais état, nous avons relevé un bras cassé, presque pas ressoudé malgré le plâtre à demi décomposé qui l'entourait.

— Il avait été fusillé avant d'être jeté dans l'étang ?

— C'est justement ce qui nous a étonnés, il n'avait pas de blessure sur le corps, seulement sur le bas des jambes. Nous avons retrouvé une balle de mitrailleuse dans sa cheville droite, le pied et la cheville gauche blessés mais les balles n'ont fait que traverser ou effleurer.

— Vous croyez qu'on l'a noyé ?

— Je l'ignore, dans l'état où était le corps on ne peut pas le savoir. C'est un crime qui restera mystérieux, tous les gens d'ici avaient été évacués ou exécutés, personne ne sait rien.

— Noyé, il pourrait être mort noyé ?

— Tout est possible, mais c'est incertain. Ne soyez pas si triste, monsieur, j'ai des clients qui attendent. Avec les SS, les Vlassov et les bombardiers américains, on a connu le pire et les morts sont morts. Rentrez chez vous et essayez de vivre sans trop penser à tout ça."

A mon retour je vais revoir le défenseur de Marcello, un avocat assez dégourdi qui, malgré une belle provision versée par la mère, n'est pas enchanté de défendre un SS. Je lui dis que je suis en train, avec d'autres amis de Marcello, de réunir des témoignages en sa faveur montrant qu'il s'est échappé du Service du travail obligatoire, est entré dans la Résistance et que jusqu'au moment où il s'est fait prendre par les SS on n'avait rien à lui reprocher. "C'est un lampiste, dit l'avocat. Il a cédé à la peur et je pense qu'il n'a pas fait grand mal lui-même. Mais il a porté l'uniforme SS. C'est un mot qui pèse lourd aujourd'hui, s'il traîne un peu en prison, si le jugement n'a pas lieu trop vite, on aura de l'indulgence pour lui dans un an ou deux. Si la malchance veut qu'il soit jugé rapidement, il écopera sûrement. Il est difficile de le lui faire comprendre, encore plus à sa mère, parlez-leur." L'avocat m'obtient une autorisation de visite permanente, je vais voir la mère, je lui parle de la nécessité d'être patiente, plus les choses traîneront mieux ce sera pour Marcello. Elle a peur de l'étiquette de condamné qui va le marquer. "Marcello pourra quitter le pays une fois libéré, tenter sa chance ailleurs. Il est fait pour les affaires, il réussira si vous parvenez à lui constituer un petit capital de base." Elle est réconfortée par cette perspective. "Et s'il part pour l'étranger, je partirai aussi, au fond, rien ne me retient ici que lui."

Je retourne voir Marcello. C'est de nouveau le grand parloir qui a l'air à la fois constamment nettoyé et gluant. La défroque de Marcello masque son corps bien proportionné et lui donne une démarche de pantin qui disparaît dès qu'il s'assied. Alors il prend un air réfléchi et gai qui laisse deviner le commerçant assuré et habile qu'il sera sans doute un jour. Il me remercie de mes démarches, les attestations que nous avons réunies feront bon effet dans son dossier. J'insiste pour qu'il ne fasse rien pour hâter son passage en jugement. "Il faut te faire oublier si c'est possible. L'avocat me dit qu'il y a un trou dans ton dossier entre ton départ de Bruxelles après ta fuite et le moment où tout d'un coup tu réapparais chez les SS.

— J'étais avec Stéphane dans son camp de bûcherons.

— C'étaient de vrais bûcherons ou bien un camp bidon ?

— De vrais bûcherons, un travail trop dur pour moi. Alors on m'a mis à l'approvisionnement et la cuisine. Stéphane travaillait là, comme les hommes du pays. Travailleurs de force, doubles rations et le bois réquisitionné par la Wehrmacht. Mais ils s'en foutaient, tous des gens jeunes et entraînés, il fallait voir ça, quand Stéphane grimpait dans les arbres les autres derrière lui, pour passer d'un arbre à l'autre, descendre en rappel à toute allure. Moi, j'avais le vertige, ça a été le commencement.

— Le commencement de quoi ?

— Ils ont vu que je ne tenais pas le coup. Ils ne m'ont mis au courant de rien.

— Au courant ?

— De ce qu'ils faisaient vraiment. La nuit en général.

— Quoi ?

— J'étais en dehors. Ravitaillement, paperasses, poste. Parfois écouter Londres, la radio, des trucs que je ne comprenais pas, il fallait noter des phrases, des heures.

— Tu ne cherchais pas à comprendre ?

— Non, non. Je ne voulais pas me mêler de ça et Stéphane et les autres le comprenaient bien. Mais pour le ravitaillement et le reste, ça oui, je les arrangeais.

— Tu ne savais rien sur eux ?

— Une fois j'ai entendu Stéphane dire, tu sais de son air amusé sans plus : Aujourd'hui on fait sauter les ponts, les voies, les routes. Et demain quand il faudra les refaire, c'est aux mêmes, c'est à nous, qu'on le demandera. Un gars a dit : Toujours les mêmes qui marchent. Il a répondu : On dirait…

— Tu crois qu'il faisait des gros coups ?

— Je ne sais pas, mais les autres avaient une façon de lui parler.

— Quelle façon ?

— Ben, Stéphane il était simple, on ne peut pas plus simple. A part ses cordes, son attirail, quoi, jamais rien de plus qu'un autre. Et pas grand causeur. Mais les autres, on voyait qu'ils avaient du respect. Pourtant il n'avait jamais l'air de diriger, de commander. Sans doute que c'était lui qui prenait les plus gros risques. Ou bien c'était son calme, son air de ne pas prendre ça trop au sérieux.

— Et pourtant ce n'était pas un jeu ?

— Non, pas un jeu mais en même temps ce camp de bûcherons, cette vie dans la forêt, ces soirs où il partait…

— Tu m'as dit que tu ne savais rien.

— Je ne sais rien mais parfois je l'ai entendu partir, seul ou avec les autres. Le lendemain il était comme les autres jours.

— Comment ça s'est terminé pour toi ?

— Un jour Stéphane m'a dit : Le camp ici, avec les SS qui viennent d'arriver, ça ne va plus durer longtemps, chacun va devoir se planquer. Il y a une femme qui peut te prendre, son mari a été fusillé, elle a un magasin dans son village, elle a aussi une place au marché du coin. Elle est toute seule et ne s'en tire pas. C'est un bon boulot pour toi. Il m'a donné de nouveaux papiers avec une photo, j'étais un cousin de la femme.

Stéphane ne parlait et n'expliquait pas beaucoup, mais quand il y avait des choses à faire, c'était dans le détail.

Le lendemain ça n'a pas traîné. J'ai fait du café, j'ai apporté du pain et du fromage et nous avons pour la dernière fois mangé tous ensemble. Pendant que les autres démontaient le camp et effaçaient toutes les traces, il m'a mené jusqu'au vélo qu'il m'avait procuré, m'a serré la main et hop m'a fait filer en vitesse. En roulant, il m'a semblé brusquement que la vie sans lui était impossible. Il parlait sans dire, il était notre centre et je n'avais plus de centre. Pourtant nous n'étions pas amis, enfin ce n'est pas tout à fait vrai, il s'occupait, sans en avoir l'air, pas mal de moi. Je lui étais un peu à charge, pas un homme sûr en temps de guerre. Je ressentais trop les menaces, la frousse presque tout le temps sauf quand il était là. Il savait que dès que je serais seul j'allais de nouveau sauter dans le merdier comme je l'avais fait à Bruxelles quand je me suis fait prendre comme un idiot.

— Tu t'es évadé, c'est un exploit.

— Sans toi ils m'auraient vite repris, je ne savais où aller."

Il se lève, le temps de la visite est écoulé.

Il reprend la semaine suivante.

“Je suis parti chez la femme, tous les clients l’appelaient la Marguerite, elle ne supportait plus d’entendre le nom de son mari, ça la faisait pleurer. Son magasin n’était pas grand mais bien fourni et les gens venaient de loin, en carriole ou à vélo pour acheter ou pour fournir.

Il y avait deux jours de marché : la veille les fermiers nous amenaient des denrées à l’entrepôt et la femme, toujours fatiguée, m’a laissé, peu à peu, presque tout faire et c’est vrai que je sais faire marcher les affaires. Je payais bien ce qu’on apportait, discutant juste ce qu’il faut, et je vendais mieux encore, en soufflant un coup sur les prix. Marguerite se contentait de faire les paquets et d’encaisser l’argent. Cela a duré un mois. Lors du dernier marché que nous avons fait, je lui ai montré le paquet de billets dans la caisse et j’ai dit tout content : Si ça continue, nous allons devenir riches. J’étais content parce que je pensais : Nous nous marierons, je vous aimerai et nous deviendrons encore plus riches après la guerre. C’était une belle femme, un peu forte mais bien faite et toujours très propre.

Elle s’est redressée comme si un serpent l’avait piquée, en disant : Je ne veux pas devenir riche. Si c’est ça que tu comptes faire, avec les prix que tu obtiens je ne veux pas que ça continue. J’ai eu peur, j’ai cru qu’elle allait me foutre dehors. Je lui ai dit : C’est votre affaire, c’est vous la patronne. Elle m’a dit : On en parlera, maintenant il est tard, il faut tout ranger. J’ai compris à ce moment-là que tous mes espoirs, je ne comprenais pas encore comment, une fois de plus, fichaient le camp.

C’est deux jours après que Shadow est venu l’arrêter un matin, très tôt. Depuis la mort de son mari elle, qui avait l'air si diminuée, continuait la nuit avec sa camionnette à gazogène à faire passer des messages et du ravitaillement aux maquisards, c'est pour cela qu'elle était toujours fatiguée. Shadow l'a aussi accusée de transporter des armes. Elle n'a rien répondu. Il m'a fait descendre, je ne me rendais compte de rien, et quand les SS ont fait irruption dans ma chambre je me suis réveillé en sursaut.

Shadow s'était installé dans le magasin et ses hommes avaient fait du café dans la cuisine, l'odeur m'emplissait les narines. Je ne pouvais penser qu'à ça. Marguerite était assise sur une chaise, bien droite, très tranquille, l'air d'être enfin au-delà de ses malheurs. Shadow était à contre-jour. Je ne voyais que l'uniforme vert à écusson noir des Waffen SS avec la croix de fer. Ça m'a impressionné, cet homme sans visage avec cet uniforme et la croix de fer. Je voyais qu'il se déplaçait avec des gestes lents, je ne comprenais pas pourquoi.

Ses hommes m'avaient arraché de mon lit en pyjama, puis précipité en bas de l'escalier. Tout cela d'une telle manière que j'avais mal partout comme si on m'avait battu, sans avoir cependant rien de cassé. La veste de mon pyjama s'était déchirée, je n'avais plus sur le dos qu'une des deux manches, dans la chute mon sexe était sorti de ma braguette sans que je m'en aperçoive.

Je ne l'ai vu et senti que lorsque de sa voix profonde, une voix qui avait l'air de parler une autre langue, Shadow m'a demandé en montrant la femme : Tu couches avec elle ?

J'ai répondu non d'un air effaré et à ce moment j'ai vu mon sexe qui sortait de mon pantalon. Je l'ai rentré avec un sentiment de gêne inexprimable. Il m'a dit : Tu peux coucher avec elle, si elle se débat mes hommes la tiendront.

Cela m'a bouleversé. Peut-être même cela m'a fait bander et j'ai tenté de crier : Salaud !, mais j'avais si peur qu'aucun son n'est sorti.

Les deux SS ont ri. Lui me regardait, je ne voyais toujours pas son visage mais ses yeux étaient très pâles. Et lentement, sans que je sois capable de rien faire pour l'en empêcher, il m'a donné deux énormes baffes. Comme aurait pu faire un père puissant, celui que je n'ai pas eu. Les baffes que je n'ai jamais reçues puisque mon père a foutu le camp. Mon père était de Naples et quand ma mère était en colère elle criait : Les Napolitains foutent toujours le camp. Mon père a foutu le camp parce que ma mère, c'est vrai, se prenait pour le roi de Naples. Maintenant je comprends qu'il a eu raison. Moi, après ces deux baffes, je ne pouvais plus foutre le camp, je l'ai senti tout de suite. J'étais tout ébranlé, je me suis mis à saigner du nez, je me suis mis à pleurer. Je faisais de grands efforts mais les larmes coulaient, impossible de les arrêter. Il s'est tourné vers la femme et lui a dit : Apporte-lui du café et du pain et donne-lui un mouchoir. A ma grande surprise, elle a obéi, elle m'a d'abord apporté un essuie-main propre. Je me suis frotté le visage, le saignement de nez s'est arrêté. Puis le café est arrivé, chose étonnante, ce n'était pas notre ersatz, mais un vrai café que les SS avaient dû apporter, elle me l'a donné avec une tranche de pain beurré. Après ce cauchemar réel dans ma vie, c'était le retour au monde. Je buvais, je retrouvais ma chaleur. Je mangeais comme si je mangeais de l'espoir. Les deux soldats s'étaient retirés dans la cuisine, le jour se levait, Shadow s'était un peu reculé, il lisait des papiers et je commençais à voir son visage. Un visage dont la largeur m'a frappé d'abord, un teint assez bistré, des cheveux noirs et à gauche de la bouche sur le menton la trace pâle d'une blessure qui se prolongeait jusque sous le col de sa veste. Le côté droit de son visage me regardait avec une sorte de curieuse bonté, avec indulgence, le côté gauche tendu par la blessure était d'une fixité terrible. Je n'osais pas regarder ce côté, je ne voyais que l'autre et le geste de sa main droite dont il a fait signe à la femme de m'apporter encore une tranche de pain et du café. Les deux baffes, le linge pour essuyer mon visage ensanglanté et mes larmes, le café, le pain et la femme pour me servir, c'était la force, c'était le père qui m'a toujours manqué. J'ai pensé en un éclair : Celui-là, c'est comme Stéphane, quelqu'un qui ne fout pas le camp, qui n'aurait pas eu peur de ma mère et qui peut protéger les autres. A ce moment tout a basculé, j'avais trouvé, mais sans oser regarder sa cicatrice, celui à qui je devais dire oui, il était celui qui m'avait toujours manqué.

Il avait compris ce qui se passait en moi. Il a dit de sa voix profonde, étrangement déchirée sur certains mots par sa blessure : Je pourrais te faire fusiller. Les papiers sont bien imités mais faux. Tu vis chez une femme qui fait de l'espionnage et approvisionne les terroristes. Je pourrais te faire fusiller aujourd'hui comme elle. Mais nous manquons d'hommes, je vais te prendre avec moi, te faire entrer dans les SS pour traquer les terroristes. C'est ce que tu veux, n'est-ce pas ? J'ai entendu que je répondais : Oui. Mais qui a répondu cela, c'est ce que je ne saurai jamais.

Tout d'un coup il m'a montré la femme d'un signe de tête : Et elle ? J'étais stupéfait, qu'est-ce qu'il me voulait ? Qu'il la fusille ou pas ce n'était pas mon affaire. Son regard me disait le contraire, que nous étions du même côté, obligés de prendre une décision.

J'avais oublié la femme. Tout d'un coup je me suis revu en pantalon de pyjama devant elle, ma veste déchirée me pendant sur l'épaule gauche, la tasse de café posée à côté de moi et mon visage enfoncé dans son linge à vaisselle à carreaux bleus et blancs. J'ai levé les yeux sur elle, elle était assise sur sa chaise, encore bien droite mais le visage agité d'une sorte de spasme. J'ai vu alors en elle quelque chose que je n'avais jamais vu, quelque chose de désespéré et de noir, comment dire, de ténébreusement viril.

Est-ce que j'ai dit, est-ce que quelque chose en moi a dit : Si elle le peut, elle viendra aussi. Shadow a répondu : Elle le peut. Elle a toujours voulu être un homme, c'est son mari qui a dû oser. C'est pour cela qu'il est mort, trahi. Elle le sait, il est temps qu'elle en tire les conséquences. Sois un homme. C'est un ordre.

Marguerite a crié, pas longtemps, comme en amour. Les deux hommes sont venus voir et sont repartis très vite. Je me suis senti honteux à ce moment comme si elle avait relevé ses jupes devant nous. Son cri a cessé. Shadow lui a dit : Pour quelqu'un comme toi, le camp ne compte pas mais seulement se battre et vivre. Si tu meurs au moins tu auras vécu. Elle regardait très pâle, atterrée, une certaine part affreuse ou très propre d'elle-même. A ce moment, je me suis dit, peut-être qu'elle est vraiment un homme. Je l'ai revue au camp d'entraînement. Est-ce l'esprit de Shadow qui l'avait changée ? En uniforme, elle avait l'air d'un homme, elle m'a salué, même sa voix et ses yeux étaient différents.

Shadow s'est levé, j'ai vu alors qu'il se mettait debout avec une certaine hésitation. Une fois sur ses jambes il déplaçait sa grande taille avec lourdeur mais assez vite. Un des hommes m'a dit qu'outre ses blessures au visage et au cou il avait été gravement atteint à la colonne vertébrale. On l'avait cru mort mais il s'était remis, les démons ne meurent pas. Shadow m'affecta à une unité d'entraînement dont j'ai fait partie un moment. Les SS manquaient d'hommes et l'instruction allait vite. Il m'a fait ensuite attacher à son équipe et je passais une partie de mon temps à démanteler ce qu'il appelait non sans rire les réseaux terroristes. Qu'est-ce que sa surabondance de forces attendait d'un homme comme moi ? Je ne sais pas. Il travaillait seul le plus souvent, quand il fallait passer à l'action une large marge d'initiative était laissée à chacun et le plus souvent l'opération se déroulait facilement. En cas d'échec il ne sanctionnait pas ; échec ou réussite, on pouvait, selon lui, tirer parti de tout."

C'est lors d'une autre visite que Marcello m'a dit cela. Je lui avais posé la question : "Qui était Shadow ?"

Il a fait un geste de dénégation.

"Je crois que je me le demanderai toujours. Je ne sais pas. Finalement quand il a été de nouveau blessé puis hospitalisé j'ai dû me battre sans lui, avec les SS. Alors que Stéphane ne m'en avait jamais jugé capable. Je ne peux pas t'en dire plus."

Je le regarde dans les yeux, il a encore peur de Shadow, c'est sûr, mais il soutient mon regard, il ne peut pas en dire plus. Nous ne parlons plus que de son futur procès.

A la visite suivante Marcello semble très excité : "Il y a une grande nouvelle. On a découvert

Shadow mal en point dans un hôpital de Bavière. Comme il a des papiers de plusieurs pays et que longtemps il n'avait que le passeport qu'on donnait aux Russes blancs en Belgique, on l'a envoyé chez nous dans la prison de Sainpierre où il a été étudiant, car à Bruxelles, à la prison de Saint-Gilles, tout est archibourré, mais lui est un seigneur, il a des secrets sur tout le monde et on dit qu'il a une grande cellule pour lui seul. Mon avocat lui a écrit et il a répondu par une lettre tapée à la machine, signée par lui, une drôle de signature de blessé, mais certifiée par huissier, il pense à tout cet homme-là. Il déclare dans sa lettre que tout ce que j'ai fait l'a été sur son ordre et que j'ai été contraint à m'engager de force dans les SS sous menace d'être fusillé le jour même. Mon avocat pense qu'il n'est plus nécessaire de faire traîner le procès et que je ne serai condamné qu'à une peine réduite dont j'ai déjà fait la plus grande partie. Chose extraordinaire, vous allez être convoqué pour le voir à la prison, lui veut vous parler de Stéphane.

— Impossible…

— Vous verrez bien, Shadow n'a pas l'habitude de plaisanter."

VIII

Je suis convoqué à la prison de Sainpierre, la lettre est signée par le directeur "sur ordre du procureur général et du ministère de la Justice". A l'heure prévue j'arrive à la prison, le directeur m'attend, il me fait monter en ascenseur, me fait entrer par une double porte dans une vaste cellule, nouvellement blanchie où on voit les traces d'un mur de séparation qu'on a supprimé. Il ne fait pas très clair, à la faible lumière d'une petite lampe je vois sur le lit un vaste corps étendu sur le dos. Je distingue mal son visage, est-il endormi ou évanoui ? Une porte s'ouvre, une femme habillée comme une infirmière apporte deux tasses de café. Je pense que c'est la Marguerite de Marcello, mais je ne pose pas de question, tant le silence de celui qui doit être Shadow me pétrifie.

Elle me donne une tasse de café, elle commence à faire boire lentement Shadow. S'il boit, c'est qu'il ne dort pas, s'il se tait c'est qu'il ne veut pas parler ou qu'il veut que ce soit moi qui parle. De quoi pourrais-je parler avec un colonel SS, considéré comme un génie du mal et un géant des services secrets ? Un homme qui a eu cette énergie, cette audace foudroyante, ce sang-froid, qui n'ont jamais été à ma portée car en somme, sauf lorsque je rêve et parfois quand j'écris, je n'ai jamais connu que les expériences d'un homme ordinaire.

J'ai toujours ma tasse de café à la main, alors que grâce aux petits gestes de la femme Shadow a vidé la sienne. Le café est excellent, pas un ersatz et, avec le sentiment d'être en retard, je vide ma tasse d'un coup. La femme la reprend et sort avec les deux tasses.

J'ai l'impression que je suis là depuis longtemps déjà, je regarde ma montre et je vois que ce n'est que depuis dix minutes. La visite est prévue pour cinquante et je me demande comment je vais passer les quarante minutes qui restent en face de cet homme à demi mort déjà. Ses yeux s'entrouvrent et j'ai le sentiment qu'ils me regardent ou contemplent quelqu'un d'autre. Quelqu'un de tout à fait différent qu'ils voient à travers moi. J'ai l'impression que je n'ai pas vraiment vu le regard de Shadow. Peut-être parce que à côté de son profil immobile il y a la partie ouverte de son visage revêtue de force et de beauté. Je comprends soudain ce qu'a dit Marcello. Le visage de Shadow est un visage dans lequel on pourrait tomber. Dans ce vertige Stéphane est présent avec son demi-sourire, son front heureusement modelé et ses cheveux blonds. Oui, Stéphane est présent et m'assure contre ce vertige avec sa corde, avec ses yeux ou, plus rarement, sa voix qui me désigne des prises. Je plonge dans ces yeux pâles, dans ces eaux froides et je retrouve Stéphane, la paroi, les fissures, les vires, les prises et les surplombs qui paraissaient infranchissables et que je pouvais franchir avec lui. En face de la pesanteur de pierre de Shadow je perçois combien, malgré sa solidité, Stéphane est léger, aérien. Je me rappelle le moment où dans la grande voie de

Freyr le piton avait disparu. Quand il s'est recueilli un moment et que j'ai eu l'impression qu'il allait se mettre à voler. A quel moment ? Au moment où avant de s'élever pour ce franchissement impossible il a risqué sa chute et la mienne. Peut-être parce qu'il ne concevait pas de redescendre, peut-être parce qu'un certain risque était nécessaire à son acte. Je contemple le regard de Shadow et lui contemple le mien, je sens que ses yeux n'éclairent pas sa pensée arrêtée, embrumée par l'état de demi-inconscience où il est plongé. C'est un pur regard branché sur des zones bien plus lointaines, bien plus secrètes que la pensée. Et avec ces yeux, avec ce regard plus profond, plus ancien, il voit, en même temps que moi, Stéphane. Non plus sur la grande voie, ni fumant appuyé du dos à l'arbre, ni tremblant dans l'eau du fleuve mais gardant cette espèce de sourire, de demi-sourire qu'il a eu lorsque l'angoisse a saisi son corps. Nous regardions la même chose, je ne savais pas que Shadow avait connu, avait aimé ou haï Stéphane. Lui ne savait pas ce que j'avais vécu avec lui, que je ne comprenais pas alors, que je commence seulement à comprendre aujourd'hui, à l'hôpital de Bobigny regardant Paule qui respire sans me voir, sous le masque à oxygène.

Ce que je perçois aujourd'hui, alors qu'il y a trente-six ans que Stéphane n'est plus, trente-cinq ans que Shadow est mort, c'est que cela n'est plus qu'une vieille histoire, un vieux film un peu rétro, un peu mélo avec un SS et un résistant. Tout cela dans une société où maintenant tant de gens ne savent plus ce qu'était un SS, ni un résistant. Je regarde le visage de Paule, son cou, sa gorge, sa poitrine soulevés par le souffle difficile qui parfois dérape. Je vois sa mère qui guette le souffle, la réapparition du regard, remet l'oreiller en place et veille comme une statue de cathédrale. En ce moment elle est la mère et n'est plus tout à fait une personne indépendante. La mère de Paule soutient sa fille par une attention, par des liens tissés au cours de millénaires. A ce moment je comprends que ce qui survit en moi de Stéphane ce n'est pas ma vision incertaine, l'identité confuse dont je me souviens encore, c'est sa légèreté, oui, cette légèreté enfantine qu'il avait gardée dans ce grand corps musclé. Stéphane abordant un surplomb, je l'ai vu avec clarté dans le contact des yeux que j'ai eu avec Shadow, c'est l'enfant abordant le surplomb de la mère, le surplomb du père et ne comptant pour cela en face des deux géants que sur son agilité, sa mobilité, son rire toujours vaincu et pourtant invincible.

Ce que j'ai fait de mon enfance, je n'en sais rien, je l'ai perdue en partie, mais il en reste des traces effilochée à tous les buissons, à toutes les ronces de ma vie. Peut-être que quelque chose renaîtra, ce n'est pas mon affaire maintenant. Ce que je vois dans le regard, dans la souffrance de Shadow, c'est peut-être que Stéphane avait gardé sa légèreté d'enfance, n'ayant rien eu d'autre. Ayant sans doute accepté de n'avoir rien d'autre. Alors que Shadow est mort à son enfance, qu'il est tout entier adulte, dans la terrible pesanteur de cet état. Ce qui se croise dans nos regards, c'est notre double pesanteur braquée sur le passage aérien et ferme de Stéphane. Je perçois en même temps la pesanteur effrayante de Shadow. Une pesanteur satanique où tout est puissance, métaux, lourdes matières de l'esprit. Si je pèse peu c'est par rapport à la formidable concentration d'énergie et d'esprit et d'intelligence métallique de Shadow. Moi aussi, je pèse lourd avec ma cargaison d'espoirs, de désirs, d'amours en regard de la petite barque et de la grande voile blanche de Stéphane.

Tous deux sont allés bien plus loin que moi dans la réalité, Shadow dans la pesanteur, dans la dure complexité du monde, Stéphane dans l'allégement, dans une allégresse blessée par la vie, dans un soulèvement de plante qui sort de la terre sans savoir encore s'il y a un soleil.

Le temps s'écoule sans que je m'en aperçoive. Shadow est très pâle mais respire régulièrement. Sa joue droite est parfois crispée par un mouvement de souffrance, la beauté, la majesté de son nez me frappe. Le nez d'un dieu grec, sur un corps qui me semble tout à coup immense. Le corps d'une bête lourde, avec de formidables détentes, le corps d'un tigre. Même en cage je sais que le tigre garde, on ne sait comment, sa majesté. Ainsi Shadow conserve sa majesté dans la chambre de prison, sur son lit, dans son plâtre et les appareils qui soutiennent sa colonne vertébrale. Je me dis peut être que je vois Shadow en majesté comme il n'était peut-être pas, comme il ne sera bientôt plus. La majesté n'est-elle pas satanique, comme le donne à penser Satan quand il montre à Jésus tous les royaumes de la terre ? Je sens surtout que je tombe comme on le fait en rêve dans la majesté du regard de Shadow qui ne regarde rien mais qui voit comme moi la supériorité irréfutable, doucement ironique de Stéphane. La femme, qui est peut-être Marguerite, entre par la porte de droite, elle prend le pouls de Shadow, elle mouille ses lèvres avec un linge puis le fait boire. J'entends la clef tourner deux fois dans la serrure de la porte qui est derrière moi. Je me lève, je voudrais être capable de dire quelque chose à Shadow ou à la femme. Je ne puis. Le gardien et le directeur sont là. Je sors. Au moment où le gardien va refermer la porte, la femme sort et me tend ma serviette. Ma serviette de bureaucrate que j'ai prise avec moi, Dieu sait pourquoi. Dans l'escalier le directeur me demande : “Est-ce qu'il a parlé ?

— Non, pas un mot.

— Et vous ?

— Moi non plus.

— Alors pourquoi tout ce chambardement, tous ces problèmes de sécurité ?

— Je ne sais pas.

— Est-ce que vous reviendrez comme c'est prévu ?” Il ajoute : “S'il est encore vivant.

— Je viendrai.”

Comme si je savais, et quelque part je le sais effectivement, que Shadow va survivre encore. Il me regarde avec un certain étonnement, hausse imperceptiblement les épaules et au bas de l'escalier dit sans me serrer la main : “Comme vous l'entendez. Nous serons tous soulagés ici quand ce salaud ne sera plus là.”

Je me retrouve dans la rue, je marche en direction de la gare, je me fais klaxonner deux fois par des autos en traversant la rue. Nous n'avons pas parlé, pourtant j'ai l'impression maintenant de connaître un peu Shadow. Surtout, j'ai l'impression de connaître beaucoup mieux Stéphane, même si c'est seulement beaucoup plus tard, ici à l'hôpital, où je viens jour après jour pour voir s'opérer la fin ou la guérison de Paule, que je peux mesurer la perte que j'ai faite. Ces quarante ans qui semblent sur un autre plan ne pas exister puisque Stéphane, lui, n'a pas vieilli, n'a pas maigri, ne s'est pas démusclé. Puisque Stéphane sera toujours jeune dans ma mémoire.

Le train m'entraîne. Est-ce que Shadow grâce aux médicaments a repris conscience ?

Comment ai-je passé le temps d'attente ? Je sais seulement que je l'ai passé dans un état d'incertitude presque intolérable.

Il y a eu de nouveau la prison avec sa curieuse façade. Son style qui sent les formalités, les paperasses, les pesanteurs d'autrefois, les signatures faites encore en trempant une plume dans un encrier, les registres, les clefs, le règne d'un ordre triste et parcimonieux sur les pauvres et les déviants. C'est le guichet d'entrée, les contrôles, puis l'arrivée du directeur qui me dit : "Le médecin le trouve un peu mieux, peut-être voudra-t-il vous parler cette fois, car, enfin, c'est lui qui a voulu vous voir."

Je suis dans la chambre qui me paraît plus blanche et plus noire qu'il y a trois jours. Derrière la chaise longue de Shadow, il y a dans l'axe de la fenêtre le soleil qui m'aveugle. Pourtant Shadow est là. Je le devine à travers cette lumière qui, après l'escalier et le sombre couloir, m'éblouit. Je sens sa pesanteur, une densité, qui me trouble plus encore que l'éclat du soleil. La pesanteur de celui qui questionne, qui torture, qui peut torturer encore. Stéphane, lui n'éblouissait pas, il montrait, il montrait comment jouer au jeu de la roche et de l'alpe avec lui. En sortant de l'éblouissement, je vois Shadow couché cette fois sur une chaise longue métallique, le visage plus vivant qu'il y a trois jours. Les yeux ouverts, très grands, très pâles. C'est son regard peut-être qui m'a ébloui. A moins que ce ne soit la grosse lampe à portée de sa main qu'il a peut-être braquée sur moi. Ils me font face, lui et la femme, Marguerite. Il me regarde et j'ai l'impression d'être vu comme je suis, il me perce à jour, me dénude, sait des choses innombrables sur moi, les classe, les emmagasine. Cela va loin, très loin. Je suis blessé, vidé par cette façon qu'il a de pénétrer en moi. Il peut, s'il le veut, tout savoir de moi, mais il ne veut pas me forcer comme un coffre-fort. Il sait que mon coffre est presque vide. Il hausse imperceptiblement les épaules. Ressent un élancement sans doute à ses blessures, fait une petite grimace de douleur de sa joue droite. Il ne veut pas en savoir plus, il cesse de me questionner du regard et tout mon corps, qui commençait à souffrir, retombe d'un bloc dans l'absence.

La femme avec un petit sourire amical me fait signe de m'asseoir. Je m'assieds, elle redresse un peu l'oreiller de Shadow, comme la mère le fait aujourd'hui pour Paule. Elle sort et revient immédiatement avec deux tasses de café. Toujours ce même café excellent, comme on n'en trouve plus depuis la guerre.

Elle fait boire Shadow en lui soulevant la tête et on voit qu'il boit avec plaisir. Je bois, moi aussi, non pas d'un trait, comme je l'ai fait stupidement la fois dernière, mais en suivant le rythme selon lequel boit Shadow. En me disant que c'est sans doute un des derniers plaisirs de sa vie. Nos tasses vidées, Marguerite les emporte et en sortant elle relève un peu le dossier de la chaise longue et en faisant cela elle dérange un instant le drap et la couverture qui recouvrent Shadow. Je vois au-dessus de sa jambe plâtrée et de l'appareil qui entoure sa taille une partie de son buste qui apparaît déchiré par la cicatrice d'une blessure mais aussi étrangement maigre. Décharné, c'est le mot que je ne trouve pas tout de suite, ce que son visage, peut-être à cause de sa forte structure, ne fait pas attendre.

"Vous voulez que je vous parle de la mort de Stéphane ?"

Sa voix puissante, mais qui semble venir de très loin après s'être frayé un passage difficile, me surprend, m'effraie si soudainement que je ne peux rien répondre. Rien faire d'autre que le regarder et me dire que, pour lui comme pour moi, Stéphane, oui, Stéphane existe encore.

Il m'interroge. Je sens que c'est son rôle, son métier, sa vie d'interroger les autres. Alors que moi, je ne sais pas, pas encore, pour quoi je suis fait.

"Il était votre ami ?

— Oui, mon ami.

— Depuis quand ?

— Depuis quarante.

— Pourquoi ?"

Je me tais. Est-ce qu'on sait pourquoi on est amis ? On se donne des raisons. On a confiance, on est bien ensemble. Avec Stéphane, je grimpais. Oui, mais depuis 1941 seulement. Avant cela il était mon ami déjà, pas le même pourtant. Il y a eu ce demi-sourire grâce auquel il m'a fait réussir cette voie, franchir ce surplomb.

Shadow fait avec sa main sur le repli du drap sur la couverture un geste qui montre qu'il sait tout ça, toutes ces choses inutiles que je ne peux penser ni dire.

Il murmure et je me penche pour mieux l'entendre : "Amours, enfants, femmes dans votre vie. Travail, Ambition, Politique, Religion, tous les incompatibles. Un bonhomme tiré de tous les côtés à la fois. Vous, c'est ça !"

Je pense : C'est bien ça.

Comme s'il avait entendu ma pensée, il continue : "Et lui rien. Rien que cet amour, au-delà du pauvre bonhomme pour quelque chose d'illimité qu'il imaginait découvrir en vous. Qui aurait pu être la musique ou la poésie. Quelque chose qu'on ne peut atteindre, ni donner tout à fait, ni posséder, non plus. Alors il joue, il sourit, il s'allège. Parfait comme un faon, comme un cerf. Savez-vous que dans ses attentats il a atteint à une perfection d'exécution, une simplicité des moyens, que je ne croyais pas possible à l'Ouest et dans ce lieu romantique et ridicule : les Ardennes ?

— La même perfection qu'il avait sur le rocher. J'ai connu ce Stéphane-là que vous ne connaîtrez jamais.

— Erreur, je l'ai vu. Je l'ai vu un jour, sur les rochers, mais dans mon univers à moi, dans le destin qu'il devait connaître aussi et que je lui ai forgé. Je le haïssais à l'origine et c'est ce que vous ne comprendrez jamais. Le fonds chrétien indélébile chez vous. Vous ne haïssez personne, vous n'êtes l'ennemi de personne."

Soudain au bord du cri :

"Sors un peu de toi, bonhomme, oui, quelque part on t'aime, mais aussi on te hait, on t'annule, bien plus que tu n'es capable de l'imaginer. Jésus a dit : Pardonnez à vos ennemis, c'est donc qu'on a des ennemis. Ceux qui parviennent à éteindre cette vérité, quelque chose d'essentiel leur manque qui, heureusement pour toi, ne te manque pas tout à fait. Allons, il y a encore un peu de lion, un peu d'animal sauvage en toi. Je ne haïssais pas Stéphane mais quelque chose, en moi, le haïssait. Pourquoi ? A cause de la haine de ce qui s'appesantit pour ce qui s'allège. C'est le même mouvement vers la concentration. Mais l'un déborde, se vide, devient de l'air, de la lumière, atteint peut-être le vide nécessaire au dieu. L'autre se durcit, s'alourdit, concentre de la matière dense, de la connaissance toujours plus variée, toujours plus opaque. Comment celui qui concentre la matière, celui qui poursuit la connaissance de tous et de tout au fond du métal ou de la pierre, ne haïrait-il pas celui qui parvient au même résultat en escaladant gracieusement rochers et glaciers, en dilatant sa merveilleuse ignorance jusqu'à la rendre aussi transparente que la lumière.

Peut-être arriverons-nous au même résultat, moi par la haine et la pesanteur, lui par la simplicité ou la clarté. On le croit, et même – car on est là où il faut c'est-à-dire au bord du délire –, souvent, même on en est sûr. Mais le but et les voies qui y mènent ne sont pas la même chose. La supériorité de Stéphane n'est pas dans le but mais dans le chemin suivi. Quand j'arriverai au bout de ma route avec ce corps à demi mort, d'une épouvantable pesanteur, avec tout ce fardeau de mes actes si lourds, avec le poids ignoble de cette guerre et de ses dessous puants, je pense que je serai accueilli, découvert, retrouvé exactement comme Stéphane dont nous sommes presque les seuls à nous souvenir encore. Stéphane qui a connu ce destin presque parfait : être un héros inconnu. Sans moi, aurait-il atteint la mort parfaitement allégé, dépouillé ? Oui, dépouillé même de cet amour qui l'a justement émondé. Alors que moi, j'arriverai à la mienne traînant l'odeur, le poids de tous ces secrets que j'ai eus à connaître d'une épouvantable connaissance. Le poids de tous les misérables secrets, ceux d'Hitler, ceux d'Himmler, de Goering et de tous les autres pantins nazis. Mais aussi ceux de Beria, de Staline, ceux des Anglais, des Américains et même ceux de ce pays qui me valent aujourd'hui grâce à un peu de caca secret d'avoir ici, avant d'en finir, ce traitement privilégié et d'avoir pu te voir, toi aussi, petite merde, petit tas d'os, de peurs, de pourriture et de poèmes que Stéphane aimait entraîner sur les parois dont tu comprendras peut-être un jour le sens.

C'est cette supériorité, cet allégement mâle, corporel, sexué de Stéphane que j'ai brisés. Oui, je suis arrivé à faire entrer de force, tu entends, à faire ingurgiter à Stéphane une part suffisante de pesanteur pour être connu de lui. Je ne craignais pas son mépris ni sa haine, j'y suis habitué. Ce que je voulais c'est que par sa mort nous entrions l'un dans l'autre par une sorte d'accouplement spirituel particulièrement long et pesant. J'ai la satisfaction de te dire que j'ai réussi et que d'une certaine façon Stéphane est devenu non pas un ami, l'ami est à toi, si tu parviens un jour à faire quelque chose de toi. Je n'en ai pas fait un ami, mais ce que je voulais, ce que je désirais : un égal."

Il sonne. La femme est là.

"Je veux qu'il s'en aille vite, vite avant d'avoir envie de le haïr."

Elle a la clef – comment est-ce possible ? –, elle ouvre la porte, puis l'autre. Elle me pousse doucement dans le corridor. Le gardien n'est pas là, je descends l'escalier et en bas je m'assieds sur les dernières marches. Je voudrais bien pleurer, mais c'est quelque chose de bien plus affreux que les larmes et de parfaitement sec qui survient. Le directeur finit par arriver, il n'a même pas l'air étonné. Quelque chose sort de la prison et se dirige vers la gare. Est-ce mon corps ou mon esprit ? Je ne sais mais je sens que, comme Shadow, je suis en prison, dans une prison soigneusement édifiée par moi-même et dont je ne parviendrai peut-être jamais à sortir. La locomotive du train freine et s'arrête soulevant les mêmes sentiments de détresse et de perte du sens des choses que dans mon enfance. Je m'assieds dans un coin, relève mon col pour cacher mon visage car je lis en moi les traces d'une écriture qui m'était jusqu'ici étrangère et que Shadow a décryptée. Je vois que je suis bien plus prisonnier que lui et ceux qui sont enfermés là-bas. Comme une araignée tisse sa toile, je n'ai rien fait avec ténacité que de m'emprisonner moi-même. J'ai eu des mouvements de libération, j'ai parfois brisé une porte, scié un barreau, mais je n'ai jamais cessé d'être fidèle à la Loi qui depuis mon enfance me prescrit de bâtir ma prison.

Pas plus que Shadow, pas plus que Stéphane, je ne pourrai toujours vivre là-dedans. Stéphane est mort, Shadow va mourir, je ne puis m'empêcher, en cet instant, de penser qu'ils sont heureux et en même temps un puissant mouvement me révolte contre la mort. Je veux, je pourrai vivre le temps qui m'est donné. Arrêter de construire ma prison ce n'est pas une décision que je puis prendre. Il faudra pour cela une catastrophe, un désastre intérieur qui me forceront à changer de sens. Grâce aux lézardes, aux brèches du malheur, je pourrai peut-être déconstruire brique après brique et pierre à pierre ma prison. C'est un travail insondable, dont on ne peut prévoir la fin, l'œuvre de toute ma vie peut-être. Stéphane a fait ce travail par l'allégement, cela n'a pas suffi, Shadow lui a enfoncé ce qu'il fallait de pesanteur avant sa mort. Si Shadow suit la voie de la pesanteur, il faut que quelqu'un lui donne sa part d'allégement. C'est pour cela qu'à travers Marcello il m'a tendu un piège en me faisant venir. Le piège s'est refermé, je suis pris, je sens déjà ses mâchoires d'acier enfoncées dans mon corps et mon esprit. Un très long, très dur chemin devant moi. Il ne suffira plus de m'élever le long de l'admirable paroi comme Stéphane. Il va falloir me perdre, m'enfoncer, descendre dans les profondeurs. Oui, je pressens tout cela, je le vois, je sens en moi les métaux, les matières lourdes de Shadow qui vont me faire sombrer. Pas maintenant ! C'est un cri de joie qui s'élève en moi. Pas encore, je peux continuer à bâtir ma prison, m'abriter en elle, aimer, jouir, protégé par elle sans blessure trop grave, sans la blessure que rien ne peut cicatriser et qui surviendra un jour. Après viendra le naufrage, après viendront les désastres et chaque brique, chaque pierre que je pose rendra mon malheur plus grand. Je pressens, je sens la joie, qui me force à descendre du train, à regarder les femmes dans la gare, dans les rues, qui me force à accepter ce risque et ce malheur à venir. Quand je serai terrassé, je suivrai la voie de l'allégement et celle de la pesanteur. J'essaierai de porter mon poids. Maintenant je ne suis que moi, je ne suis ni allégé ni trop pesant, j'ai trente ans, je ne suis qu'un homme amoureux qui se hâte.

IX

Aujourd'hui Paule est mieux, elle n'a plus de masque. Soudain, son souffle saute un temps, son visage se crispe, elle tousse. Alors, la voix de la mère, venant du fond des âges, dit : "Ce n'est rien, ne panique pas !" Et la fille, la petite fille coule vers elle un regard confiant dans la protection du ciel, retrouve une respiration calme et s'enfonce dans un sommeil de quelques instants où elle glisse comme un ruisseau.

Mykha arrive, après quelque temps, j'ai le sentiment d'être en trop. Je sors, je veux aller aux toilettes, elles sont occupées. Celles de l'étage en dessous le sont aussi. Je descends au rez-de chaussée où il y a des bureaux, des salles de consultation. Je ne trouve pas les toilettes. Ce n'est pas possible. Je deviens nerveux et le besoin pressant dans ces corridors qui n'en finissent pas. Je vois un parking d'ambulances isolé et là, un peu protégé par un arbre, je pisse comme une vache. Ce sont les mots qui se disent en moi et je me demande pourquoi je me les répète sans cesse tandis qu'après l'autobus, le métro, le RER qui me ramène à Chatou, et qu'étouffant un peu, souffrant sans doute du manque d'oxygène de Paule je regarde défiler les stations de mon aventure ou fardeau quotidien : Etoile, La Défense, Nanterre-Université, Rueil-Malmaison.

Il est tard, encore une journée où je n'ai pas pu écrire, il me faut pour cela l'enfermement devant la table de travail, une sorte de prison, pour mettre au jour, évacuer, produire ce qu'au cours d'une vie j'ai vécu, assimilé, plus ou moins engrangé. Produire, c'était la Loi de la lignée paternelle. Il faut aussi laisser se faire, laisser être, laisser venir.

Aujourd'hui j'arrive à l'hôpital un peu en avance, j'ai pris le métro, puis l'autobus. Je me lève à temps de ma place pour descendre sans peine. Je passe sous la porte de gauche de l'arc de misère à l'entrée. C'est toujours le temps gris, la pluie, coupée de brèves apparitions du soleil. La boue, les flaques ou l'asphalte sali. Des femmes qui arrivent avec de gros filets de provisions, une autre avec un très petit sac qui serre le cœur. Voilà l'entrée, l'ascenseur jaune. Je passe dans le corridor, j'arrive devant la porte. La porte 108. A hauteur du visage il y a une petite fenêtre par laquelle on peut voir à l'intérieur de la chambre, on voit ainsi si on peut entrer et cela me fait penser à la cellule de Shadow. J'entre, après un moment d'hésitation, pourquoi ? Je l'ignore. Je le sais en embrassant la main de Paule. Il y a une tension dans la chambre, très semblable à celle que j'ai ressentie avec Shadow. Non pas une tension entre Paule et la mère, mais une tension dans Paule, une interrogation qui est venue me toucher au centre de l'être dès le corridor. Je vois Paule se regarder avec désolation dans un miroir ovale qu'elle éloigne et rapproche de son visage. Comme le dit l'Ange, “quand on tient le beau pour beau cela implique l’existence du laid”. Oui, c’est quelque chose comme ça que pensait Shadow mais il le formulait autrement en termes d’allégement et de pesanteur. Paule se regarde dans la glace, déplace un peu sa perruque. Elle ne me dit pas un mot, ne remarque pas que je me tais, ni que sa mère et moi la regardons. La mère sait de quoi il est question, je ne le sais pas, je ne cherche pas à le savoir, je vois cette femme qui se regarde, qui se déplaît comme j’ai surpris un jour maman dans le salon où elle se croyait seule. Oui, surprenant ma mère qui se regardait dans la glace, qui ne se plaisait pas, c’était clair, qui se trouvait vieillie sans doute. J’ai eu le cœur serré à ce moment comme tout à l’heure en voyant le tout petit filet que la femme pauvre portait avec tant de précautions. Pourtant sur le visage de Paule il y a une angoisse qui est une forme de beauté et la mère attend la parole, la décision qui va sortir des lèvres de sa fille : elle attend avec plus que de la patience, avec une attention de pierre minérale, qui, sans rien changer à son âge, à ses traits, lui confère une dignité qui atteint, si la chose existe vraiment, à ce que nous appelons la bonté.

Je pense alors à nouveau que je suis, que nous sommes dans la chambre 108, celle où il n’y a plus de nouvelles, plus rien à attendre, car tout est présent : la vie comme la mort.

Paule dit : “Téléphone-lui qu’il ne vienne pas. Je ne veux pas qu’il me voie ainsi. Dans deux trois jours plutôt, quand j’irai mieux.” Elle n’a pas tourné la tête vers sa mère, elle a laissé retomber le miroir sur sa couverture. Elle regarde durement, sévèrement en elle-même. Elle y voit une infinité de devoirs qui l’assaillent depuis la petite enfance et qu'elle n'a plus la force de rejeter. Elle a souvent lutté victorieusement mais ces devoirs sont encore ancrés en elle, dans toutes ces petites réussites, ces petites perfections, ces objectifs approchés, dépassés, mais toujours reportés plus loin dont est faite la vie d'une femme de cadre. La vie encadrée qui a été la sienne. La mère a pris le téléphone avec cette précision, cette patience, cette perfection un peu sèche des femmes qui traitent beaucoup d'affaires. Je me demande qui ne doit pas venir, est-ce que cela ne signifie pas que je ferais mieux de m'en aller ? C'est Mykha qu'elle demande à une standardiste. C'est lui qui est au bout du fil. Elle dit : "Paule préfère ne pas voir Win aujourd'hui. Elle n'est pas assez bien, elle préfère le voir dans un jour ou deux." Je perçois qu'il y a un moment d'hésitation ou de contrariété au bout du fil, puis une réponse que je n'entends pas. La mère raccroche. Elle dit : "Il arrangera ça. Il viendra un peu plus tard, vers six heures." Elle ne fait aucun commentaire mais elle ne regarde plus sa fille. Comme si, soudain, c'était trop lourd. Moi aussi je baisse les yeux, je suis submergé par l'émotion, je ne dois pas la laisser déborder dans cette part de la vie où tout doit rester normal, contenu ou convenu et en tout cas convenable. Je regarde Paule, je vois qu'elle est comme moi, plongée dans la désolation. Je voulais, j'aurais tant voulu ne jamais intervenir dans leurs vies. Ils sont bien mieux établis dans le monde, que l'on dit réel, que moi. Pourtant devant les yeux fermés, le visage soudain vidé de Paule il faut bien que je parle, que je dise : "Paule, ne sois pas si cruelle envers toi-même. Tu désires le voir, c'est naturel, et lui aussi désire te voir. Pour un petit garçon quelle importance que tu aies bonne mine ou pas, tu es sa maman, c'est tout. Laisse-le venir." Elle ne répond pas, elle n'ouvre pas les yeux mais des larmes coulent sur ses joues. Ces mots, je me les suis arrachés. Je ne voulais pas parler, pas être celui qui sait.

La mère demande : "Alors je téléphone à Mykha pour que Win vienne ?" Paule fait un petit signe de la tête, avec son visage tuméfié comme celui d'une petite fille qui a eu un gros chagrin et commence à se consoler.

Il y a ensuite un long moment où la mère cherche à atteindre Mykha au téléphone. Elle est debout. Il n'est plus dans son bureau, on ne sait pas s'il est sorti. On s'informe dans différents services. J'admire le sang-froid avec lequel elle téléphone, demande des explications, laisse des messages précis lui demandant de rappeler à l'hôpital. Il y a un long moment d'angoisse. Paule s'est essuyé le visage avec des mouchoirs en papier. Elle ne pleure plus mais je sens qu'elle est tout entière dans l'attente et que si on ne parvient pas à toucher Mykha et à faire venir Win ce sera pour elle un signe de désastre.

Finalement Mykha appelle, il allait partir quand une secrétaire l'a prévenu. Il n'a pas l'air étonné, il va chercher Win chez son copain, il n'arrivera pas tout de suite car il y aura beaucoup de monde à cette heure-là et presque certainement des bouchons sur le périphérique. Je regarde Paule, elle est toute détendue, sa mère a reposé le téléphone, elle s'est rassise. Elle sourit d'un sourire encore un peu mécanique qui doit être son sourire de femme d'affaires au téléphone. D'un sourire qui s'adoucit tout en se refusant au laisser-aller des sentiments. Allons, Paule ne s'est pas laissé vaincre par ce qu'elle croit ses devoirs, elle a suivi son désir et les deux femmes sont soulagées. La mère a pleuré à l'intérieur, la fille a pleuré à découvert. Et moi, devant cette incroyable cruauté qui a presque eu lieu : une mère qui n'ose pas voir son petit garçon parce qu'elle ne se trouve plus assez belle, je lui ai donné, donné quoi ? Je l'ignore. Je leur dis au revoir, je sens peser sur moi le poids de Shadow, malgré le soleil apparu qui, pour quelques minutes, me réchauffe et me délivre ses rayons sans me délivrer du chagrin.

Quand je parviens sous le porche de l'hôpital, je suis ébloui par une traînée de lumière qui vient de l'ouest. En face de moi il y a dans chaque sens une file de voitures et de camions. Ils font, en arrivant sur cette portion de route qui est pavée, un énorme tumulte. Je m'arrête sur le terre-plein coupé de flaques formées par les pluies d'orage de cette journée. En face de moi une pelle mécanique d'un jaune aussi maculé par l'usage que celui des ascenseurs de l'hôpital. A côté de la machine, à un mètre cinquante l'un de l'autre, deux trous. Dans chacun d'eux il y a un ouvrier. Ils sont enfoncés dans le trou jusqu'au milieu de la poitrine, l'un me tourne le dos et est en train de charger la pelle mécanique. L'autre, un Arabe, ne regarde rien, ses yeux sont fixés dans le vide. J'ai l'impression qu'il regarde un immense espace de terre ou de vie qu'il ne reverra plus. Plus jamais tels qu'il tente de les revoir. Rien ne bouge sur ses traits pendant que je regarde le feu rouge qui passe au vert et que j'entends à nouveau le fracas des files de voiture qui se ruent à hauteur de son visage, avec leur bruit qui me brise les oreilles et qu'il ne semble pas entendre. Je vois les pneus, les roues et, sur les pavés luisants, des taches de graisse qui brillent. Le feu est passé au rouge, une ambulance tourne pour passer sous le porche. La pelle mécanique s'élève, l'ouvrier qui a achevé de la remplir la regarde monter. L'autre regarde toujours devant lui, sans bouger, son visage un peu au-dessus du niveau de la route. Je pense que c'est un homme du Sud et qu'il regarde le désert. Je sais ce qu'il y a en face de lui mais je ne peux m'empêcher de me retourner pour voir le mur d'enceinte de l'hôpital, beige et sale, qui entoure le jardin. Quelques voitures garées sur le terre-plein et une camionnette dont la porte arrière est ouverte montrant des caisses de fruits et de légumes qu'une femme vend aux passants. Au-dessus du mur, on voit quelques arbres entre lesquels apparaissent les formes massives des bâtiments de l'hôpital. Ce n'est pas cela qu'il voit avec ses yeux bleus très pâles que ne font pas ciller les roues des véhicules passant à leur hauteur en changeant de vitesse. C'est en lui-même qu'il regarde, c'est en lui qu'il voit un spectacle qui le déchire, qui l'atterre. Après les premières voitures assez lentes d'autres passent de plus en plus vite pour profiter du feu vert. Je vois son visage toujours immobile entre ces roues, ces garde-boue, ces pneus, ces pavés qui me semblent les plus tristes réalités d'un monde auquel je ne peux, pas plus que lui, échapper. Son regard, à quelques centimètres au-dessus de la route, semble le plus innocent, le plus désespéré que j'aie jamais vu. Le feu a dû changer, les voitures s'arrêtent, la branche de la pelle mécanique s'abaisse de son côté, il se range pour lui faire place, il élève un peu sa pelle. Je vois l'autobus 72 arriver, j'en ai déjà laissé passer un. Je ne peux, c'est plus fort que moi, laisser passer celui-ci aussi, alors que le passage est libre. Je cours, Dieu sait pourquoi, tant j'ai peur de le rater, alors que rien en somme ne me presse vraiment. Je suis monté, je trouve même une place assise, l'autobus démarre, par la vitre je ne vois plus que le dos de l'homme, je vois ses épaules en action, sa tête penchée en avant qui sort du trou comme celle d'un supplicié. Puis je ne le vois plus. Je ne le verrai plus jamais, j'ai connu, pour le fuir aussitôt, le visage du malheur. Je ne lui parlerai pas, je ne connaîtrai pas son nom. Cet homme malheureux, si proche de moi, le plus proche peut-être, restera pour toujours un inconnu.

Dans l'autobus les deux tiers des voyageurs sont des Noirs ou des Arabes. Au deuxième arrêt une dizaine de jeunes montent. Ils rient et parlent fort, ils ne font pas mine de montrer leur billet et le conducteur ne semble pas les voir. Certains sont sur la plate-forme avant, les autres sur la plate-forme arrière. Ils s'interpellent à travers la voiture. Il y a plusieurs femmes noires et arabes avec des enfants, quand elles ont vu les jeunes qui se préparaient à monter, elles les ont pris sur leurs genoux. En face de moi, il y a un Maghrébin d'une quarantaine d'années. Quand je me suis assis il semblait somnoler, depuis que les garçons sont entrés, il ne les quitte pas des yeux. On le sent à la fois décontracté et prêt à une riposte immédiate. Ses yeux sont calmes, mais aussi durs et très attentifs. Je regarde les femmes noires, elles tiennent leurs enfants un peu serrés contre elles, et eux, souvent remuants tout à l'heure, ne bougent plus. Les deux groupes de garçons parlent fort, rient, s'interpellent mais ne font rien. A part le fait qu'ils sont montés sans payer et que le conducteur s'est contenté de ne pas le voir, rien n'indique qu'il y ait danger. J'ai le sentiment d'une double injustice, celle qui est cause de la peur des Noirs et des Arabes, celle qui atteint ces jeunes et les fait considérer comme dangereux alors qu'ils ne le sont peut-être pas.

X

Je suis arrivé au fort d'Aubervilliers, je prends le métro, je relis dans mon carnet le texte du rêve que j'ai fait cette nuit. Les mots de Shadow sortaient en rangs serrés de l'église du village. Les mots sortent, comme ils sont un jour sortis de moi. Ils sortent en rangs serrés comme une armée. Je me souviens des exercices en rangs serrés que j'ai faits quand j'étais soldat. Classe 33, l'année du malheur, celle où Hitler a pris le pouvoir.

Les mots sortent de l'église où autrefois je n'ai pu sortir mes mots. Les mots d'amour enfantin qui étaient montés en moi. Nous sommes allés un jour passer l'après-midi avec mon frère, ma sœur et mes cousins chez cet ami que l'on appelait oncle Victor. La seconde de ses filles s'appelait Aurélie. J'ai joué avec elle presque tout l'après-midi. A cache-cache où nous nous sommes cachés ensemble, puis à la balançoire et au trapèze où elle était très habile. J'ai aimé ses cheveux blond cendré, sa peau très fine, ses yeux bleus. J'ai aimé surtout une hardiesse garçonnière et rieuse qui répondait à celle que j'aurais voulu avoir. Journée enchantée où tout s'est revêtu de couleurs plus tendres, plus éclatantes, jamais vécues jusque-là. En repartant fatigué sur le chemin de gravier avant d'arriver à la barrière rouge et blanche si différente des grilles noires de chez nous, j'ai trouvé en moi des mots qui disaient : j'aime Aurélie. Ces mots me faisaient peur, je n'avais que dix ans et elle sept, l'amour était réservé aux grandes personnes. Pourtant malgré ma peur, je l'aimais et quelque chose, follement, me disait qu'elle m'aimait aussi. Le lendemain oncle Victor est passé à la maison, nous prenions le petit-déjeuner avec maman et tante Babeth. Il a dit que les enfants s'étaient beaucoup amusés la veille et qu'Aurélie ne parlait plus que de moi. Tante Babeth m'a regardé en riant, je suis devenu tout rouge. Elle a dit : "Tu as un *boentje* pour elle, comme on dit chez nous", puis, en regardant maman : "Un béguin qui commence tôt." Je suis devenu de plus en plus rouge et tout le monde, sauf maman, a ri aux éclats. Tante Babeth a eu pitié de moi, elle a parlé d'autre chose, l'attention s'est détournée, j'ai pu reprendre contenance et cacher l'étonnant tumulte de bonheur et d'effroi qui s'élevait en moi.

Les enfants d'oncle Victor devaient venir jouer le surlendemain. Je m'exerçais au trapèze des grands pour être aussi habile qu'Aurélie quand elle viendrait. Tout un grand été d'échange entre les deux familles semblait s'ouvrir devant nous. En général nous n'aimions pas tellement les enfants étrangers. Mais les enfants d'oncle Victor étaient adoptés par le groupe, on pouvait jouer avec eux aussi bien qu'entre nous.

La veille de leur venue, Philippe, l'aîné d'Aurélie, a eu la rubéole. C'était très contagieux, tous allaient y passer. Pourvu que nous n'en ayons pas pris le germe en allant chez eux. L'après-midi était remis.

"Remis à quand ?

— A l'année prochaine sans doute, dit maman, ils vont être malades l'un après l'autre, ça va traîner toutes les vacances."

J'ai oublié ce qui s'est passé jusqu'à la fin des vacances. On n'a plus vu les enfants d'oncle Victor à la messe, à cause du risque de contagion. Les vacances se sont terminées, nous sommes rentrés chez nous. J'ai beaucoup pensé à Aurélie, beaucoup rêvé de jeux ensemble ou d'actes héroïques faits pour elle.

L'année suivante, ils étaient tous à la messe, les filles au premier rang à côté de leurs parents, les garçons derrière. Je les regardais à la dérobée sans parvenir à capter le regard d'Aurélie. Plus personne ne se souvenait que j'avais eu un béguin ridicule pour elle. Je pourrais lui parler à la sortie de la messe. J'essayais de me formuler ce que je lui dirais. J'espérais qu'on les inviterait à venir jouer.

Après la messe, les deux familles se retrouvaient un instant sur le parvis de l'église. Souvent, sa famille, moins nombreuse que la nôtre, sortait plus vite, Aurélie était déjà partie en avant avec sa sœur aînée prendre sa bicyclette. Parfois elles repartaient en voiture avec leurs parents et je parvenais alors à lui dire bonjour, à serrer sa petite main, gantée, endimanchée. Elle me regardait un instant mais, comme on le lui avait appris, sans attention particulière et passait très vite à un autre d'entre nous. Pas une fois je n'ai pu desserrer la bouche pour lui dire un mot. Quel mot venu de quelle langue, de quel pays caché, puisque l'amour entre enfants n'était qu'un béguin qui faisait rire ?

Pas une fois les parents des deux familles n'ont pensé à réinviter les enfants pendant les grandes vacances. Puis il n'y a plus eu de grandes vacances au village, le sourire hardi d'Aurélie, la couleur de ses yeux, la finesse de son front n'ont plus habité que ma mémoire. Les mots d'amour, d'admiration, d'adoration dont je débordais sont devenus aussi fermés que les mots de la religion dans l'église. Pourquoi semblent-ils sortir enfin avec l'image et la voix de Shadow, le grand maître du mal ? Pourquoi ont-ils surgi cette nuit de la bouche apocalyptique de ce rêve, alors que l'enfant rieuse et blonde à qui je n'ai pu parler, malgré tant d'espoirs et d'efforts, est devenue une femme et s'est mariée sans avoir jamais pu entendre ce mot d'amour que je voulais lui dire et qu'elle avait entendu avant d'être atteinte par la rubéole ?

Je l'ai revue une dernière fois. C'était un jour de gelée tardive, il faisait froid dans l'église. Tout le monde pensait à la chaleur du retour, à celle du petit-déjeuner. Tous les enfants regardaient furtivement la porte par où on pourrait bientôt s'en aller. J'ai réglé mon pas pour me trouver près d'elle sur le parvis, je me suis approché d'elle. J'aurais bien voulu sourire mais j'étais si touché par la venue de cet instant attendu depuis des mois que je n'ai pu former le moindre sourire ni sortir aucun mot. Je me suis retrouvé je ne sais comment sur la route avec la famille, au moment où nous passions la grille du parc, j'ai vu passer la voiture d'oncle Victor. Une grosse voiture noire un peu carrée comme on les aimait dans ces années-là. Il conduisait, sa femme était à côté de lui, les quatre enfants derrière, le visage d'Aurélie n'était plus qu'une petite tache blanche parmi les quatre têtes, celle un peu magique et mélancolique d'un Pierrot. J'ai regardé la voiture passer le tournant de chez Guillaume le garde et disparaître. Nous étions nombreux, j'encombrais, Olivier m'a poussé, j'ai trébuché légèrement et pour ne pas tomber j'ai couru un moment sur la cendrée du chemin. Je me suis trouvé devant un grand arbre foudroyé l'été précédent. Il était écroulé, on voyait encore dans la prairie les traces de son énorme tronc et de ses branches que des bûcherons étaient venus débiter. Il ne restait que le bas du tronc, terrible moignon noirci et déchiqueté par la foudre qu'on devait venir dessoucher un prochain jour. J'étais passé souvent devant lui sans qu'il m'évoque autre chose que le formidable tumulte de sa chute lors de l'orage. Il était tombé un peu avant l'après-midi avec Aurélie, mon amour, le risible amour d'un petit garçon pour une petite fille, s'était écroulé comme lui. J'ai saisi cela confusément et que de cette journée merveilleuse, brisée par la maladie, l'éloignement, la dépendance, il ne restait déjà plus qu'un souvenir blessé, un tronc mort et pourtant de formidables racines dont je pressentais que l'extraction serait longue et difficile et blesserait pour toujours ma terre et ma langue natives. Je suis resté en arrêt, un instant, devant ce bras tordu et calciné de ce qui avait été un des plus beaux arbres du jardin puis, comme Olivier et Marc se rapprochaient, je me suis mis à courir vers le pont. Ils ont cru à l'invite d'un jeu, ils ont couru derrière moi, d'ordinaire ils couraient plus vite mais cette fois ils ne sont pas parvenus à me rattraper, je me suis arrêté au pont sur la rivière et nous nous sommes accoudés un moment à la balustrade à regarder l'eau couler sur les pierres de la cascade. Mes mots n'étaient pas sortis, ils étaient enfermés. Enfermés où ? Dans l'église du refus, l'église du refus familial de laisser s'exprimer l'enfant rieur, que j'aurais pu être.

Ainsi cet après-midi a été le seul moment où nos vies se sont rencontrées. Le nouveau ne s'est pas produit, l'espérance de voir cette amitié ou cet amour s'épanouir est morte. Il n'est resté que les gigantesques racines et le tronc calciné du désastre. Les mots entre nous, les mots de la certitude n'auront jamais été prononcés, les jeux à naître n'auront pas été joués. L'absurdité minuscule de l'événement, le feu et la mort ont brisé ce qui voulait surgir. Et penché sur la balustrade noire j'ai regardé, je regarde peut-être encore l'eau de la rivière couler sur les pierres de la cascade, celles qui venaient de l'ancienne église, que je n'ai pas connue.

Il fait très chaud ce soir, je me couche nu. Le premier sommeil est agréable, quand les mots de Shadow s'écoulent de l'église je sors brisé de ce rêve et ne puis me rendormir. Brisé par l'échec de la naissance des mots et par le rire de tante Babeth et de toute la tablée qui signifiait que c'est peut-être touchant mais surtout ridicule d'aimer d'amour quand on est un enfant. Que cela indique peut-être que l'on n'est pas un vrai garçon. Qu'on est un enfant trop sensible toujours soumis au rire insultant de ceux qui sont dans le vrai monde. Je n'ai pas eu accès aux mots de ce monde-là, car après des années d'efforts vains c'est le monde imaginaire qui a soulevé et mis en mouvement ma vie.

Shadow est présent dans mon insomnie, de cette présence froide et pesante qui est la sienne. Shadow couché, si large, si vaste sur sa chaise longue me paraît plus énorme encore qu'autrefois. J'étais plus costaud alors à trente ans, pourtant, en face de Shadow, ni de corps ni d'esprit je ne pesais guère.

XI

Quand j'arrive la troisième fois à la prison c'est le sous-directeur qui m'attend. J'ai l'impression que quelqu'un lui a parlé de moi ou qu'il a pris des informations. En arrivant devant la porte de Shadow il marque une hésitation puis il me dit : "Je n'aime pas vous conduire chez cet homme. Il est redoutable. J'ai peur qu'il ne vous arrive malheur, pas un malheur physique, comprenez-moi, mais un mal plus profond. Le contact, la vue même de cet homme est néfaste." Je suis touché par cette crainte que j'éprouve comme lui, je veux le lui dire mais ce ne sont pas des paroles de remerciement qui sortent de ma bouche. Je dis : "Eh bien, ayez peur, monsieur le sous-directeur." En proférant ces mots, j'ai l'impression que ce ne sont pas les miens mais ceux de Shadow. Il le sent car il me regarde un instant puis, sans répondre, m'ouvre la porte. C'est Marguerite qui m'ouvre la seconde. Ronde, lisse, fermée et souriante, m'affrontant du regard comme les anges de la Madone de Sinaglia. Des anges solides qui regardent les gens, l'histoire ou le démon dans les yeux, prêts à défendre la Vierge et l'Enfant.

Quand j'entre, Shadow est couché, il me tend la main, ce qu'il n'a jamais fait, avec une sorte de sourire que je ne connais pas et que pourtant je connais. Je m'avance gauchement vers lui, je prends sa main qui est beaucoup plus grande et plus large que la mienne. Je ne me demande pas si je veux lui serrer la main. Je le fais. Si je pouvais penser, arrêter cet état de trouble dans lequel je me trouve, je refuserais de serrer la main de l'homme qui a assassiné Stéphane. Je m'attendais à sa dimension mais aussi à sa vigueur. Or, je ressens un contact doux, tiède, enveloppant, presque féminin. Ma main s'est sentie non pas confrontée mais enveloppée. Je recule en hâte, je regarde Shadow sous la grande couverture noire qui recouvre son corps. Marguerite me tend une chaise et je m'assieds fasciné. Oui, par la masse, par le volume du corps, par la dimension des mains, par le lorgnon qui semble briller dans ses yeux, Shadow aujourd'hui me fait penser à l'abbé Doncourt qui a été pendant plusieurs années mon guide spirituel. Peut-être qu'il a été tout bonnement mon maître. Que cela semble loin, qu'avais-je à foutre d'un maître ? Cela doit sembler comique à Shadow. Quand on est un disciple, on en arrive presque toujours à devoir tuer le maître en soi. C'est pénible, c'est dur. Ce fut très dur pour moi. Shadow le sait et sans doute sait-il aussi que je regrette, que je regretterai toujours de n'avoir plus de maître. Ni Dieu, ni maître ! J'ai vu parfois sur les murs et dans les urinoirs fleurir cette devise du blason nihiliste. Oui, c'est bien joli, mais il faut avoir la force. Et comme je n'ai pas de maître, je n'atteins Dieu que par des voies latérales, la poésie, l'art, la musique. Pas sérieux tout ça, aurait-on pensé dans notre famille.

Shadow était un Russe blanc, ayant passé son enfance et sa jeunesse depuis 1919 dans notre petit pays. Profondément étranger à nous, par l'immensité de son territoire intérieur, par l'énormité de son histoire impériale alors que nous, gens de la mer du Nord, du vent et de la pluie nous consacrons notre temps à édifier patiemment notre vie à nous. Comme nous étions conscients de notre petitesse et de nos droits à l'existence, lui avait conscience de l'immensité russe et d'une certaine indifférence brutale à l'existence qu'elle engendre.

Shadow par son visage avait la dimension de la Russie. Son visage aurait été très beau avec ses cheveux noirs, son œil bleu, la peau bistrée et les lèvres charnues s'il n'y avait pas eu l'atteinte du côté gauche qui manquait en partie ce qui semblait donner à la joue et à la pommette droites une largeur insupportable. Oui, de face il était beau avec ses deux yeux pâles très larges et inattendus qui éclairaient et refroidissaient. On était vite gêné par l'immobilité de la joue gauche, la bouche et le nez n'avaient pas été atteints mais à hauteur de la mâchoire il y avait un creux à la fois blême et noir où lorsque le regard s'accrochait on ressentait la peur de voir apparaître une dent.

Il est condamné à mort et je sais que je ne reverrai jamais le visage réel de Shadow, si l'on croit qu'un homme comme lui peut avoir un visage réel. Je ne puis imaginer le visage de Shadow enfant, ni le voir jeune homme – déguisé en jeune homme ? –, je ne puis le voir que comme il était entre trente et trente-cinq ans. Célèbre, mais d'une célébrité sourde, funeste, limitée aux seuls milieux des SS, de la Wehrmacht et sans doute à certains agents des services secrets soviétiques, anglo-saxons et extrême-orientaux. Je me demande si les services secrets américains ont pu avoir l'idée d'un tel homme en qui l'âpreté idéologique et commerciale de l'Ouest, l'étendue psychique et physique russe produisaient ce plus si semblable à un moins, ce rien qui devenait parfois intense ou brutal comme une totalité.

Impossible de se faire une idée ou une image de Shadow, on ne pouvait connaître sa réalité que par ses actes. Des actes toujours prémédités et longuement préparés à l'avance. L'exécution ensuite était foudroyante. Après des études universitaires il était devenu, pendant un certain temps, un coureur automobile de deuxième rang, qui ne cherchait pas à percer. Ensuite il avait disparu quelques années en Extrême-Orient, on ne savait pas où. Au moment de la guerre il était réapparu au service de la Wehrmacht. C'est lui qui avait conçu les plans et dirigé la prise du fort d'Eben-Emael, dont les canons barraient les routes principales aux chars nazis, et qui constituait le point central des armées belges et françaises. A l'aube du 10 mai 1940 il s'était posé avec ses planeurs sur les superstructures du fort. Personne ne s'attendait à une attaque sur ce point qui n'était pas défendu. Le groupe d'assaut de Shadow a pu se poser et, en jetant des explosifs dans les bouches d'aération, forcer les défenseurs à se rendre sans combat. Cet exploit l'avait rendu célèbre dans les milieux de l'armée allemande et des services secrets internationaux.

Shadow a tenu ensuite un rôle important mais toujours caché dans les SS et la Wehrmacht durant la campagne de France et la guerre germano-soviétique.

La lenteur si impressionnante des mouvements de Shadow était encore marquée maintenant par son don inné pour la vitesse. Cela se lisait sur son visage. La partie droite ne pouvait se mouvoir qu'après avoir fait pression sur l'immobilité, la quasi-paralysie de la gauche. D'où un retard perpétuel de ses traits sur son regard. Le regard ne se laissait pas lire et saisissait tout immédiatement, le visage et la parole suivaient avec un certain décalage. C'était cette distance qui produisait l'étrange malaise que l'on éprouvait en face de lui. Son regard vous saisissait dans le froid, une pâleur glacée, une lumière d'acier, c'était froid, dur, certain, le regard disait que cet homme savait, que tout était pesé, concerté. Le risque était énorme et nul. Enorme parce qu'il se confiait à l'insondable et nul car tout était prévu et mesuré d'avance, y compris l'échec et la mort.

J'ai serré la main de Shadow, il rit mais pas de cela. Ma main, mon honorable poignée de main, il s'en fout. Il rit, parce qu'il m'a forcé, par son sourire, ses lunettes brillantes, sa poignée de main large, engloutissante et cependant un peu molle à retrouver en lui un souvenir de l'abbé Doncourt. Shadow me regarde dans les yeux et toute ressemblance avec l'abbé Doncourt s'éteint.

"Penses-tu que j'allais te convoquer sans avoir un dossier complet sur toi ?"

Son tutoiement me blesse et me paraît pourtant naturel.

"Je sais beaucoup de choses sur toi, plus que tu ne peux l'imaginer. Heureusement pour les autres j'oublie beaucoup. Je suis une machine à secrets, je suis aussi une machine à oublier ce qu'il n'est pas indispensable de retenir. Tu ignores donc que j'ai été moi aussi un étudiant de l'abbé. En venant ici tu ne t'es en aucune façon intéressé à moi. Je me demande d'ailleurs, en pensant à

Stéphane, si tu t'es jamais intéressé à quelqu'un d'autre qu'à toi-même. Non, n'est-ce pas ? Sauf quand tu es amoureux et alors tu t'arranges pour faire descendre sur toi des nuées d'empêchements, d'interdictions et de malheurs. La différence c'est que ce grand et gros homme m'a fait rire comme il riait beaucoup lui-même, alors que toi il t'a ému et te paraissait inspiré. Comment veux-tu qu'un Russe, à demi sibérien par sa mère, un Russe blanc au temps de la Russie rouge, puisse prendre au sérieux ce penseur, ce bourgeois typique de l'Ouest. L'abbé, et c'était son vrai mérite, ne voulait pas se prendre au sérieux mais il voulait que l'on prenne au sérieux l'Eglise, la mère Eglise. Tu as introjecté en toi l'abbé avec tout le sérieux d'un homme d'un petit pays qui voit dans une Eglise universelle une garantie pour son existence, peut-être l'espoir d'une société planétaire. Mais pour nous, Russes, qui occupons une si grande partie de la terre, l'universalité va de soi.

L'abbé riait de lui-même mais pas de tout, moi je ris de tout, j'agis avec une continuité, un sérieux terrible, en ne prenant rien au sérieux. Voilà la cause de mes succès connus et de mes succès secrets dont certains, et ce sont ceux qui importent, ne sont connus que de moi-même. J'ai entendu ce que Dostoïevski, oui, celui que tu aimes tant, m'a dit : «Sans toi, pas d'événements», or il faut des événements. J'ai créé des événements et j'ai effacé mes traces, comme Stéphane. Dans notre ridicule époque de publicité, je n'ai guère connu que lui à faire ça. Par des chemins détournés l'abbé revenait, après une belle courbe, à l'obéissance et aux solutions traditionnelles. Ce qui veut dire aujourd'hui laisser l'initiative aux machines, aux scientifiques qui sont une autre espèce de machines, donc à faire régner les moyens. Je n'y suis pas hostile, j'ai toujours su et je saurais encore manipuler les moyens. Quant aux fins, ou à la fin, au but ou à tout ce qu'on voudra de ce genre-là, ceci va t'étonner peut-être : la fin, je lui fais confiance. Oui, j'ai lâché prise. J'ai été seulement l'événement. C'est ce qui faisait peur à Hitler, j'ai toujours senti qu'il avait peur de ce moyen que j'étais pour lui. Peur de reconnaître que j'étais un instrument parfaitement au point et tout à fait indifférent à ses buts. Il avait besoin d'Himmler et de quelques autres et eux avaient besoin de moi. La machine qu'ils avaient montée était trop complexe pour eux. Hitler a eu au début un trait de génie, un peu copié sur Bismarck : annoncer à l'avance tout ce qu'il allait faire. Naturellement personne ne l'a cru et il a joué gagnant. Je l'avais prévu et c'est alors que j'ai travaillé pour les nazis. Russe blanc je ne pouvais pas jouer Staline, bien que j'aime d'amour la Russie. Je n'ai aidé les nazis à gagner que pour les aider à perdre ensuite.

Quel amour pesant l'Eglise a fait peser sur toi ! Qu'est-ce qu'un amour qui s'élève avec tant de bagages ? C'est aussi lourd que la voie de la haine qui est la mienne. La voie de la haine est dure et on ne peut à aucun moment l'oublier. Avec l'abbé Doncourt tout commençait en douce repentance, en immense espérance, en exercices matelassés pour arriver à des exigences, à des angoisses aussi dures que ma règle, que ma vie pour le mal mais avec la banalisation en plus.

Des hommes comme l'abbé sont sans doute utiles, ils font de bons prêtres, de bons professeurs – et peut-être qu'il en faut – et, en cas de nécessité, des martyrs acceptables. Ils maintiennent notre espèce dans cet état domestique, où l'on va de conséquence en conséquence jusqu'à une mort décente ou cruelle selon les cas. Ce n'est pas ma lignée, tu te demandes qui sont les gens de ma lignée, ceux qui te font si peur. Ce sont ceux qui ont un démon comme Socrate, comme Jésus dans le désert et Ivan Karamazov, la plus grande intuition de ton cher Dostoïevski. Ivan ne peut pas supporter la souffrance des enfants et son démon, son grand Inquisiteur lui fait remarquer qu'elle est là, qu'elle est une des formes de cette nécessité, qui, avec une admirable ou insupportable indifférence, a pour mission de nous faire grandir. Celui qui pense et sent avec compassion la douleur des enfants ne peut qu'aspirer à un monde bon et raisonnable. Il n'est pas ainsi mais on peut espérer, travailler dans ce sens. Si tout était raisonnable sur la terre, souffle son démon à Ivan Karamazov, il ne s'y passerait plus rien. Sans l'homme et ses passions plus d'événements, sans lui pas d'événements. Cette perspective est pire que la souffrance des enfants, car pour eux aussi il faut des événements. Il est nécessaire qu'ils souffrent pour évoluer, grandir, devenir durs, forts, résistants et, parfois aussi, doux, patients, compatissants. Il faut des événements pour que le monde des hommes soit un monde. Sans événements pas d'espoir, pas d'amour, pas de fin. Nous, les hommes à démon, les démons si tu veux, c'est à cela que nous servons. Déclenchant l'événement nous pouvons dire ensuite – car ce n'est plus notre affaire – que ton règne ou que le règne arrive. Dostoïevski a été capable de créer Ivan Karamazov mais pas de le supporter. Il veut qu'Ivan devienne fou, un homme de la dimension d'Ivan ne devient pas fou.

— Vous n'êtes pas devenu fou, non plus."

Je ris et prends peur car Shadow se met aussi à rire d'une façon parfaitement silencieuse qui répand autour de lui un souffle glacé. Son corps n'est plus qu'un bloc formidablement immobile. Soudain ses yeux se ferment, son visage devient encore plus pâle, d'une voix très basse mais distincte, il appelle : "Marguerite." Malgré la porte fermée, elle l'entend, elle entre avec sa robustesse de paysanne. Elle lui donne un remède, lui masse légèrement les mains, soulève la couverture noire, découvrant l'énorme jambe de plâtre blanc. Elle introduit entre la peau et le plâtre une longue aiguille à tricoter qu'elle fait glisser très doucement et qui le soulage. Le visage crispé, il avale sa salive avec peine, son visage se couvre de sueur. Elle a prévu le déroulement de la crise, elle sort d'une petite casserole une serviette chaude et humide avec laquelle elle lui éponge le visage, le cou et les mains.

Il se détend et fait une chose que j'aurais crue impossible, il regarde Marguerite et lui adresse un petit signe de tendresse avant qu'elle ne sorte.

Il dit : "Oui, il y a un lien entre elle et moi. Je l'ai forcée, c'est vrai, comme de nombreuses femmes, le jeune Marcello te l'a peut-être raconté. C'était du temps de ma force. Ensuite il y a eu entre nous la mort de Stéphane. Elle aimait Stéphane, et lui ne le savait pas. Il en aimait un autre. Qui ne l'aimait pas. Ou plutôt qui l'aimait sans l'aimer. L'histoire habituelle quoi ! Entre elle et moi il y a eu ce lien, Stéphane. L'assassinat de Stéphane qu'elle a compris, à sa manière. Oui, qu'elle a compris. Stéphane était à ce moment un homme qui avait tout perdu, c'était là sa perfection. Il n'avait encore à perdre que sa vie, mais il n'y attachait aucune importance. De là sa folle et raisonnable hardiesse. Pour le comprendre il a fallu que j'entre dans la peau d'un homme qui n'avait plus rien à perdre. Qu'est-ce que cet homme allait faire ? Qu'est-ce qu'il allait risquer pour me tuer ? Me tuer, moi, au milieu de mon état-major, de tout un bataillon de SS et de mon réseau d'informateurs. Il voulait faire cela seul, et il aurait réussi, si je n'avais pas passé plusieurs jours à me mettre à sa place, à comprendre ce qu'un homme comme lui pouvait tenter. Finalement je l'ai arrêté. J'ai arrêté ma mort, qui m'aurait bien arrangé parce que ce qui a suivi a été dur, beaucoup plus dur que je ne l'avais imaginé, et je l'avais imaginé. Je suis libre, j'ai des médicaments, je pourrais me suicider, mais cette femme, parce qu'elle a compris, m'en empêche. Car ce que j'ai fait, ce que j'ai fait vivre à Stéphane c'est que la vie, même si on a tout perdu, reste ce qui importe le plus. C'est moi son assassin qui l'ai contraint à cela. Pour cette femme ce qui compte, c'est que par des moyens horribles j'ai forcé Stéphane à reconnaître jusqu'au bout ce qu'elle appelle le caractère sacré de la vie. De cela dans son corps et dans ce qu'elle a d'esprit – qui n'est pas rien – elle m'est de toutes ses forces reconnaissante. La conséquence est rude. Si la vie est si importante, je dois comme Stéphane le reconnaître, je lui dois de le reconnaître jusqu'au bout, jusqu'à la dernière minute de vie. Elle est pour cela mon ange gardien. Devant elle je ne peux pas faiblir, je dois vivre mon inachèvement, mon incomplétude jusqu'au bout et saluer la vie au plus profond de ma misère. Marguerite est celle qui doit me mener jusqu'à mon dernier souffle. Sans elle il y a longtemps que je serais mort. Bien peu d'heures se déroulent sans que je ne me dise : dommage !

J'ai trouvé un de tes premiers poèmes qui dit : *Et votre cœur désire encore le sang d'Abel*. Je ne t'aurais pas cru capable de concevoir une pareille pensée qui semble s'adresser à moi. Moi et les miens, c'est vrai que nous aimons et détestons l'image éternelle d'Abel et que nous sommes affamés, assoiffés de son sang. Si Dieu doit exister un jour, est-ce que Caïn avec ses mains meurtrières, ses obsessions ne modèlera pas mieux l'avenir ou la fin de ce Dieu, qu'Abel dans son adoration ?

Pars maintenant, prends cette lettre qui est là sur cette table et reviens.

— Quand ?

— Demain.

— Demain c'est impossible.

— Demain, c'est possible, cette lettre est adressée par un plus important que lui à ton patron. Tu es libre de venir me voir jusqu'à ma mort, personne ne te dira rien. Reviens demain. Va-t'en."

Marguerite m'ouvre la porte, je sens un grand souffle d'air froid qui me pousse en avant et m'emporte. Le directeur m'attend près de la sortie de la prison. Il me dit : "A demain." Il relève un peu ses lunettes, me regarde : "Vous êtes très pâle, vous n'êtes pas bien." Je ne réponds pas. Il dit : "Il y a un taxi qui vous attend. Il vous ramènera chez vous et viendra vous prendre demain."

XII

Je suis dans le petit bureau où je reçois mes patients. J'écoute, j'écoute des souffrances, des actes manqués, de faux espoirs. J'écoute des rêves, des piétinements, des élans. Aujourd'hui c'est un anneau d'une chaîne, d'une longue chaîne de paroles, de silences, de recherches. J'écoute le mieux que je peux et comme il y a en moi une forte présence de la mort j'entends leur parole de mort, de condamnation d'eux-mêmes qui s'élève en majeur sur un fond d'amour et d'espoir en mineur. Je pense : C'est bien d'être heureux, c'est bien de jouir. Mais il n'y a pas de devoir de jouir, pas de devoir d'être heureux. Je dis ça tout haut presque sans y penser et je sens que cette parole porte un peu.

Je prends le métro à Opéra, il faut que je me presse pour ne pas arriver trop tard à l'hôpital. Je suis maintenant enfermé dans un corps raidi comme Shadow. Je suis devenu un monsieur, on m'a appris à devenir comme cela autrefois. On m'a appris à porter un costume, une cravate, j'ai résisté un peu mais pas longtemps. Pour demeurer, pour réussir dans la société qui était la mienne. Il fallait ça. J'avais des enfants. Pour faire l'argent nécessaire il fallait ça, je l'ai fait. Faire de l'argent c'est ce qu'on m'a surtout demandé dans la vie.

Shadow n'a pas fait ça. Pas de famille, pas d'enfants. La pauvreté d'un jeune Russe blanc, le père autrefois médecin qui travaille comme il peut dans ce pays où il ne peut pratiquer son métier, la mère qui s'est fanée, ridée dans les travaux de ménage, les espoirs de plus en plus dérisoires. Les criailleries du père, les coups, l'épreuve de sa faiblesse réelle, de sa force seulement apparente malgré sa vigueur de géant. L'épreuve de l'injustice, de son incapacité à comprendre le monde comme il va, comme il est, dans ce petit pays d'Ouest. Son rêve insensé de retour dans la sainte Russie. La dure opposition au père, la colère, le mépris pourtant bien caché et alors les coups qui tombent, qui s'abattent toujours plus sur l'enfant, sur le gamin. La longue kyrielle des larmes, l'œil au beurre noir, le doigt cassé, le jour où il est tombé assommé par un coup de poing sur le front, entendant dans sa chute le sanglot désespéré et hystérique de la mère. Les études pourtant, toujours avec des vêtements élimés, empruntés, trop petits, craquant de partout à cause de la taille qui devenait gigantesque. Les études payées, quand le père a commencé à boire beaucoup et à se faire vider de ses places, avec l'argent tristement gagné grâce à de petits boulots et de petits larcins. Toujours la menace que le père lui fauche ses quelques sous nécessaires ou que, par un absurde mouvement de pitié, il les donne à sa mère. Ils se débrouillaient finalement ces deux-là, changeant d'appartement tous les six mois, mais vêtus, nourris, et pour le père largement abreuvé d'alcool sans doute par des affaires louches, des avortements et l'espionnage. Toujours les cris, la honte et les coups du père jusqu'au jour où cessant seulement de résister, d'empêcher le père de le frapper, il l'a pour la première fois frappé à son tour. Un seul coup, puis une poussée des deux mains en pleine poitrine qui lui a coupé le souffle et l'a projeté haletant contre le mur. Il s'est repris peu à peu, regardant dans les yeux son fils qui semblait frappé d'immobilité par ce qu'il venait de faire. Le visage du père est devenu menaçant, le fils le voyait durcir et noircir sous la barbe mal rasée. Il y a vu soudain le désir de tuer, oui, son père allait le tuer avant qu'il ne devienne le plus fort. Trop tard, trop tard, crie une certitude submergeante dans la poitrine et les bras de Shadow. Pas la peine de garder de la distance, pas la peine de frapper, négligeant les coups que le père tente de lui envoyer, d'un mouvement rapide il est en face de lui, poitrine contre poitrine. Il a la même carrure que le père mais il le domine de plus d'une demi-tête, il n'a jamais bu d'alcool. La force du père c'est que même lorsqu'il est en colère, même lorsqu'il se déchaîne, il ne perd jamais son sang-froid. Quand il se trouve pressé contre le mur par son fils, alors qu'adossé, arc-bouté au mur, il devrait avoir l'avantage, il sent qu'il a affaire à un sang bien plus froid que le sien. Et que ce froid, bien au-delà du gel, fait bouillir sa colère, étrangle sa gorge et sème le trouble et la confusion dans son esprit. Il pourrait sans doute repousser son fils en ramassant toute sa force contre le mur, il pourrait de ses deux poings énormes lui marteler les côtes. Mais il ne peut plus rien vouloir que ce que veut le fils et le fils ne veut pas un combat mais une épreuve de force. Il met ses mains sur les épaules du père et il pousse, il presse pour le forcer à s'agenouiller. Rien d'autre. Le père pourrait combattre encore, se défaire de cette poitrine, de ce ventre, de ces cuisses, de ces genoux qui le pressent. Il ne peut pas, il est saisi par le froid, il met ses deux mains sur les épaules du fils et il fait comme lui. L'un des deux devra s'agenouiller, c'est dit. Et après, après qu'on lui tranche la tête, qu'on le fusille, qu'on le tue à la russe. Le père sait bien que dans cette épreuve-là, sans stratégie, sans tactique, sans ruse, sans aucune habileté, il sera peut-être vaincu. Il appelle au secours la colère. Mais chez son fils il n'y a pas de colère, rien que l'espace en creux, en vide, en désespérante profondeur de ce qu'on nommait autrefois l'espoir. La colère fait bouillonner le père, elle le brûle mais elle ne soulève pas la pesanteur croissante des mains du fils sur ses épaules. Il n'y a pas d'espérance, avec Shadow, pas d'amour, il n'y a plus rien, debout, monumentale, écrasante, il n'y a plus que la force. La force et la foi en rien, car la foi en quelque chose suppose l'espérance. La foi de Shadow, le fils, est seulement une sorte de cri, d'avalanche, de glacier qui descend irrésistiblement. Et cela veut dire : Plus de père. Il n'y a pas de parricide, pas de meurtre du père, il y a seulement que le père, au milieu de cet affrontement dont il ne saura jamais s'il a duré quelques minutes ou une heure, sent peu à peu ses forces, son savoir, ses ruses passer de son corps dans celui de son fils et que d'un coup il craque et tombe à genoux. Il pense je suis maté, maté, le sang lui monte à la tête et il s'abat de tout son long au pied de rien, car déjà, à ce moment, le fils a tourné les talons, s'est écarté et, sans un regard, sans un mot, est sorti de la chambre.

A partir de ce moment il n'y a plus de père. Au repas suivant le père a laissé libre la place qu'il occupait, quand Shadow est entré il n'a pas pris cette place mais une autre. Quand Shadow entre dans la maison, le père s'en va, en marmottant d'abord puis en délirant. Mais Shadow n'occupe pas sa place et ne donne jamais aucun ordre à sa mère ni à son frère. C'est là que commencent le silence et la puissance de Shadow.

XIII

“Stéphane avait pour mission de m’éliminer. Pas si facile. C’était lui ou moi, c’est moi qui l’ai emporté. J’avais mon PC dans une maison transformée en abri. Sous un certain angle on pouvait tirer sur moi depuis la grange d’une ferme voisine. Il s’en était aperçu le bougre alors que nous ne nous en doutions pas mais lorsqu’il est venu préparer son coup, presque invisible, tout camouflé de feuillage, j’ai senti le poids de son regard sur moi. Nous l’avons vu arriver à l’aube passant d’arbre en arbre, très rapide et léger, rien qu’avec un fusil.

La grange avait une ouverture par où on chargeait le foin. Nous pensions qu’il viendrait par là. C’est ce qu’il a fait. Un bond superbe depuis son arbre, un rétablissement et il nous tombait dans les bras. Il n’a pas eu le temps de pousser un soupir, il avait déjà les menottes aux poings, encadré par mes hommes. Pendant qu’on fouillait ses poches et ses vêtements, il s’est mis à rire et il a dit : «La semaine commence bien.»

Tu ris, tu le reconnais bien là. J’ai ri aussi, nous étions un lundi et dès ce moment j’ai senti que ce serait un lundi noir, le lundi du désastre. J’avais la force, j’avais été le plus habile, c’est lui qui était pris, et pourtant par sa réflexion il se mettait hors d’atteinte. Oui, je pouvais le tuer, le faire torturer, il serait toujours celui qui avait pris son malheur ou sa maladresse en riant, qui la voyait au début d'une chaîne où beaucoup d'autres choses terribles pouvaient encore arriver mais n'entameraient pas l'ultime supériorité du faible qui se défend sur le puissant qui l'attaque. J'ai ressenti cette supériorité qu'il manifestait dans sa défaite. J'ai dit aux hommes de le conduire dans la salle des interrogatoires. Quand je suis arrivé, il était garrotté sur une table et, sans m'attendre, on l'avait déjà travaillé pas mal. Il avait le visage en sang et l'air passablement égaré. En le voyant comme ça, je me suis fâché sur les hommes de salle en leur disant que c'était du gros gibier qu'il ne fallait pas risquer d'abîmer. Quand nous avons été seuls il a dit : «Ecoutez, fusillez-moi, pas la peine de me torturer. Je vais tout dire.» On a pris sa déposition qui a été longue, je ne suis pas resté. Je l'ai vue le lendemain. C'était ce que j'attendais. Il avait travaillé seul. Il décrivait avec précision les divers attentats qu'il avait effectués. Il ne savait rien de plus, les ordres venaient par radio, les liaisons étaient anonymes, les armes et les explosifs mis à sa disposition en des endroits où il les trouvait sans rencontrer personne. Toute la liturgie des attentats à haut risque, quoi !

Je lui ai proposé de passer à notre service, très souvent les plus honnêtes font semblant d'accepter, espérant gagner du temps. Il a refusé : «Je travaille seul !» J'avais vu dans son dossier qu'il était alpiniste. J'ai dit : «Ça ne se fait pas seul l'alpinisme» et j'ai vu là un moyen d'agir sur lui. Cela te paraîtra curieux, les Alliés faisaient sauter les verrous en Normandie, les Américains, les Anglais se répandaient à travers la France, les Russes avançaient partout mais je ne m'intéressais plus à cela. La défaite nazie était certaine, mes précautions étaient prises pour passer dans un camp ou dans l'autre après la défaite si j'en avais envie. Je pensais que rien ne pouvait plus me toucher et voilà que je m'intéressais à Stéphane et ressentais son ironie et sa gaieté calme comme une blessure.

C'est que Shadow est double, il y a celui qui vit, qui après une longue initiation orientée vers le mal ne veut rien en somme et agit avec l'événement. Il y a l'autre qui lui apporte sa force, mais aussi son caractère imprévisible. Je suis obligé de constater que l'autre s'intéresse à Stéphane non pour ce qu'il peut faire de lui mais comme à quelqu'un qui lui pose une question, peut-être une énigme.

J'avais bien préparé la souricière où Stéphane est tombé, mais les circonstances ne sont plus du tout celles sur lesquelles j'avais compté. Stéphane, avec son sourire, l'ironie de sa phrase, sa longue déposition qui lui évite la torture, me laisse les mains vides. Selon la loi, il a le droit d'être condamné à mort et fusillé. Aussi selon la loi qui régit ce petit nombre d'hommes qui forment la Fraternité inconnue. A travers ce qu'on appelle mes crimes, j'ai toujours rendu justice aux membres de cette Fraternité et rien qu'à eux. Cette justice a été souvent la mort. Pourtant j'ai gracié, libéré presque aussi souvent que j'ai torturé, tué, dénoncé et déshonoré. Parce que cela me plaisait ou parce que j'aime décider seul.

Selon ma justice, Stéphane a le droit de mourir honorablement et vite. Mais est-ce que je le veux ? Depuis le sourire de Stéphane je le hais et mon intérêt pour lui croît dans la même mesure que ma haine. C'est ce sentiment ou ce ressentiment qui me font peur pour Stéphane et pour moi, car une pensée devenue de plus en plus inconnaissable m'habite. Sur ce point je peux me rendre justice, je n'ai jamais eu peur de ma peur… Et toi ?"

Moi, j'ai eu peur de ma peur. Souvent. Presque toujours. Ce que j'ai eu de courage, je vois bien aujourd'hui sous l'impitoyable lumière de Shadow que c'était presque chaque fois ma peur d'avoir peur.

XIV

Je vais arriver au fort d'Aubervilliers, quitter l'abri de la rame bleue et blanche et la douceur que je trouve un instant à fermer les yeux en reposant la nuque sur l'appuie-tête. La station est presque déserte à cette heure, au sommet de l'escalier une femme vend des fleurs. Je pense en acheter pour Paule puis je ressens l'ennui de les porter. Mieux vaut en acheter à la boutique de l'hôpital. Je prends le couloir, l'escalier, je traverse la rue, je suis à l'arrêt de l'autobus. Ennui de l'attente, il y a un bus qui arrive mais ce n'est pas le 72. Je sors mes lunettes, je prends mon livre, je lis une page ou deux de l'*Histoire de la mort en Occident*. Avant d'en entreprendre la lecture, je l'ai parcouru et me suis dit : Il parle de ce que je vis. J'entame le premier essai : "La mort apprivoisée." Apprivoisée ! Je n'en suis pas là. Je lis difficilement debout, mon sac sur l'épaule, dans le vent et le bruit des voitures. Qu'importe, il faut passer ces minutes-ci, les annihiler en fixant mon attention sur la mort écrite et non sur celle qui est encore à l'état brut, en chair, en os, et tissus musculaires. En Paule et en moi. Un autobus arrive, il tourne, pourquoi ? C'est un 72, je monte. Il n'y a que peu de voyageurs, je m'assieds et je lis. Je saute jusqu'à la fin du premier essai, je lis : "Si à la fin du XVIIe siècle on commence à apercevoir des signes d'intolérance, il faut bien admettre que pendant plus d'un millénaire on s'était parfaitement accommodé de cette promiscuité entre les vivants et les morts." Je saute quelques lignes encore : "Les vivants étaient aussi familiers avec les morts que familiarisés avec leur mort."

Je me demande si je pourrais m'accoutumer à cette proximité, si je pourrais me familiariser avec ma propre mort. Bonne question, dirait Argile en riant comme chaque fois que je soulève un problème auquel manifestement je ne peux répondre. Autre question : Est-ce pour cela que la maladie de Paule me touche tellement ? Pas de réponse car je suis de ceux qui, heureusement peut-être, n'ont réponse à rien.

Plus de père comme Shadow. Ce n'est pas mon cas. Mon père est encore vivant en moi, ma mère supervivante. L'aîné porte toujours son A majuscule.

Je lève les yeux et j'ai un coup au cœur. Je me suis trompé, j'ai pris le bus à contresens.

Je suis celui qui, par un chemin d'angoisse et de jurons rentrés, descend péniblement du bus, cherche où se trouve l'arrêt de la ligne qui va en sens contraire. Qui attend, dans la dure conscience de son erreur, l'arrivée du bus 72, qui s'y fourgue non sans peine, et se décide à terminer l'essai sur "La mort apprivoisée". Les arrêts se succèdent mais dans cette banlieue on dirait qu'on est toujours dans la même rue, parfois un peu plus large, parfois un peu moins. Ce sont les mêmes maisons tristes ou en béton peint, vite salies, les mêmes magasins aux vitrines tonitruantes, la même circulation de gens, de voitures, de camions. Tout coule, tout s'écoule on ne sait pas où et l'on pense aux immenses égouts où la plus grande partie de toute cette activité finit par aboutir avant d'aller semer sa pollution plus loin.

Le ciel menace comme il a menacé tout ce printemps et sous l'averse soudaine je me presse, je cours même un peu entre les flaques jusqu'à la boutique de fleurs et de journaux. J'achète quelques fleurs et *Le Monde*. J'enfile le long couloir où tout est rigoureusement normalisé et banal. Je parviens à l'ascenseur jaune. Je laisse passer devant moi une dame qui tient une cigarette à la main. Un infirmier lui dit : Il est interdit de fumer. Elle cherche où et comment l'éteindre, mais je ne saurai jamais ce qu'elle a fait car l'ascenseur atteint l'étage et je sors. J'arrive à la porte 108, je regarde à travers la petite vitre qui est dans la porte et à ma vive surprise – il est vrai qu'à cause de mon erreur de sens j'arrive plus tard que je ne croyais – je vois plusieurs personnes dans la chambre.

Paule a toujours son masque, elle respire mieux aujourd'hui, elle semble un peu lasse mais bien. La mère est à sa droite, Mykha qui semble très nerveux à sa gauche. Auprès du lit, le père de Paule que je n'ai vu qu'une fois, le jour de leur mariage. Il était alors ingénieur dans une aciérie. Maintenant il est retraité, il a fait un long voyage pour venir voir sa fille. La mère le regarde parfois, il y a longtemps qu'ils sont divorcés et remariés tous les deux. Mykha et lui se lèvent quand j'entre, cela me dérange.

Il y a une conversation à laquelle je prends part, qui porte sur la sortie de Paule qu'elle croit proche et sur l'aménagement de sa future maison. Il est vrai que le nouveau traitement qu'elle a commencé améliore son état et qu'aujourd'hui elle semble plus en forme. Sa mort ne semble pas possible lorsque je la vois animée, déjà presque active. Il y a une ombre à ce tableau, c'est la nervosité de Mykha. Depuis son retour d'Arabie, son travail a pris du retard, ses passages à l'hôpital, l'enfant dont il doit s'occuper, qu'il doit conduire chez les amis qui l'accueillent, brisent son temps, le découpent en minces lamelles entre lesquelles il y a de longs trajets en voiture, des feux, des bouchons, des retards continuels qu'il ne parvient ni à prévoir, ni à accepter. Cette petite chambre, les visites, les conversations optimistes, il les supporte d'ordinaire, avec un peu d'impatience contenue et beaucoup de tendresse. Aujourd'hui, je sens que ses nerfs craquent. Il sort son attaché-case, il voudrait travailler, mesure que c'est impossible et pourtant l'ouvre à nouveau. Il tente de faire un calcul, il compare deux cartes géologiques. Soudain il trouve un papier, c'est le compte de la femme de ménage. Elle vient plus souvent et elle coûte plus cher que Paule ne le lui avait dit. Sans doute payait-elle la différence avec ce qu'elle gagnait elle-même. Son petit secret est percé à jour, elle s'irrite, lui aussi. La respiration de Paule devient plus difficile, la mère redresse le buste et on sent qu'elle dit avec son corps : ne l'agitez pas, vous êtes fou. Le père regarde Mykha assis par terre, son attaché-case sur les genoux et prêt à se lancer dans une vraie querelle, puis il me regarde et je pense : Je dois intervenir, je suis son père. Paule n'a pas la force de supporter des reproches, je dis assez bas : "Mykha, ce n'est pas le moment." Il me lance un regard noir qui veut dire : Ce n'est jamais le moment ! Mais comme il se tait, qu'il fouille nerveusement son attaché-case, qu'il en sort des documents qu'il feint de regarder, je me dis que la querelle est évitée. C'est ce que la nécessité, une fois de plus, m'a fait faire. La même nécessité qui me fait regarder ma montre et me fait voir que j'ai juste le temps de filer, de prendre l'autobus et le métro pour arriver à temps à mon travail. Paule sourit, je lui ai souvent parlé de ce travail que je fais avec mes malades. Mykha m'accompagne jusqu'à l'ascenseur. Faut-il ou non lui parler de l'incident de tout à l'heure, lui dire de prendre patience ? Une amie de Paule qui sort de l'ascenseur me délivre de l'incertitude. Mykha l'embrasse et la conduit à la chambre de Paule. Je file vers l'arrêt du 72 et profite d'une traînée de lumière entre les nuages.

En montant dans le bus je me dis : Je ne viendrai pas demain, il faut vraiment que je me repose. Je feuillette un peu *Le Monde* mais lorsque j'entre dans le métro et me dis qu'il faudra changer à Auber, prendre le RER, puis changer encore aux Halles, je sens qu'un journal n'est pas une nourriture suffisante et je reprends l'*Histoire de la mort en Occident*. Je lis mal, je saute des lignes, je comprends à moitié. Pourtant le chapitre que je commence parle de ce qui me concerne, il ne s'agit plus maintenant de la mort apprivoisée mais de la “mort de toi”, celle qui apparaît à un certain moment de l'histoire, celle qui devient une rupture, ressentie comme inacceptable. Celle que je vis.

Je connais par cœur le nombre de stations jusqu'à Auber. Et j'écoute Shadow me parler. Dans le tumulte où je vis, où je me glisse en tenant aussi peu de place que possible. Dans le discours suractif à l'extérieur et intérieurement dépressif que tient notre monde, la parole de Shadow tranche par la dureté, la fermeté lucide. Comme celle de l'abbé tranchait par sa bonté, son optimisme vertueux, qui couvrait d'une soutane l'irrationalité en abîme de ce qu'il appelait Dieu.

Shadow agissait avec le même calme que l'abbé, son pessimisme absolu était le revers de l'optimisme de l'autre. En somme Shadow jouait, comme Stéphane jouait avec l'alpinisme et les attentats. Il pouvait jouer seul au milieu des grands fauves nazis car il ne possédait rien, ni maison, ni biens, ni célébrité. Toujours dans l'ombre, n'ayant ni femme, ni enfants, ni maîtresses ou amants durables. Dans le métro je me demande si Shadow, en jouant comme Stéphane, s'amusait vraiment comme lui. Stéphane s'amusait, c'est sûr. Il s'amusait du danger, du jeu de son corps, sans doute du déroulement parfait de ses attentats. Il y avait le patriotisme, la résistance et l'amusement. Shadow pouvait-il s'amuser ? Il bâtissait une œuvre, une œuvre d'iniquité. Il ajoutait une pierre à une pierre, comme j'ajoute une page à la précédente. Faire une œuvre c'est suivre son désir, son désir de produire. Shadow était un producteur comme moi, comme ceux de ma famille. Ce que son père à lui n'était pas, qui était bel et bien un aventurier pris dans une vie de plus en plus sinistre mais dans laquelle il avait commencé sans doute par cruellement s'amuser. Shadow n'a plus voulu de père mais il a produit des actes, des faits et même, par la nécessité de l'action, des armes et des machines. Dans les derniers mois de la guerre, il a suscité la création d'immenses usines souterraines sous des montagnes, il a réuni des hommes de science pour créer de nouvelles armes. Est-ce que les usines ne sont pas une espèce de grandes femmes fécondes et Shadow avec son écrasante force virile n'est-il pas une de ces grandes femelles productrices ? Productrices de richesses, de destructions, de blessures, de morts et d'injustice. Shadow qui se croyait unique différait-il finalement des grands marchands de chars et de canons ? Les blessures faites à la nature ne lui importaient pas plus qu'à eux. Shadow ne se considérait pas comme un homme de notre terre, pas comme un Terrien. Dans le tumulte du métro, dans mon esprit abattu par la hâte et par la fatigue, j'entends parler Shadow. Ce monologue, réel ou imaginaire, sera-t-il tout ce que je pourrai savoir de la mort de Stéphane ?

XV

“Dans l’attente du jugement, dit Shadow en moi, j’ai fait enfermer Stéphane seul, dans une cave haute de plafond qu’éclaire une seule fenêtre qu’on ne peut atteindre qu’avec une échelle. Les murs fraîchement repeints sont lisses et la fenêtre paraît hors d’atteinte. Peut-être pas pour Stéphane, si impossible que cela semble. Je fais installer de chaque côté de la fenêtre des miroirs, qu’on ne peut voir de la cave. A côté d’eux un surveillant qui doit me prévenir à la moindre tentative.

Nous n’avons que de rares prisonniers dans le bunker, des hommes importants, français, belges, et, à la suite de l’attentat contre Hitler, des Allemands. Il n’y a pas de cour fermée où leur faire prendre l’air. Sous les grands arbres à l’orée de la forêt on a dégagé une petite clairière et là, attachés à la ceinture par une longe, on les fait courir en cercle comme des chevaux. Un gardien au centre tient les longes d’une main, et, s’ils ralentissent, leur envoie des coups de fouet. Il y a ainsi deux petits manèges surveillés par des SS en armes. En général les prisonniers commencent par refuser de marcher ou de courir à la longe. On leur fait vite comprendre qu’ici il n’est pas question de refuser, ni d’accepter. Ici, on est dans la nécessité toute nue. Dans la nécessité sans espérance, le corps pourtant espère toujours. Il court, donc il marche, il se traîne au bout de la longe.

Stéphane ne refuse pas de courir. Il court en rond au bout de la longe avec beaucoup d'économie de force et de méthode. Quand il croit n'être pas vu il fait des exercices de gymnastique ou de yoga et saute à travers la cave pour conserver sa détente. On voit bien qu'il s'entraîne, comme il l'a toujours fait, pour maintenir sa force et sa souplesse. Malgré l'avance des Alliés en ce mois de juin 1944, je lui laisse le temps de chercher des solutions car Stéphane a pressenti que, s'il ne parvient pas à s'enfuir, viendra l'heure où c'est le second qui sera concerné, son second de cordée qu'il ne faut pas découvrir.

Stéphane se méfie, le jour où le garde laisse tomber le mousqueton fixé à la longe au moment où il allait l'accrocher au poteau. Stéphane continue à courir en rond, il sait bien qu'avec cette longue corde liée à sa taille il n'a aucune chance de s'enfuir. Il veut aussi montrer qu'il a perçu le piège et n'y est pas tombé. Les SS sont tout de suite sur lui et le raccrochent sans commentaire à son piquet. Comme un précieux cheval de course qu'il faut ménager."

J'arrive à Opéra, je descends les escaliers mécaniques et les tunnels vers Auber. J'arrive sur le quai en direction de Boissy-Saint-Léger. Le premier train est bondé, six heures moins vingt, c'est la plus mauvaise heure. Je le laisse passer. Le second train est à peine moins rempli. Je monte, je dis des bouts de prière pour qui ? Pour Paule, pour Stéphane ? Ou peut-être pour Shadow parce que c'est lui qui meurt peut-être le plus obstinément en moi.

Je descends aux Halles et je vais des murs bleu clair aux murs orange où arrivent les vieux wagons délavés du train de Sceaux. Le train gris entre en gare, je regarde l'heure, il est déjà 18 h 05. J'arriverai avec dix minutes de retard. J'ai mis une heure et demie depuis l'hôpital, ce sont les changements qui ont été plus longs que je ne le prévoyais. Pourvu que ce retard n'ait pas perturbé mes patients. Je ne me sens pas le courage de les calmer avant qu'ils ne se mettent au travail. Pas le courage, on dit cela. Comme si on avait le courage, comme si on le possédait alors qu'il naît quand on n'a plus le choix, plus d'autre recours.

Je remonte la rue Soufflot, j'aime ce lieu avec derrière moi la masse verte des jardins du Luxembourg dans laquelle, en sortant de la bouche de métro, j'ai vu des rhododendrons en fleur. Dans cette journée si difficile, où j'ai eu tout le temps l'impression de traverser avec peine une foule compacte d'événements, de gênes, de douleurs petites ou grandes, je ressens les couleurs des rhododendrons comme celles de ma petite enfance.

En ce temps-là le mot rhododendron, si éloigné des consonances de notre langue, semblait avoir dans ma bouche la forme d'un grand rhinocéros sombre et tout en fleur. Les rhododendrons forment en moi un massif de sons et de couleurs dans lequel il y a aussi le glissement de la rivière sous le pont, le tournant qu'elle prend un peu plus loin enlaçant le verger, passant sous la passerelle de fer dont les montants et les planches du tablier étaient peints en noir, fuyant ensuite sous les grands marronniers d'Inde, sous leurs deux dômes verts et maternels, reposant sur de grands piliers. Pendant longtemps c'est ainsi que je me suis représenté la Rome pontificale et je n'aurais sans doute pas ressenti de surprise d'y voir le pape bénir les arbres, les moissons et les faneuses agenouillées pendant que le regain séchait dans les prairies.

Après la fin de l'atelier je m'engouffre dans la bouche de mon ogre du soir qui est aujourd'hui la station de métro Luxembourg. J'ai oublié de donner encore un regard aux rhododendrons qui m'ont donné un peu de joie tout à l'heure. Est-ce que j'aime vraiment le bonheur ? Un étudiant noir qui monte avec moi dans le compartiment dit à son compagnon : "Mais non, mais non !"

La station est pâle avec un plafond cuivré, qui me fait penser aux forges d'autrefois, aux alchimistes et aux vérités qu'ils ont trouvées dans leurs étranges manipulations. Le train gris m'emmène à la gare des Halles. Quelque part, quelqu'un fait résonner puissamment un tambour. C'est une musique sans répit, sans retombées, qui se maintient constamment à la même intensité. Comme celle du cœur si nous pouvions entendre son perpétuel battement, ce ressassement incessant comme celui de la mer, qui fait notre vie. Le train arrive, je sais que j'ai une chance de trouver une place en tête, alors qu'à Auber c'est en queue qu'il faut prendre le train. Oui, cinq ans de RER et de métro, cinq fois par semaine ; cela vous donne une expérience, un poids d'expériences que l'on porte en soi comme une mince douleur, mais aussi comme une source de vie.

Je sens en moi le rythme incessant du tam-tam de l'homme invisible qui jouait tout seul, peut-être pour lui seul, dans le couloir où je ne suis pas passé, il soulève le rythme de mon corps et le bruit de mes innombrables voyages dans le RER et le métro. Oui, je suis devenu pour douze ou quinze heures par semaine un homme de souterrain et le soir quand je reviens fatigué, un affamé sur sa banquette. Ce mouvement que je perçois et dans lequel je me déplace, c'est celui du corps de Stéphane qui, de ses mains, évalue, soupèse la lucarne ouverte derrière laquelle se trouve peut-être la liberté et plus vraisemblablement la mort.

Stéphane fait quelques tentatives pour s'élever en prenant appui des pieds sur un des coins du mur et des mains sur l'autre. Il n'arrive pas très haut et ne poursuit pas ses essais. Le risque de chute est grand et, s'il parvient jusqu'à proximité du soupirail, en cas de chute il risque de s'assommer en retombant sur le sol et surtout de se casser un bras ou une jambe. L'entraînement, car il en faut un, ne peut être que visuel et tactile. Il faut sentir les deux murs, les regarder longuement des yeux. Puis les voir à l'intérieur de soi. Les parcourir de la main, des pieds, de tous ses muscles en aveugle, dans une cave, une caverne, une grotte intérieure où le soupirail, l'ouverture, devient peu à peu l'unique lumière mais aussi le monstre, le dragon qu'il faut transpercer avec la lance de son corps. Il s'agit là d'un engendrement intérieur, d'une mutation de toute la pensée et de tout le corps qui devrait être très longue. Stéphane n'a que peu de temps pour risquer la liberté ou la mort. Si l'on attend, quelque chose d'égaré dans le regard de Shadow vous annonce une issue très sombre, à laquelle on ne pourra peut-être pas faire face. Et Stéphane fait face, comme Paule par la vertu d'espérance.

Stéphane sent bien que Shadow est le contraire de l'espérance, il faut donc aller vite, se délivrer d'un seul acte. Il faut franchir le mur, s'élever jusqu'au soupirail, se projeter à travers lui d'un seul et unique élan qu'il faut susciter, contenir en soi et libérer au moment juste. Stéphane comprend que les regards dont il a inspecté les murs, que toutes ses prévisions sont inutiles. Il ne faut que regarder en soi toujours plus fort, toujours plus profondément et si l'acte doit surgir, il surgira de son corps totalement ouvert et attentif. Si rien ne se produit, eh bien, Shadow disposera de lui. Stéphane se recueille, ce qui signifie qu'il court au bout de la longe quand c'est l'heure, qu'il mange ce qu'on lui apporte, boit l'eau ou le café qu'on lui donne, mais ne fait rien. Un matin suivant une longue et calme nuit, Stéphane voit qu'il ne faut même pas attendre. Rien qu'être là, les yeux intérieurs ne sont plus deux, mais toute une constellation, un dôme de regards fixés sur l'obscurité, sur la terre, noire productrice et peut-être maternelle. Plusieurs jours passent ainsi, plusieurs nuits. Stéphane voit la cave, les deux murs de l'angle et le soupirail en lui, il ne regarde plus rien. Soudain l'heure est venue. Il se lève de sa paillasse et se sent juste au bord de l'acte, un peu raide, un peu engourdi par l'immobilité. Le mouvement est là, il est prêt, il court trois pas, s'élève sur le mur de ses pieds, de ses genoux, il sent que pour passer il doit soulever tout le poids de Shadow. Un formidable ressort le lance à travers le soupirail qu'il traverse de biais s'écorchant sans se freiner sur l'ouverture du soupirail. Il passe à travers l'ouverture comme une flèche, comme un coup de lance et moi, trente-six ans après l'événement, avec le temps qui s'est écoulé, les machines nouvelles qui sont entrées dans ma constellation imaginaire, je pense : comme une fusée. Il se heurte de la tête à quelque chose qui se brise, il sent que le sang coule sur son front au moment où il s'abat dans l'herbe, de l'autre côté de la grotte fantastique, de l'autre côté de la lumière. Il est aux pieds de Shadow et d'un soldat qui le tient en joue. Il entend confusément le bruit de plusieurs SS qui accourent.

Au-dessus de lui il y a un jeu de miroirs. L'un d'eux est brisé avec des taches de sang. Il a très mal au front, c'est son sang qui coule sur le miroir et dans son œil.

Il a l'impression d'un rêve, il se retourne comme on fait en rêve, il est étendu sur le dos, il fait un effort pour lutter contre la douleur. Il voit au-dessus de lui la tête d'un homme ou d'un étrange animal qu'il ne connaît pas. Il lit sur son visage la même admiration que sur ceux des trois soldats qui l'entourent. Ce sont des SS mais aussi des jeunes, des sportifs. Il vient de faire un exploit extraordinaire. Stéphane voudrait se lever mais le choc l'a sonné, il n'a plus de forces.

Il regarde l'énorme corps qui le surplombe, il pense à une flamme noire avec un centre rouge, il le reconnaît, c'est l'homme que Londres lui a demandé de mettre hors de combat. C'est Shadow. Comment Shadow est-il parvenu à être là au moment décisif ? Shadow est vraiment très fort. Stéphane le regarde en souriant et dit avec une sorte d'admiration : “Encore vous !”

XVI

“Oui, il a réussi cet incroyable tour de force, s’élever sur ce mur parfaitement lisse et, de là, se détendre grâce à lui et passer à travers la lucarne. Grâce aux miroirs nous pouvions suivre chacun de ses gestes. Pendant quelques jours, il n’a rien fait que boire, manger, dormir, déféquer et faire un peu de yoga. Sans rien observer, semblait-il, sans rien tenter. Une sentinelle était en permanence à côté des miroirs, je ne pouvais être là tout le temps. Le troisième jour j’ai senti l’imminence d’un événement. Je me suis précipité vers le soupirail laissant à mon adjoint le soin du téléphone, du télex et des courriers motocyclistes.

Je me tiens immobile près de l’homme de garde, je sens que je pèse, que je durcis et deviens de plus en plus dense, comme si j’étais pris dans une chape de béton. Seuls bougent encore mes yeux et mes pensées. Je suis lourd, insupportablement lourd. Je vois Stéphane dans les miroirs qui s’anime, se lève, s’étire, chasse de lui toutes les contractions de la vie pour n’être plus que détente. Il se recueille, il fait un geste, il fonce sur ma pesanteur pour l’anéantir. Il s’en sert, il prend appui sur mes deux murs, sur mon angle droit, sur mon abrupt. Il s’élance et passe superbement, follement comme un coup de lance, comme une flèche non pas en ligne droite mais par une impossible oblique à travers le soupirail. Il a trouvé, il a osé s'élancer vers ma lumière noire, il se blesse contre le côté droit de l'ouverture. Il brise un miroir de la tête. Il passe, il est passé, il s'écroule à mes pieds tout en sang, il est sous le canon des armes des gardes, qui le surveillent avec admiration. Je suis là, je suis pour un instant son soleil, son objectif, sa liberté. Il me regarde, moi qui suis en train de redevenir chair vivante, humaine et il rit de notre action commune. Victoire ou défaite ? En tout cas, commune est juste. Il sourit aussi sous le sang qui l'aveugle, qui coule de la blessure. Il rit peut-être d'un rire ensanglanté, il dit : «Encore vous !» Alors moi, Shadow, celui qui ne veut aucune amitié, aucun amour avec personne, je pousse un cri de douleur. Je bondis à mon tour, pas bien haut mais cela suffit et de toute ma pesanteur je retombe sur le bras droit de Stéphane qui se brise. Stéphane hurle, mes hommes sont si épouvantés que je vois les canons de leurs armes trembler. Je me dis que ma rupture intérieure est devenue insurmontable. Je préfère ne pas regarder, ne pas voir la formidable lézarde, qui vient de s'ouvrir au sein de ce que je croyais savoir de moi."

Un médecin arrive, il éponge le sang, panse la blessure de Stéphane, lui met un plâtre. Les fractures sont mauvaises, étranges, mais puisque le prisonnier a voulu s'échapper… Le lendemain c'est le conseil de guerre, des officiers supérieurs, un réquisitoire, une défense, tout cela inexorablement légal dans un moment où l'armée allemande est en déroute. Tout cela se passe avec des officiers décorés, bottés, pâles de leurs nuits passées sous les bombardements et dans l'appréhension du désastre. Cinq officiers et une heure et demie de débat dans le bunker de Shadow. Shadow silencieux dans le fond de la pièce et, en face des juges, Stéphane, un pansement sur le front, le bras droit en écharpe, le bras gauche lié par les menottes à un garde et qui n'écoute pas, sauf à l'instant de la sentence. Il entend qu'il est condamné à mort et il sourit tranquillement. Les juges sont stupéfaits, Shadow, impassible. Les juges se hâtent de repartir, ils doivent profiter de la nuit pour regagner leurs voitures et leurs postes avant que les avions alliés ne commencent à pilonner et à mitrailler les routes. Stéphane est ramené à sa cellule, on a enlevé les miroirs, il n'a plus aucune possibilité d'escalader le mur et de sortir de prison.

"Je sais que dans dix jours, dans quinze jours au plus, les Alliés seront dans les Ardennes. Avant cela, ils auront inspecté tous les points de défense possibles. Le bunker est bien caché, il est solide mais les avions américains finiront par le repérer, ils le raseront. Il me reste trois jours, quatre au plus avant la mort de Stéphane. Je descends dans sa cellule, un soldat porte une chaise. Je la prends, l'adosse au mur, m'assieds, étends mes longues jambes bottées de noir. Stéphane est couché sur sa paillasse, il dort, parfois gémit légèrement lorsqu'en bougeant il appuie sur son bras plâtré depuis l'épaule et soutenu par une écharpe noire. Stéphane a le visage enflammé et creusé, il respire difficilement, on voit qu'il a de la fièvre."

Shadow le regarde avec une sorte d'attention nonchalante. Il ne le fixe pas, il ne pèse pas sur lui de son regard, il n'attend rien. Le souffle de Stéphane ralentit un peu, il bat des paupières, sans doute voit-il confusément le plafond, mais il ne voit sans doute pas la nécessité de l'apercevoir mieux. Il referme les yeux. Peut-être ressent-il une présence étrangère qu'il ne voit pas à l'extérieur, mais en lui. Il n'éprouve aucune crainte de cette présence de Shadow en lui, aucun dégoût. Il tourne un peu la tête et, avec un gémissement causé par la fièvre ou la douleur qui monte de son bras, il regarde dans la direction de Shadow. Les regards des deux hommes ne se croisent pas. Shadow regarde avec une sorte d'indifférence en direction de Stéphane qui ne refuse pas de considérer la haute masse noire de Shadow robustement assise le long du mur. Il la regarde pourtant de la même manière que le plafond ou le mur. Il n'y a aucun échange entre les deux hommes et, après un instant, Stéphane, la tête toujours légèrement tournée dans la direction de Shadow, se rendort. Shadow a fermé les yeux. Il suffit de patienter, personne jusqu'ici n'a pu supporter la présence silencieuse de Shadow sans parler ou tenter de mourir. Stéphane parlera. On ne peut savoir, comme rien n'a changé dans son aspect ni dans sa respiration, s'il dort lui aussi. Il y a des heures qui glissent, la lumière qui tombe du soupirail devient plus grise, devient noire. Deux SS descendent avec des torches électriques. L'un d'eux, un infirmier, soulève un peu la tête de Stéphane, lui fait prendre un médicament, lui donne à boire et le fait pisser dans un urinal. L'autre étend sur le sol une paillasse et une couverture exactement pareilles à celles de Stéphane,

Shadow enlève ses bottes et met ses vêtements sur la chaise mais on ne le voit pas faire. Entre les deux endroits qui se situent chacun dans le rayon étroit des deux lampes, il y a un vaste espace d'ombre. Le premier soldat rejoint l'autre, il éteint sa lampe. Il ferme la porte. Leurs pas s'éloignent dans l'escalier. On entend le souffle un peu saccadé de Stéphane qui s'est rendormi et, de temps à autre, pousse un léger gémissement. Shadow a dû se coucher sur la paillasse dans une position parallèle à celle de Stéphane. On a appris que deux parallèles ne se rencontrent jamais. Shadow ne peut évidemment dormir que sans bruit, si sa respiration était forte, il faudrait se boucher les oreilles, s'il ronflait, la forêt légendaire où nous sommes s'écroulerait.

XVII

Je pars à l'hôpital, les stations s'égrènent jusqu'au fort d'Aubervilliers, ensuite c'est l'abri du bus dans le vent piquant de la banlieue nord-est. L'arrêt, l'entrée, les ambulances qui entrent et qui sortent, les flaques, les femmes avec leurs sacs en plastique. Je voudrais bien ne plus voir tout cela, mais je suis obligé de me confronter à la réalité avec ses couleurs, ses odeurs et ses traces maculées.

Paule est seule, je veux dire qu'elle est avec la mère qui se tient très droite dans son fauteuil et me paraît très grande. Je pense à Shadow, derrière lui il y a un très grand personnage, assis, avec une tête faite pour traverser les âges. Derrière le voile des paroles et tout en parlant à Paule, je le reconnais, c'est le colosse de Memnon, que j'ai vu en Egypte et dont Hérodote ou quelqu'un d'autre a dit qu'il chantait au soleil levant. La mère ne chante pas mais elle est présente et c'est elle qui fait ce silence préliminaire dans lequel la parole de Paule et la mienne peuvent entrer en scène.

Elle me parle d'une de ses amies et de ses querelles avec sa fille de quatorze ans. Elle me demande mon avis. Je sens que, derrière la fille de son amie, c'est à Win qu'elle pense, à leurs rapports parfois difficiles. Puis elle m'interroge sur la guerre et sur ce monde qu'elle n'a pas connu et qui est au centre de ma vie. Quelle vérité lui donner, il y a quelques faits, pour le reste, c'est moi qui parle, qui dis ce que j'ai vu et vécu. Est-ce que c'est ça l'Histoire ? Quelques grands faits, énormes, ruinés, entourés de gens qui continuent à vivre ce qu'ils peuvent voir et supporter. Je ne sais plus très bien comment je suis revenu de l'hôpital, le visage de Paule me regardant, m'interrogeant, surnage seul dans ma mémoire avec en arrière-plan le colosse de Memnon puissamment assis, silencieux, chantant peut-être pour le soleil sans que nous puissions l'entendre dans la pauvre lumière de ce jour orageux.

C'est la fin du jour, je vis avec étonnement ce moment de ma vie en me retrouvant sur le boulevard Haussmann. Je marche au milieu d'une foule, il y a de nombreux Japonais qui retournent à leur hôtel, ayant presque satisfait à leur programme touristique du jour. J'arrive au RER, je me laisse descendre dans l'escalier roulant comme dans la bouche d'un monstre bien connu.

Deux jours plus tard Paule a bien supporté sa perfusion, mieux que les précédentes, en somme il y a un mieux. Mais comment, si faible, pourrait-elle quitter l'hôpital, quitter Paris, sa mère, déménager en Suisse, comme elle compte le faire ? Je vois des obstacles partout, je les exagère peut-être. La mère, sur son fauteuil, ne semble pas penser à tout cela, mais veille seulement aux problèmes immédiats : que Paule mange, dorme, prenne ses médicaments, ne souffre pas, ne panique pas. Est-ce que ce n'est pas cela la sagesse, la vérité, la vie dans le présent ?

Elle est là, comme Shadow dans la cellule de Stéphane, chacun le long de son mur. Quand le jour s'est levé, Shadow s'est habillé et s'est assis, regardant Stéphane sans mot dire, peut-être sans pensée. Je sens peser sur moi cette présence mais je ne veux pas m'y livrer, en quittant l'hôpital je ressens le devoir de lire *Le Monde*, c'est un devoir parmi tous les autres et je trouve moins lourd d'y obéir plutôt que de lutter contre lui dans les circonstances que je vis. Je lis le journal avec une certaine application pédantesque, reprenant même certains passages sur lesquels je n'ai pas pu fixer mon attention. J'arrive à la gare de Rueil, Argile n'est pas là, la voiture est au garage pour deux jours. Je reviens à pied, c'est un chemin que je connais par cœur et que je fais souvent assez volontiers mais aujourd'hui je suis si fatigué que chaque pas me coûte. Je suis écœuré par la route encombrée de voitures garées, par le tunnel sous le pont où traînent toujours des papiers sales et des plastiques. La petite église ancienne que j'aime voir de loin au bord de la Seine, entourée de feuillage, paraît de près n'offrir qu'un vide mortuaire. Chaque fois que j'y entre je suis assourdi par le bruit des voitures sur le pont tout proche. Ce n'est plus un lieu de prière et de recueillement. J'enfile une des rues du parc de Chatou, je passe devant une belle maison divisée en appartements. Ensuite il y a des maisons ou villas, chacune avec son petit jardin, son chien à l'air redoutable et son garage. Je ne peux m'empêcher de penser que c'est le bonheur moderne, un bonheur précancéreux. Je rentre, je me couche tôt. Argile aussi s'endort immédiatement alors que je sens que pour moi c'est l'insomnie qui se prépare.

XVIII

Shadow et Stéphane dans la cellule sont-ils à ce point indifférents l'un à l'autre ? Les heures coulent. Stéphane sait que chaque heure le rapproche de la mort, qu'on va venir bientôt le chercher pour le fusiller. Il n'a jamais cru qu'il avait de vraies chances de fuir. Il y a cet homme qui est là, qui devient une énorme statue et lui prend son air. Il sent la douleur de son bras et à côté de cela cette étrange faculté qui s'est développée en lui avant son saut, cette possibilité de regarder la réalité, toute la réalité non plus à l'extérieur mais en lui-même. Il regarde cet amour qui s'est autrefois élevé en lui. Cet amour qui était, qui se voulait sans espoir n'était que le signe d'un amour séparé. Il pressent confusément qu'il y a un espace immense, proche du moment où il fut dit : “Que la lumière soit. Que la terre et les eaux se séparent.” Dans ce temps il n'y a pas de mots et même le barde, le poète, le constructeur d'abîmes et de ciel n'ont plus de mots, ni le penseur de pensées. Là, pas d'amour séparé, pas de différence entre amour et haine, entre désir et jouissance, il n'y a rien, rien et tout. Voilà qu'au fond de cette insomnie qui par bonheur est une insomnie orageuse, lourde mais non pas glaciale, je me mets à la place de Stéphane et je prétends comme un romancier savoir ce qu'il voit. Avec ma plume, je vois ce que Stéphane voit, ces choses indistinctes, ces forces entremêlées, hors du temps, hors de sens et que, ne connaissant pas d'autre mot, il appelle amour. Qu'il pourrait aussi appeler passion, puisque sortant de la même source, du même fleuve, du même océan qui suscite une brûlure, peut-être une blessure. S'il blesse, s'il brûle, s'il rend tout tellement pesant qu'il finira par tuer, l'amour de Shadow est exactement le même que celui que lui, Stéphane, petit fragment du tout, n'a pas reçu et que pourtant il a donné. Maintenant c'est lui qui reçoit et ne peut rien donner et l'amour de Shadow va devenir ce feu dévorant auquel il n'y aura ni réponse ni remède.

Lors de ma dernière visite à Shadow un taxi est venu me chercher à Bruxelles pour m'emmener à la prison. Le taxi est payé, même le pourboire, a dit le chauffeur que l'idée de conduire quelqu'un à la prison semble avoir rendu muet. Il ne desserre plus les dents pendant que je regarde défiler les lents paysages brabançons coupés maintenant de constructions hétéroclites et qui pourtant touchent encore mon cœur. Dès que je passe la porte de la prison, je suis saisi par une atmosphère de hâte. Est-ce le directeur qui me reçoit et m'accompagne ? Je ne m'en souviens plus. Je me rappelle seulement qu'il fallait se presser. Pourquoi ? Je le sais en entrant dans la cellule. Shadow est étendu comme d'habitude mais son visage paraît presque bleu sous le masque à oxygène. A côté de lui, il y a une grande bonbonne de couleur argentée, de cette forme de sous-marin ou de fusée, de dieu-borne, de dieu-sexe, signes de l'inépuisable fécondité mortelle. Ce n'est pas la première bonbonne d'oxygène que je vois mais c'est la première certainement que je vois avec le regard de tout mon corps.

A ce moment, une infirmière, une blonde, un peu pâle, qui se trouve de l'autre côté du lit et qui semblait attendre, découvre le bras de Shadow d'un geste précis. Elle lui fait une piqûre d'un mouvement efficace et s'en va. Marguerite entre, Shadow ouvre les yeux, elle lui retire son masque et sort. Je vois son visage derrière la vitre de la porte de séparation, les yeux fixés sur le visage de Shadow, prête à intervenir.

Shadow produit d'abord un ou deux sons, presque deux notes basses comme s'il voulait chanter. Il essaie sa voix. Il dit : "Tu es un homme des châteaux bourgeois de l'Occident. Je te le dis car j'ai peu de temps, moi j'ai été aussi un homme des châteaux, un homme du passé, un homme des tombeaux. Quand je suis arrivé à l'Ouest il n'y avait plus de châteaux pour nous, rien que de petits appartements défraîchis, des rues tristes où il pleuvait presque toujours. Je me suis construit des châteaux de rêve qui sont devenus sous les coups de mon père des cachots de rêve. J'avais beau m'enfermer dans ces cachots toujours plus profonds, les coups, les railleries, les humiliations ne cessaient pas de pleuvoir. Je ne pouvais vivre dans les appartements successifs de mes parents ni jouer comme les enfants pauvres d'autrefois dans la rue. Dès qu'ils me voyaient, les autres enfants me criaient dessus : «Bouchon de merde ! Bouchon de merde !» Et j'étais obligé de les battre. Habillé comme je l'étais je ne pouvais pas jouer dans les squares ou dans les parcs publics comme les enfants bourgeois. Mon enfance a été nourrie par les récits de la guerre 1914-1918. Un jour mon père a dit en parlant à un camarade de la guerre civile russe : «C'était le bon temps, à cheval, il n'y avait plus ces tranchées de merde…» Quelque chose s'est ouvert en moi. De toute cette histoire, de tous ces combats de rats dans leurs trous j'ai senti s'élever une immense odeur d'excrément et j'ai connu le monde tel qu'il est. Un monde inexorablement en train de manger et d'expulser. J'ai décidé de laisser aux autres leurs châteaux intérieurs, leurs châteaux et cachots en Espagne. Moi, j'aurais le château intestin, le château de merde.

Pendant mon enfance j'avais toujours faim et je sentais bien que ce besoin incluait la nécessité, le devoir impérieux d'expulser, de couvrir le monde des suites inexorables de la nourriture. J'ai senti naître en moi la communion excrémentielle. Rien de diabolique, pas de messe noire, ni de sabbat, rien que la cuvette, le papier cul, la fosse septique ou l'égout. Et le désir de salir, de faire apparaître les signes, les problèmes, les accomplissements de la nourriture.

Ce qui m'a intéressé chez les nazis, c'est cette odeur et cette couleur fécales. J'ai cru qu'ils allaient couvrir le monde d'excréments et faire naître de cet immense fumier quelque nouvelle et indubitable moisson. Mais Hitler n'était pas de taille, il ne voulait qu'assurer la domination de l'archange blond germanique dont il rêvait, et abriter ses yeux bleus dans des palais néoclassiques conçus par Speer. Moi non plus je ne suis pas de taille car, en somme, je n'ai jamais aspiré à la victoire du château de merde. Seulement à sa reconnaissance. Seules des machines pourraient peut-être inspirer à l'homme une terreur assez puissante pour qu'il ne puisse plus retenir ses intestins. Qu'il n'y ait plus de courage, plus de dignité, rien que la fin de la violence. Je révère ce rêve et ce néant absolu. N'oublie pas que je suis russe, que je ne pouvais pas combattre pour Staline, mais je ne voulais pas que la Russie succombe. Pour cela j'ai marqué peu à peu du signe excrémentiel de la peur et de la défiance mutuelle Hitler et sa bande, surtout ses généraux. C'est moi qui lui ai appris à se méfier d'eux et finalement à les ligoter si étroitement à ses décisions que les défaites sont survenues.

Ses généraux m'appelaient le Russe et, quand je débarquais chez eux, ils n'en menaient pas large. J'entrais dans leur bureau et ne disais mot. Ils m'interrogeaient, ils perdaient contenance et je disais alors une phrase peu claire qu'ils cherchaient désespérément à comprendre. Puis ils filaient aux toilettes, oui les beaux W.-C. de la civilisation allemande qu'ils avaient fait installer dans leurs états-majors avec leur odeur d'antiseptique. J'étais là, j'attendais, j'écoutais le bruit des chasses d'eau et je les voyais revenir. Combien m'ont livré ainsi des secrets que je ne soupçonnais pas encore, combien m'ont proposé comme issue honorable leur suicide ou leur passage sur une route fréquemment bombardée alors que je n'avais rien fait que les saluer, m'asseoir dans leur bureau et attendre. Le produit de leurs intestins m'était dû. C'est ce que j'attendais et ce que j'obtenais. Régner par la terreur, c'est régner sur des intestins.

Quand j'ai commencé à me préoccuper des attentats de Stéphane, j'ai été frappé par la simplicité magistrale de ses combinaisons. Dans les grandes affaires, il travaillait seul, prenait le risque maximum et ne pouvait que réussir ou se faire tuer. Je l'ai fait prisonnier grâce à ce don lentement acquis de sentir si quelqu'un m'observait. Quand je l'ai capturé, j'ai vu que je n'avais pas prise sur lui car il n'avait aucun secret. Tout ce qu'il pouvait dire, il l'avait reconnu et signé devant le tribunal militaire. Il n'y avait rien à lui faire avouer, aucun mouvement d'entrailles à provoquer en lui. Après sa tentative d'évasion, j'ai eu beau m'asseoir en face de lui et attendre sans desserrer les dents, il n'a éprouvé aucun besoin de me parler. Quand finalement et à rebours de ma pratique habituelle je l'ai interrogé, il m'a répondu : «J'ai tout dit.» C'était vrai, tu étais quelque part dans le maquis, son père était mort. Aucun moyen de pression sur lui.

J'ai repris son dossier, j'ai pensé que quelque chose avait dû m'échapper. Je l'ai relu attentivement. Pour réussir ses attentats, Stéphane avait eu besoin de qualités physiques exceptionnelles. Il était indiqué qu'il était un alpiniste reconnu, un bon coureur de fond, un sauteur capable de bonnes performances, qu'il avait pratiqué les arts martiaux. Au bas de cette page, il y avait une petite phrase qui m'avait échappé : il ne sait pas nager. Cela m'a paru étrange de la part d'un homme comme lui.

Je suis redescendu à sa cellule et je lui ai demandé s'il savait nager. «Non, j'ai peur de l'eau.

— Peur… ?

— J'ai froid, je tremble, je suis paralysé.»

En l'écoutant, on n'avait pas envie de lui demander de quoi il avait peur. C'était ainsi. Stéphane s'était arrangé pour n'avoir aucun secret. Rien sur quoi avoir prise. Par vieux réflexe d'homme de police secrète, j'ai posé la question : «Pourquoi as-tu peur ?» Je n'attendais pas de réponse, il en a donné une : «Je n'ai pas été aimé.» J'ai été stupéfait. Oui, moi qui ne m'étonne jamais, j'ai été surpris. La mère de Stéphane est morte quand il avait deux ans. Il a été élevé par un homme rude, son père était mineur et ne connaissait que la mine et l'alcool du samedi. C'était une épreuve. Que ton aveugle morale t'ait empêché de voir qu'il t'aimait et que tu l'aimais aussi en a été une autre. Il n'a pas pu dire son amour. Et à son tour, il n'a pas senti, quand j'étais près de lui, combien ma haine l'aimait. Il regardait en lui-même, il voyait la mort s'approcher mais il ne voyait pas l'amour approcher du même pas. Aveuglement incompréhensible et intolérable. Je me suis approché de lui, j'ai pris sa tête entre mes mains et je l'ai regardé. Il n'a pas résisté et nous sommes restés un moment les yeux dans les yeux, il voyait mon apparence, il voyait ma statue, sans expression, ni peur, ni bonheur dans un moment de repos et moi je voyais la sienne, ses beaux traits, les blessures du temps, celles de la torture, celles du miroir qui avait fait sur le lobe droit du front en direction de l'œil une blessure à demi cicatrisée et une forte ecchymose bleuâtre. Il était sans peur, sans dégoût, sans haine, sans amour. Je voyais sa statue immortelle et lui voyait la mienne, sortie du château intestinal de la terreur et du cruel pouvoir. Il a souri d'un sourire des yeux, à peine esquissé des lèvres. Un sourire qui se moquait un rien de lui-même et qui s'acceptait, tel qu'il était. Je n'ai pu m'empêcher de sourire aussi. J'ai eu envie de sourire comme lui et de me moquer de moi-même et de mes châteaux intestins. Lui n'avait pas besoin de châteaux. Il était descendu dans la mine, il était monté sur les montagnes et, dans l'espace intermédiaire où il avait vécu, il avait peur de l'eau. Je cherchais le sens de cette peur, son sourire diluait cette question, en dévoilait l'inanité. Mon sourire, comme toujours, était un sourire de pierre, ma gaieté une gaieté de pierre. Et dans cette densité, sur laquelle je ne pouvais rien, je regardais Stéphane et je me rendais compte que la crainte que j'avais de ma folie ne l'habitait pas. Son sourire s'est éteint et j'ai tenté d'arrêter le mien mais un sourire de pierre ne s'efface pas si vite.

J'étais heureux, peut-être, je prenais peu à peu conscience de cet état nouveau et lui, malgré son bras, qui lui arrachait parfois des grimaces de souffrance, était calme, heureux lui aussi. Pour la première fois de ma vie sans doute, un homme était heureux d'être avec moi, et me regardait avec les intestins tranquilles.

Ne va pas croire que je suis devenu Shadow comme ça. J'ai eu cette enfance atroce que tu sais, mais pour être le policier transcendantal, le seigneur solitaire, le «vrai héros qui s'amuse seul», il me fallait une discipline sévère, une voie. Un jour, je suis tombé sur le livre d'un savant allemand qui racontait ses expériences au Japon dans l'art zen du tir à l'arc. C'est cela qu'il me fallait apprendre : tirer en regardant le but en soi-même. L'Allemand avait mis quatre ans à réussir son premier tir. J'y mettrais le temps nécessaire. J'ai retrouvé le maître, je me suis soumis à sa discipline, il m'a tout appris malgré la secrète répugnance qu'il avait éprouvée dès notre première rencontre. Sa répugnance, d'ailleurs, n'a pas duré. Il m'a dit : «Préférer ce qu'on préfère à ce qu'on ne préfère pas, c'est la maladie de l'esprit.» J'ai su qu'il venait de m'enseigner l'essentiel, il m'a fallu du temps pour le comprendre. Après quelques mois, j'étais le meilleur de ses disciples. Il m'a dit : «X – c'est ainsi qu'il m'appelait –, tu es doué pour la haine comme je n'ai vu personne l'être avant toi. La haine semble plus rapide que l'amour et il n'importe pas d'aller vite ou lentement mais d'aller à son pas, le tien est rapide.»

Quand j'ai atteint pour la première fois une cible que je ne regardais qu'en moi, il s'est incliné avec respect et a dit : «Quelque chose a tiré.» Je n'ai ressenti alors ni bonheur ni fierté mais seulement que j'approchais du lieu où je voulais être. A la fin de la première année, je pouvais, en n'importe quelle position, atteindre le but, en ne le regardant plus qu'en moi. Tous les autres disciples me craignaient, les intestins de tous étaient sous ma dépendance sauf ceux du maître. Il m'a dit : «Si tu désires me tuer, tue-moi, tu es fait pour tuer beaucoup d'hommes, pour révéler leur bassesse à tous les hommes. Cependant, tout est toujours parfait.»

Je ne désirais pas le tuer ni le salir, je ne l'aimais pas non plus. Je l'admirais et l'admiration est une grande force.

Il m'a dit : «Paie-moi, si tu veux, quitte ma maison et va où tu dois accomplir tes actes.»

Je suis allé chercher tout ce que j'avais, je le lui ai donné et je suis parti à l'instant même. Si j'étais resté une heure de plus, je l'aurais tué peut-être car j'ai toujours eu un ardent désir d'effacer mes traces. Sur la route, j'ai rencontré un des disciples, un homme riche, je lui ai dit de me donner beaucoup d'argent. Sans un mot il m'a emmené chez lui et il m'a donné tout ce qu'il avait chez lui. C'était une grosse somme. Quelque chose était fini et j'avais envie d'apposer ma signature à cette fin. Il l'a senti. Il est allé chercher sa femme et son fils et s'est enfui avec eux. J'ai mis le feu à sa maison et je suis rentré en Europe.

Depuis je ne me suis plus servi de l'arc et, chaque fois que je concentre ma pensée sur un homme dont la mort me convient, je regarde sa mort en moi et je sais que je puis l'atteindre."

Tout d'un coup, je n'en peux plus. Je ne veux pas lire plus avant en moi. D'ailleurs l'insomnie chaude est devenue une insomnie glaciale. J'ai froid. Je ne peux plus penser à la mort de Stéphane. Il faut occulter cette douleur, la remettre à demain, à plus tard. Je prends un cachet pour dormir. Je vais faire une bouillotte d'eau chaude dans la salle de bains. Je la cale contre mes reins, je sens que je vais m'endormir, Stéphane et Paule sont encore vivants dans mon sommeil.

Je voudrais faire l'économie de toutes les morts que j'ai vécues, de celles que je devrai vivre encore. Je ne peux pas, je suis dans ce temps, dans ce monde, il n'y en a pas d'autre.

XIX

Dans le métro je suis préoccupé par un rêve qu'une patiente m'a raconté récemment. Elle est en prison, son mari dans la cellule à côté. Elle peut sortir par la fenêtre, mais lui a les épaules trop larges et ne peut sortir par la sienne. Cela fait resurgir le rêve que j'ai fait cette nuit, on bâtissait des routes, des ponts suspendus, des tunnels. Je reconnaissais là l'univers de mes patients, leurs efforts pour assembler les éléments dispersés du moi.

J'arrive à l'hôpital, toujours les flaques dans lesquelles aujourd'hui se reflètent des fragments de ciel clair. Des fragments, nous ne pouvons connaître que cela, le monde et nos rêves ne nous livrent que des fragments révélés par nos trajectoires nocturnes dont rien ne demeure en nous que des traces sombres maculées par des mains ou des griffes inconnues.

Paule s'est faite élégante pour recevoir Mykha, mais il a téléphoné qu'il ne pourra venir qu'à sept heures. Il faudra tout recommencer. Elle s'est commandé une nouvelle perruque qu'elle n'aura que dans deux jours. La mère assise, très droite, lui donne fréquemment à boire et lui humecte les lèvres car Paule se plaint d'une douleur dans la bouche. Nous parlons, mais derrière nos paroles il y a le dialogue secret entre la mère et la fille. La fille est inquiète de ce mal sourd dans sa bouche, triste aussi parce que Mykha est retenu par une réunion. Quelque chose en elle voudrait dire : Dans l'état où je suis Mykha ne devrait plus perdre ses journées à des réunions, il devrait être toujours là. Et la mère répète par tous ses gestes, tous ses actes : Ne t'inquiète pas, il n'y a pas de raison que ton mari arrête son travail. Tout évolue comme prévu, tout est normal. Ne panique pas. C'est une pensée d'une telle force que je suis obligé, moi aussi, d'y croire. Je regarde le visage de Paule, sa forme chaque jour un peu plus menue sous les draps et je vois la mort, mais l'espérance ou la volonté d'espérance est si forte que je suis obligé de voir les petits signes d'amélioration, elle parle plus aisément, elle ne suffoque plus…

Durant ces deux heures il se passe entre Paule et moi quelque chose d'un peu filial de son côté, d'un peu paternel du mien. Je deviens un peu plus son père, elle devient un peu plus ma fille. Nous parlons sur un fond de famille très ancien. Il y a une certaine douceur du temps d'autrefois entre nous, quand il y avait des familles, que l'on ne pouvait compter en cas de coup dur que sur sa famille. Mais la mémoire de cette douceur, ces paroles que nous avons dites, dans ce très long entretien, le plus long de ceux que nous avons eus pendant son séjour à l'hôpital, ont été effacées par le tumulte qui n'a cessé de régner dans mon corps et dans mon esprit. Le tumulte de deux trains qui se croisent, celui de l'espérance de la mère et celui de la mort. Je sors de là brisé. L'autobus, les deux changements de métro. Enfant déjà, je me réjouissais comme les autres de la victoire du Petit Poucet mais au fond je n'y croyais pas. Etrange, je n'en ai jamais parlé avec l'aîné ni avec les cousins. Cela nous arrangeait tous, cette fin heureuse, cela nous permettait de penser à autre chose, mais quand on a passé tout un après-midi dans la chambre de Paule on ne peut pas s'empêcher de savoir que l'ogre va triompher. La mère, avec son dos bien droit, son regard sans cesse fixé sur le visage de sa fille, combat avec l'intelligence, avec le courage du Petit Poucet. Elle ne criera jamais : "Pouce, je me rends." L'ogre n'en avalera pas moins sa bouchée, sans même s'en apercevoir.

Autrefois je pensais qu'il fallait écrire avec des cailloux blancs afin de pouvoir retrouver son chemin. Aujourd'hui je vois qu'un peu de mie de pain suffit et qu'il faut avancer dans l'obscurité en se servant des traces confuses laissées dans la forêt, de ce qui reste de lumière et si je vois, comme aujourd'hui, la lampe de la maison de l'ogre, je suis content car elle éclaire cette page où je parviendrai peut-être à faire apparaître la plus intime des écritures, celle de nos grands prédateurs.

Le lendemain nous allons voir Paule en voiture. J'ai égrené toutes les portes du périphérique. Les murailles d'une Babylone de béton sans jardins suspendus. Le seul îlot de verdure sur mon chemin est un petit cimetière, mais je ne peux le regarder, toute mon attention est requise par le flot de voitures dans lequel je suis enfermé de tous les côtés. A l'hôpital, Paule a le visage moins gonflé qu'hier et sa mère fait remarquer, ce qui est vrai, qu'elle a meilleure mine. Elle a vu le professeur hier, il est satisfait. Le nouveau médicament lui donne plus de force, une kinésithérapeute est venue lui faire faire quelques exercices et l'a fait se lever quelques instants. Cela lui a redonné confiance mais il y a aussi des effets secondaires, les douleurs qu'elle ressentait hier dans la bouche sont devenues des aphtes qui transforment en souffrance chaque gorgée de thé ou d'eau ou chaque bouchée de nourriture. Elle me jette un regard navré et dit : “J'ai regardé mes gencives dans la glace, j'en ai tout un chapelet.” Ainsi comme j'égrène les portes du périphérique ou les stations de métro, ce qui est sans doute ma façon de penser à elle, elle a égrené le chapelet d'aphtes de ses gencives.

Win doit partir dans deux jours pour l'Angleterre. Paule veut établir avec Mykha une liste précise afin de lui préparer une valise parfaite. Mykha rechigne, il dit que tout cela n'est pas nécessaire. Il refuse d'aller encore à cinq heures dans les grands magasins faire des achats et de chercher dans tout l'appartement des vêtements ou des objets quand Paule ne se rappelle plus leur place. Je sais que c'est folie dans l'état où est sa mère d'envoyer ce garçon en Angleterre. Je sais que Mykha et la mère le pensent aussi, mais nous sommes tous pris dans la logique de l'espérance. Si l'enfant ne part pas, c'est que sa mère va plus mal qu'on ne le dit, c'est qu'il n'est pas vrai qu'elle sortira de l'hôpital dans quinze jours, dans un mois. Pas vrai qu'elle pourra déménager dans la maison qu'ils ont louée près de Lausanne. Finalement Mykha en vient à dire que les factures qu'il a reçues pour certains vêtements de Paule, pour des meubles qu'elle a commandés sont plus élevées qu'elle ne le lui avait annoncé. Je vois tout son petit monde féminin s'écrouler. Avant cela, Paule masquait ses petits mensonges, maintenant tout apparaît et lui a l'impression d'être pris dans un réseau de choses cachées. Je vois des larmes sortir des yeux de Paule. Je suis le seul à pouvoir intervenir. Et je dis : "Laisse, Mykha, tout cela n'a pas tant d'importance. Ne la fatigue pas.

— On voit bien que ce n'est pas toi qui paies."

Il prend son attaché-case et commence à sortir ses plans et ses cartes pour préparer la réunion à laquelle il doit participer lundi. De temps à autre, il lève les yeux sur Paule qui a cessé de pleurer. Il semble dire : Oui, j'irai faire les achats, tous ces achats inutiles, ce n'est pas vous qui chercherez un parking, pas vous qui vous traînerez dans les magasins, qui choisirez des choses en ne sachant pas si c'est bien ça qu'elle veut. Argile entame avec la mère et Paule une conversation à mi-voix. Je médite sur ce que mon fils m'a dit. Car il est bien vrai que ce n'est pas moi qui paie. Pas moi qui pourrais payer. Ma vie a été coupée par de grands échecs. Deux fois, à vingt-cinq ans d'intervalle, je me suis retrouvé sans rien. J'ai un peu remonté la pente, c'est tout. Je suis sans doute à ses yeux un père faible, un père qui écrit des livres qui n'ont trouvé que peu de lecteurs et il doit se demander pourquoi j'y consacre tant de temps et d'efforts. Je suis le père sans argent. Pourquoi pas ? Mais dans sa structure intime le père est celui qui peut aider. Qui peut aider avec de l'argent. A ce moment de désolation, je sens une main qui cherche la mienne, une main qui me semble glacée et veut se réchauffer dans les miennes. Je prends la main de Paule dans mes mains, il n'y a pas de paroles. Paule, la tête tournée de l'autre côté, participe à une conversation entre femmes que je ne cherche pas à entendre. Il y a cette main abandonnée dans les deux miennes, qui m'évoque toutes les petites mains d'enfants, confiantes, heureuses, que j'ai tenues et qui ont si souvent éclairé, adouci l'âpreté de ma façon de vivre. Il y a que je suis l'homme sans argent, fragilisé par l'âge mais dont les mains réchauffent encore. Encore un peu. Il y a que, dans notre commun chagrin, dans la commune humiliation de nos deux faiblesses, elle a pris ma main. Dans nos trois mains s'égrènent par mouvements imperceptibles le chapelet d'aphtes, le chapelet des portes du boulevard périphérique. A ce moment je ne me souviens plus d'aucune prière et Paule n'en a sans doute jamais connu. Ensuite il n'y a rien. C'est comme si une grande machine aspirante avait avalé le reste de cette journée. Argile, sans doute, a senti qu'il était temps de partir et je l'ai suivie.

J'ai promis à la mère de venir dimanche matin avec Argile pour qu'elle puisse se promener un peu après les soins. Dès que nous arrivons, la mère quitte son fauteuil à la droite de Paule. Elle va faire une promenade précise, efficace comme toutes ses actions. Paule propose à Argile le fauteuil de sa mère mais celle-ci refuse, elle sent que c'est une place qu'elle ne peut pas prendre, que personne ne peut s'asseoir là comme la mère, comme le colosse de Memnon qui ne chante plus au soleil. Paule nous semble bien mais très tendue. Quelque chose a dû se passer hier avec Mykha, après les courses qu'il a faites. Elle veut que la valise de Win soit parfaite aux yeux de l'amie qui l'ouvrira là-bas en Angleterre. Toute sa vie elle a voulu être parfaite aux yeux de quelqu'un, au fur et à mesure qu'elle s'élevait, les enjeux s'élevaient aussi. Toujours être parfaite, plus que parfaite. Le cancer vaut mieux peut-être que supporter cela. Ce qu'elle ne peut plus faire, elle souhaite, elle exige puisqu'elle est malade que Mykha le fasse à la perfection. Mais, surchargé de travail, lui ne peut pas, heureusement il a gardé en lui assez d'enfance pour refuser cette terrible obéissance. Avec sa nervosité de cheval, il piaffe, ronge son frein, peut-être s'est-il cabré hier ou sent-elle qu'il va se cabrer aujourd'hui. Je prends sa main entre les miennes. Elle me laisse faire mais n'en tire ni plaisir, ni secours. Aujourd'hui, je ne suis que le père de son mari à qui, si elle l'osait – mais elle ne l'ose pas –, elle voudrait se plaindre pour que je fasse pression sur Mykha. La mère revient, elle reprend sa place, donne à Paule le médicament pour ses aphtes et je pense aux archipels, aux chapelets d'îles qu'un de mes patients aime dessiner. A ce moment l'infirmière arrive avec le repas et nous partons.

Nous prenons la route, le carrefour, le boulevard Jean-Jaurès, je pense à un rêve de cette nuit. J'étais sur un grand pétrolier par forte mer. L'océan envoyait d'énormes vagues sur le pont, une hélice installée sur la proue les pulvérisait et formait une sorte de tunnel d'eau dans lequel il fallait se risquer pour arriver, ainsi qu'on le désirait, au château. Le risque était grand pourtant car on pouvait se faire blesser par l'hélice. En quittant le boulevard Jean-Jaurès, nous prenons la rampe d'accès et roulons sur le périphérique. Sous le ciel opaque il ressemble à un immense tunnel où quelque part tourne si vite qu'on ne peut pas la voir une effrayante hélice que je vois en moi toute blanche et les bras en croix. Assez, assez de rêves et de fantasmes. Il faut me mettre à quatre-vingts puisque c'est la règle et ne pas en bouger. Quatre-vingts me fait penser à *Paulina 1880*, si belle, si absurde, qui à force de beauté, de passion, de volonté de perfection devient l'assassin de son amant. C'est ici, sur le boulevard périphérique avec ses quatre files de voitures qui veulent arriver à tout prix quelque part, oui, c'est bien ici que se passe en moi la lutte, le cancer, la guérison ou la mort de Paule. Je vois défiler des portes, des clochers, au loin à gauche l'objet d'Eiffel, qui a été une curiosité d'exposition, la tour la plus haute du monde et qui est devenue la plus grande statue phallique de Paris. Nous arrivons à la porte Maillot, je serre à droite, j'entre dans un tunnel, je ne freine pas, il y a une pancarte indiquant la Défense. La Défense occupe mes yeux, ma pensée au point qu'avant le tournant Argile doit me dire : "Freine ! Freine !" Je freine, j'obéis à la Défense. Ce mot que j'ai lu tant de fois, ce lieu que j'ai traversé si souvent entre ses falaises de verre et de béton, je m'aperçois pour la première fois à quel point ils me sont étrangers. La défense, si c'est pour cela qu'on a pris le boulevard périphérique, c'était bien la peine.

Après le déjeuner le téléphone retentit. C'est la mère qui, après une scène entre Mykha et Paule, veut me parler de mon fils. C'est un moment que j'attends depuis de nombreux jours. Et voilà que le paumé se rebiffe, je ne peux pas entendre attaquer mon fils, je ne veux pas prendre sa défense devant le tribunal maternel. Je n'accepte pas ! Non ! Si je l'entends accuser Mykha, je ne pourrai pas le supporter, je ne veux pas non plus me brouiller avec elle. Elle soutient la fragile espérance que rien n'est encore capable de remplacer. D'ailleurs j'admire cette femme malheureuse. Je parviens à dire : "Je suis très mal fichu cet après-midi, je vous passe Argile." Elle ne répond pas. Argile prend l'appareil et l'écoute en disant de temps en temps : "Oui, oui." C'est long, parfois je prends l'écouteur et j'entends les griefs qu'elle n'osait pas formuler jusqu'ici. Pourquoi est-il parti en Arabie quand elle était déjà malade ? Pourquoi lui a-t-il téléphoné si peu quand il était là-bas ? Pourquoi ne vient-il pas plus tôt à l'hôpital alors qu'elle ne cesse de l'attendre ? "Moi, depuis qu'elle est à l'hôpital, j'ai tout abandonné. Pourquoi lui parler maintenant de ses problèmes d'argent ?" La réalité c'est que Paule est à l'hôpital et ne peut rien faire que vouloir et souffrir. Et Mykha est dans la vie, avec son fils, son travail, la communication qu'il doit faire à un important congrès scientifique, les repas, les courses pour arriver à l'hôpital avant que le périphérique ne soit bloqué et pour en revenir à temps malgré les bouchons, pour prendre Win chez des amis, le faire manger, le faire se coucher à une heure raisonnable. Mykha est dans un château de merde. C'est un lieu qu'Argile et moi nous ne connaissons que trop où nous avons vécu chaque fois que c'était notre tour et notre tour est venu souvent.

La mère énumère tous ses griefs, c'est un interminable chapelet de faits douloureux accumulés depuis des années. Tout un fardeau d'amertume qui se déverse dans l'oreille d'Argile qui le scande de temps à autre par un "oui", ou un "je vous écoute". J'entends le son pressé, précis et sec de la voix de la mère. Je sens que bientôt je ne le supporterai plus, comme si j'étais maître des paroles des autres. A ce moment Argile dit d'une voix proche des larmes : "Je vous aime beaucoup, je suis tout près de vous, je vous embrasse de tout mon cœur. Mais je dois absolument partir." Et elle raccroche. Je pense : c'est génial, elle est parvenue à la laisser parler, à la consoler, à ne juger personne. Je le lui dis. Avec un petit sourire à la fois content et navré elle annonce : "Je vais faire le thé."

Le thé est un moment agréable, mais ensuite je ne me sens le courage ni de travailler, ni de lire. Il y a pourtant quelque chose qui m'attire, mais quoi ? Les framboisiers du jardin dont Joséphine m'a dit : "Nous n'avons pas le temps. Cueillez les framboises plutôt que de les laisser pourrir." Les framboisiers s'étendent le long du mur ouest du jardin sous les rosiers grimpants. Ce printemps on a planté un nouveau gazon et le jardin est d'un vert tout neuf, j'enlève mes souliers et je prends plaisir à sentir cette herbe jeune et tendre sous mes pieds. Le soleil perce parfois entre les nuages et me réchauffe le dos et les épaules pendant que je cherche en écartant les feuilles vertes les petits fruits rouges qui lorsqu'ils prennent leur couleur foncée en direction du noir me font penser au plaisir, au désir, à un corps amoureux qui se dérobe encore dans son feuillage et ses épines. Pas de violence, disent les épines, patience et amour, disent les branches. Et les fruits par leur présence disent seulement : je suis là. Ce qui provoque un peu d'hésitation à les cueillir et pourtant on cueille. On les mange avec ce moment de plaisir qui ne prend son prix que de sa brièveté et finalement on les expédie dans les sombres châteaux de Shadow.

Je suis au bout de la rangée et j'ai un panier plein de framboises. Que faire de tout cela ? Je verse la plus grande part dans un bol. Joséphine sera contente de trouver cela dans la cuisine lorsqu'elle reviendra cette nuit. Le reste sera bien suffisant pour nous deux.

Chaque fois que je pense, ou que j'essaie de suivre mes états d'inconscience, je retrouve mon insuffisance. C'est d'elle que je pars, c'est à elle que je retourne après de petits périples de pensée. Est-ce que Dieu est ce qui répond à cette insuffisance ? Je remonte l'escalier entre ces murs d'où la peinture est peu à peu tombée, ils sont ainsi, et ils font partie de la maison avec le jardin vert, les framboisiers couronnés de rosiers, la Seine qui coule brune ou noire un peu plus loin, chargée de toute la pollution de la grande ville. La ville et la banlieue vont-elles continuer à grandir démesurément, absorbant tout comme un irrésistible poisson géant ? Je pense à la Rome du haut Moyen Age, qui n'avait plus que quelques milliers d'habitants. Les pèlerins d'alors, effrayés par cette immense cité de ruines, par ces statues nues et ses arcs de triomphe aux formes estompées par le lierre, traversaient la ville terrifiés en se tenant par la main et en chantant pour parvenir jusqu'aux pauvres églises, aux petites maisons, au petit palais du pape qui se trouvait au centre. Est-ce qu'un jour des hommes traverseront Paris, avec sa tour de fer rouillée qui se sera couchée comme une grande bête, avec ses monuments envahis d'arbres, de ronces, de mauvaises herbes, avec la Seine coulant comme elle coule, comme elle coulait déjà bien avant que la ville ne fût.

Ce soir, Mykha me téléphone. Il demande si la mère m'a appelé. “Oui, mais je lui ai passé

Argile. Je trouve que tu as assez de malheurs, de problèmes pour que personne ne s'érige en juge de ta façon de faire." Je l'entends qui pousse une sorte de soupir. Il dit : "Quand la maladie entre dans une maison, le malheur entre avec elle. Je ne sais plus ce que je dois faire, tout est si difficile, si compliqué. Est-ce que Paule va guérir, est-ce qu'elle va mourir, est-ce qu'elle va rester encore à l'hôpital plusieurs mois ? Que faire entre mon travail ici, mon nouveau travail à préparer, l'hôpital où il faut aller chaque jour aux pires heures dans les bouchons, user mes nerfs dans l'enfer périphérique."

Je l'écoute, je ne sais pas plus que lui comment résoudre ses problèmes, mais en l'écoutant peut-être que je les lui rends plus clairs. Il y a une sorte de tendresse bourrue dans la façon dont il raconte son malheur. Soudain il s'arrête : "Il faut que j'aille dîner chez Manon, Win est chez elle, elle nous a invités à dîner." Il raccroche, je me rappelle que lorsqu'il était petit il voulait toujours, quand je téléphonais chez nous, m'embrasser au téléphone. J'entends encore le petit bruit rapide et mouillé de ses lèvres sur l'appareil.

XX

A l'hôpital atmosphère pénible entre Mykha et la mère. On sent la rancune de part et d'autre. En mangeant Paule souffre toujours de ses aphtes. Une petite cicatrice qu'elle a à la commissure gauche des lèvres m'inquiète. Je tente de ne pas la regarder et mon regard y revient sans cesse. Argile s'est occupée de Win cet après-midi, je dois aller la chercher chez Mykha. Il a sa voiture, moi aussi. Il me dit que je n'ai qu'à le suivre, il va me montrer un raccourci par les boulevards des Maréchaux moins bloqués à cette heure que le périphérique. Je pars derrière lui et par de petites rues nous évitons en effet l'encombrement de la rue et de la place du 4-Mai. Arrivé au boulevard il va trop vite, je ne peux le suivre à ce train-là, surtout lorsqu'il faut plonger sous les brefs tunnels où il y a, comme nous roulons vers l'ouest, des faux jours qui me déconcertent. Il m'attend chaque fois avec sa Triumph rouge, bien reconnaissable, et repart. Cela se reproduit trois fois avant d'arriver chez lui, je me sens enveloppé par sa sollicitude et malgré ma crainte de l'énerver cela me fait du bien. Dès qu'on entre dans l'appartement, on sent l'absence de Paule à quelque chose de vague, à un certain désordre ou à un autre ordre où l'on reconnaît l'action non plus d'une femme mais de deux hommes – ou deux garçons – le père et le fils.

Argile joue aux cartes avec Win qui est très content de gagner tout le temps. Quand il nous voit entrer, prévoyant sans doute que nous allons nous livrer à la pénible manie des grandes personnes de dire des choses sans rien faire, il grimpe en vitesse l'escalier qui va du salon à la chambre de ses parents. Il met la télévision en marche et la regarde couché par terre sur un coussin. De là en se penchant un peu il peut voir ce que nous faisons et sa figure rieuse ou attentive qui apparaît parfois en surplomb me fait penser aux anges musiciens des primitifs, chantant des hymnes et se lançant, dans les intervalles où ils reprennent souffle, les plaisanteries qui courent les chorales du ciel comme les écoles de la terre.

Depuis que sa mère est à l'hôpital, il ne manifeste ni tristesse, ni angoisse mais dans tous ses moments libres il joue avec une intensité encore plus vive qu'auparavant. Peut-être tend-il un voile aussi serré que possible autour de ce qu'il redoute et j'admire cette sagesse. Mykha lui dit : "Demain tu pars pour l'Angleterre, il faut que tu sois propre et bien habillé pour dire au revoir à maman." Il répond du tac au tac : "Je serai propre si je veux." Mykha ne relève pas ce propos, Argile rit et dans le silence qui s'établit nous comprenons que demain à l'hôpital il sera très propre. "Impeccable", dira Paule pour qui son départ est dans la logique de l'espérance.

Nous sommes assis dans des fauteuils autour d'une table basse, Win de temps à autre descend pour croquer un biscuit salé. C'est la fin d'une journée qui a été fatigante pour chacun de nous. Il est heureux qu'il ne fasse pas chaud, car alors

Paule respire plus facilement. Il y a une douceur, les paroles rares importent moins que cette détente qui devient presque heureuse. Mykha doit achever la valise de Win et veut l'emmener à un restaurant proche pour ne pas être obligé de préparer un repas. Il nous propose de venir avec eux mais maintenant que le moment d'harmonie a eu lieu nous n'avons plus qu'une idée, rentrer chez nous le plus vite possible.

Le lendemain Paule est mieux, le visage détendu, le chapelet d'aphtes est moins douloureux. Win est venu avec Mykha dire au revoir à sa mère. Il était impeccable, les souliers, le pantalon, la chemise, la veste qu'il fallait. Baigné, les dents brossées, bien coiffé. Faisant honneur à sa mère. Les valises contenaient bien – elle regarde sa liste avec un peu d'ironie envers elle-même – tout ce qu'elle avait prévu. Je fais un lapsus, je voulais demander comment s'est passé le départ. Je dis : "Pourquoi ce départ ?" Avant que j'aie le temps de me reprendre, Paule répond vivement : "Pour ne pas perdre son anglais." En croisant le regard vigilant de la mère je vois qu'il faut espérer, espérer toujours, car il ne faut pas que Paule puisse penser que son petit garçon pourrait perdre sa mère. Cette espérance provoque une dure crispation qui s'empare de tout mon corps. Puisqu'il faut parler, je parle, je m'accroche au mauvais temps, à la famille qui va accueillir Win. Je regarde Paule avec une sorte de stupeur, elle a meilleure mine, elle sourit sans effort, le sourire persiste sur ses lèvres à cause du plaisir qu'elle a d'avoir vu Win. De la satisfaction qu'elle a de lui donner toutes les chances qu'elle n'a pas eues elle-même dans son enfance. Grâce aussi aux deux canapés qu'elle a commandés pour la nouvelle maison et dont Mykha connaît maintenant le prix. Cela a provoqué une scène. Ce n'est ni la première, ni la dernière. Mykha a été furieux, elle a beaucoup toussé mais elle a ses deux canapés. Elle prend ma main, voilà qu'elle tousse une fois, deux fois. Elle lâche ma main, elle tourne un visage épouvanté vers la mère. Celle-ci, sans bouger, dit : "Ne panique pas. Respire. Je vais te donner à boire mais respire d'abord." Elle respire, elle boit. La toux cesse. Son visage se détend, elle sourit et touche légèrement ma main restée sur le drap d'un geste rapide, un peu taquin. Elle m'explique comment elle va faire son déménagement. Des amies et Mykha vont se charger de tout, suivant ses plans. Elle restera chez elle à Paris et ne viendra, avec sa mère, que lorsque tout sera prêt. Je me dis : C'est vrai qu'elle va mieux, elle va peut-être s'en sortir. Oui, je me dis cela. Je me lève ragaillardi, je l'embrasse, j'embrasse la mère, tout cela va finir, il y aura la convalescence, la guérison peut-être pour quelques mois.

En ouvrant la porte, je me retourne vers Paule, je suis heureux, je souris. Elle voit mon bonheur, elle voit qu'il n'est pas feint, elle rit d'un rire joyeux, confiant, plein de certitude.

Je referme la porte, je vois soudain devant moi la forme sombre et immense de Shadow qui me signifie sans paroles, sans geste, sans voix ce que je pense vraiment. Je suis si surpris, si effrayé que je laisse tomber mon sac et que je me cogne violemment contre la porte. Je me baisse pour ramasser mon sac, en me penchant mes lunettes tombent de ma poche. Je les ramasse péniblement. Quand je me redresse la mère est derrière moi. Elle a entendu le bruit et a refermé la porte pour ne pas effrayer Paule. Elle regarde en haut, d'un air épouvanté, comme si elle avait vu, elle aussi, le visage de Shadow et entendu son terrible message. Je parviens à balbutier : "J'ai glissé." Elle abaisse son regard vers moi et dit seulement : "Oui, c'est très glissant." Nous nous faisons à distance un petit signe d'adieu. Elle retourne dans la chambre et je m'en vais, si c'est ça s'en aller.

La nuit venue, Argile endormie, je ne parviens pas à trouver le sommeil. J'essaie de me détendre par une longue relaxation. Je relâche mes muscles et tente de laisser chaque partie de moi-même peser de tout son poids. Je me dis en incantation : Laisse venir la force, la vraie force, la force calme. Mon attention est pour une part fixée sur ce travail et dans les intervalles je vois Stéphane. Stéphane qui avait cette force calme, détendue. Je le revois grimper, chercher les prises sans hâte, s'élever dans un temps juste dans lequel je peux entrer après lui. Le temps que je n'ai jamais pu retrouver depuis, passant de trop de hâte à trop de lenteur. Il s'élève, je l'assure et je ressens une grande joie de le faire. Je sens dans tous ses gestes une liberté et une sobriété sévères. Rien de trop et c'est ce qui fait cette suite de mouvements parfaits, cette danse au-dessus du vide dont je suis la sécurité. Il est arrivé à un surplomb où il va m'attendre. C'est lui maintenant qui est mon point fixe, qui fait glisser la corde entre ses doigts et je n'ai plus qu'à tenter de m'élever à l'aide de mes propres moyens, d'une façon aussi juste que lui, sans efforts inutiles. Un jeu pour soi-même, ou plus exactement pour nous deux. Sa maîtrise de l'ascension me remplit d'un plaisir que j'appelais autrefois géométrique mais qui était plus que cela. Ce que je revois en relaxant mes membres, c'est une sorte d'approche amoureuse du même formidable objet par deux corps, deux esprits qui, en s'astreignant à l'effort et à la règle, se lient, s'éprouvent, se confient l'un à l'autre. Je me suis souvent reproché de n'avoir pas répondu à l'amour de Stéphane. Cette nuit, je vois dans les intervalles des moments où mon attention se fixe sur chaque muscle, que nous avons eu de l'amour la plus belle partie, ses approches, ses surprises, ses découvertes. Stéphane sans doute ne désirait rien d'autre. Il avait bien saisi dans quels conflits m'aurait plongé un amour qui aurait tenté de se réaliser. Il n'avait rien d'un frustré, tout indiquait en lui qu'il connaissait le plaisir, des plaisirs. Il en partageait certains avec moi. Sur les autres, il était secret et l'on n'avait pas envie de forcer cette réserve. Il se contentait de cette vive amitié, de cette forme d'amour qui ne souhaitait pas dire son nom.

Je détends longuement mes mains et les phalanges de mes doigts. Je remonte aux épaules, là, dans les intervalles de mon attention qui se font plus nombreux au fur et à mesure que je m'approche de l'endormissement, je descends très doucement en esprit ma colonne vertébrale. Là, c'est Shadow qui parle, qui me dit, comme il me l'a laissé entendre avant de mourir : "Imbécile, qu'est-ce que tu connais du plaisir ? Les attentats de Stéphane, leur hardiesse sans témérité, leur sobriété de moyens, qu'est-ce que tu crois que c'était ? Du désespoir ! Mais il avait eu de toi le meilleur, tous les préliminaires, il laissait à d'autres l'amour qui se réalise. Les attentats de Stéphane c'était le plaisir et la dernière forme de son plaisir, ce fut de se jouer de moi, de me mener où il voulait, jusqu'à l'infamie de la mort que je lui ai infligée, alors que j'ai cru jusqu'au dernier moment que je le menais où je voulais. Oui il a mené Shadow, l'homme sans honte, sans regrets, sans remords, il l'a mené à commettre un crime de plus, un crime dont pour la première fois il a eu honte et douleur."

Je sens toute la redoutable nuit de Shadow peser sur moi. Sa nuit criminelle. Je descends avec sa nuit jusque dans les racines de ma colonne vertébrale. Il y a là une paix sombre. Est-ce que ce n'est pas Stéphane qui est assis là devant le feu dans la grotte ? La force, la vraie force, la force calme est là. Est-ce que Stéphane aurait pu être dans le groupe d'enfants qui poursuivaient un petit étranger en criant : "Bouchon de merde, bouchon de merde" ? Non, jamais. Et moi ? Moi, peut-être, pour faire comme les autres. Quelque chose pourtant dit : "Non !" Très bas, d'une façon décisive, avec la voix de Stéphane.

XXI

Mes visites presque quotidiennes à l'hôpital, je n'ai pas décidé ni choisi de les faire. Tout a été décidé par une autre instance trop puissante pour que je cherche à m'y opposer. Le courant est trop fort, il vaut mieux ne pas me débattre. Je suis entraîné par ce courant et Argile semble me voir emmené sur cette eau brune, limoneuse et polluée. Elle me regarde avec une sorte de compassion mais elle est elle-même emportée par un autre courant qui veut que nous ayons à nouveau un logement à nous, ce qui demande trop de soins, de mouvement, d'attention pour qu'elle s'arrête. Tous les deux nous sommes emportés par cette énorme vague qui est celle de notre monde, de notre ville, de notre vie. Un mouvement qui s'élève et retombe, pour le moment la marée monte. La marée basse suivra bientôt.

La marée exige que je parte avec Argile pour l'hôpital. Nous laissons la voiture à Rueil sur le côté d'une petite usine, comme d'habitude. C'est la première fois qu'Argile va à l'hôpital autrement qu'en voiture. Auber, le fort d'Aubervilliers, l'autobus. Elle est atterrée : “Et tu fais ça tous les jours !”

A l'hôpital, la gaieté d'Argile fait qu'il y a moins de flaques orageuses le long de la route, que les pelouses sont moins pelées, l'ascenseur jaune moins maculé. Quand nous arrivons devant la porte, une infirmière sort et dit : "Vous pouvez entrer maintenant." Ce "maintenant" nous épouvante. Pourquoi ? Je regarde par la petite vitre de la porte. Il y a dans la pièce une sorte de désordre, un changement minime, mais ce léger élément perturbateur fait l'effet de l'irruption d'un gros animal, de son piétinement massif sur une scène réservée aux hommes. Nous reculons, Argile et moi, et nous nous demandons quel est l'événement qui a eu lieu dans la chambre et qui en a désorganisé la structure rassurante. Nous restons un instant devant la porte comme deux enfants interdits d'avoir vu un spectacle qu'ils n'auraient pas dû voir. Je risque un autre regard par la vitre de la porte. Paule repose la tête sur l'oreiller, elle n'a pas de masque à oxygène. La mère est assise dans son fauteuil, très droite. Tout est à sa place, à sa place pour qui ? Nous entrons. En les voyant au premier instant j'ai l'impression que Paule a rajeuni, elle n'est plus une femme mais une fille. La fille de l'autre qui, elle, est la femme. Dès que nous entrons cela change, Paule grandit de plus de vingt ans. Elle est la femme, la jeune femme à la place de l'autre qui s'efface et redevient la mère.

Paule a eu un malaise. "Elle a paniqué, dit la mère mais ce n'est rien." Ce n'est plus rien en effet, rien n'apparaît des traces inquiétantes que nous avons vues un instant. Je ne peux m'empêcher cependant de regarder dans les coins si je ne vois pas une corne, une patte souple et griffue ou le sabot annonçant l'inévitable agression. Nous parlons, nous faisons les signes de l'espérance. L'espérance c'est de parler, comme font Argile et la mère, la foi se tait. La foi, c'est trop dur. Nous nous accrochons donc à l'espérance sans nous cramponner, elle n'a qu'une enveloppe fragile, nous pourrions la déchirer.

Après un moment, Argile part, elle va chez l'architecte prendre le plan mis au point pour l'appartement. Je me demande de quoi parler et je pense au livre d'Ariès sur l'éducation à travers les siècles. Je m'aperçois tout de suite que ce sujet intéresse puissamment Paule et plus encore sa mère. Pas seulement pour Win mais aussi pour elles-mêmes. Elles découvrent que les idées qu'elles ont eues sur l'éducation, celles qu'elles ont vécues, subies, étaient la suite d'un long processus qui n'a cessé d'évoluer. Moi aussi j'ai cru longtemps que la manière dont j'ai été élevé était non pas une forme d'éducation liée à l'époque, à certaines conditions sociales et économiques, mais que c'était l'éducation depuis toujours.

La kinési entre, je l'ai déjà vue une fois. Le visage brun et rose, les cheveux clairs, elle est grande, large, elle donne malgré un certain embonpoint une grande impression de force, de santé, d'optimisme. Elle est une image de la Santé, avec une lettre capitale et cela m'est désagréable. C'est la santé que Paule n'atteindra plus. Moi non plus si je continue une vie blessée à la fois par mon corps et par mon esprit. Elle me dit : "Restez, nous allons d'abord faire quelques exercices respiratoires." Je me rassieds parce que sortir comme je le désire serait contraire à la volonté de l'autre et à sa politique de l'espérance. Politique qui réduit Paule à l'état de petite fille faisant avec courage des exercices qui lui font mal. Je pense aux devoirs de vacances avec lesquels la mère d'un de mes patients a brisé chez lui le sens du plaisir, celui du désir, pour lui substituer son propre désir. Pendant des années il a ainsi vécu avec une intime répulsion la vie rêvée pour lui par sa mère, à la place de celle qu'il aurait pu rêver lui-même.

Paule après une respiration profonde a du mal à reprendre son souffle. "Ne paniquez pas", dit la kinési comme le dit la mère. Et la petite fille bien sage recommence. Est-ce que Paule, par une opération bien cachée, par une sorte d'humour divin qui s'est emparé d'elle, nous fait la grâce d'espérer de notre espérance ? Ce que parfois un sourire venu d'ailleurs, qui s'esquisse sur ses lèvres, me donne à penser. "Maintenant nous allons marcher un peu. Il vaut mieux que vous sortiez", dit la kinési. Je sors avec la mère dans le corridor obscur et en nous dirigeant vers le hall carré, qui nous attire par la lumière de ses fenêtres, je me demande pourquoi ce mot paniquer s'est imposé avec tant de naturel à notre époque. Car paniquer ce n'est pas avoir peur tout seul, c'est participer à une peur collective comme celle du cancer, de la bombe atomique, de la pollution de l'atmosphère. Quand sa mère dit à Paule "ne panique pas", elle ne lui dit pas seulement de ne pas avoir peur de ce qu'elle ressent, elle lui dit aussi de ne pas s'abandonner à une peur apprise. Et elle l'invite à sortir de cette contracture générale qui n'est pas seulement celle qu'elle éprouve mais celle d'un monde plein de goulets d'étranglement, de bouchons, de forces saisies par l'ennui, l'énervement et l'épouvante de ne plus trouver d'issue.

La mère se tourne de façon abrupte vers moi : "Il y a une semaine, j'ai vu le professeur, il m'a dit que dans quinze jours nous saurons si le nouveau médicament agit. Dans ce cas, elle sera sauvée, temporairement. S'il n'agit pas ou pas suffisamment, ce sera la mort. Il faut la soutenir, il faut qu'elle espère. Le moral, m'a dit le professeur, compte pour beaucoup. Elle a bon moral. Hier, j'ai vu que vous étiez troublé. Il ne faut pas, tout est déjà décidé dans son corps mais nous ne savons pas quoi. On a tout fait, il ne faut plus penser, supputer, se chagriner. Il faut seulement soutenir son moral." Je me dis : C'est vrai tout est décidé. Alors pour qu'elle espère, c'est plus facile d'espérer aussi. Elle ajoute : "Après sa kinésithérapie, elle sera fatiguée, dites-lui au revoir et partez."

Voilà, j'ai reçu mes ordres. C'est ce qu'on voulait pendant la guerre. Recevoir des ordres. Assez précis, pas trop. Car avec toutes les choses à faire où aurait-on trouvé le temps de penser ? Nous nous asseyons sur un canapé bien rembourré, il y a devant une table basse et des illustrés comme dans la salle d'attente d'un dentiste. Je suis bien près d'elle. J'apprécie cette sobriété d'expression, cette absence de sentimentalité apparente, cette présence perpétuelle. La kinésithérapeute sort de la chambre et se dirige vers nous, je suis frappé du rayonnement vital qui se dégage d'elle. "Elle est mieux aujourd'hui." Alors l'espoir et l'angoisse vite réprimés paraissent un instant sur le visage de la mère et elle dit : "Vous croyez ?

— Sûrement, dit l'autre, mais j'ai encore à faire", et elle met sa main sur l'épaule de la mère, l'attire à elle et l'embrasse. Nous retournons dans la chambre. Paule a l'air très fatiguée mais elle dit triomphante : "J'ai fait trois pas de plus que la dernière fois."

Je vois qu'elle est fatiguée et soulagée que je parte. Je passe à mon bureau pour recevoir un patient. Il est plutôt bien, il est content de son nouveau travail. Il a eu le cran de démissionner d'une boîte où il ne se sentait pas compris et il en a trouvé une autre.

Je fais quelques courses, je monte dans le train, on va, on va et à la fin des rails et des allers et retours que trouve-t-on ? Je change aux Halles dans la couleur orangée des murs, dans le bruit de tam-tam ou de guitare qui s'échappe toujours à cette heure des couloirs du métro. La guitare gémit ou célèbre de fausses violences. Je préfère les tam-tam qui rythment le mouvement des rameurs sur la barque inexorable. Les stations défilent. Ne pas oublier que je dois reprendre la voiture à Rueil-Malmaison. Et c'est déjà Rueil, j'allais manquer la station, je me précipite vers la porte.

Je suis comme d'habitude dans la dernière voiture. Il faut faire tout le quai jusqu'à l'escalier, passer à travers les affiches qui attirent mon regard et le lassent. Dans l'escalier, j'ai beau retenir mon souffle, je ne peux échapper tout à fait à l'odeur qui le soir vient des toilettes. Je passe devant le photomaton, devant le bureau des guichets en essayant de ne pas penser à l'écœurante banalité de mes gestes et de mes sensations. Je passe devant la boutique des deux jeunes cordonniers. J'ai demandé à l'un de faire une couture à un gant. Il a refusé que je paie. Et comme j'insistais : "Prenez-le comme un coup de main." Ça m'a fait plaisir, il m'a répondu d'un petit sourire rapide, le sourire de quelqu'un qui a beaucoup à faire. J'aurais voulu lui dire : Je ne savais pas qu'il y avait encore des gens comme vous. Je n'ai pas osé. Depuis, chaque fois que je passe devant sa boutique, nous nous faisons un petit signe de la main et cette amitié sans parole compte pour moi.

Il est plus tard que je ne croyais, le jour est presque tombé. J'ai garé la voiture à côté des bureaux d'une petite usine. C'est un terre-plein qui appartient à l'entreprise et il y a toujours des gens qui, comme moi, vont s'y ranger abusivement. Ce soir, ma voiture est la dernière qui reste. Je sors les clefs de ma poche, je veux enfoncer la clef dans la serrure et éprouve un contact gluant. Je retire ma main avec un inexprimable dégoût. Quelqu'un a mis de la merde sur ma serrure. Je reste d'abord pétrifié par ce brutal retour du château de merde. Puis je me reprends, j'ai toujours un paquet de mouchoirs en papier dans mon sac. Je le prends, je m'essuie les doigts, je les sens. Non, ce n'est pas de la merde, c'est un paquet de vaseline épaisse qu'on a appliqué sur la serrure de la portière. C'est le gardien, sans doute, qui a voulu me signifier que cet endroit est réservé à l'usine. J'essuie tant bien que mal les deux portières avant. La vaseline n'a rien de dégoûtant, les poignées restent seulement un peu gluantes, il faudra les laver avec soin. Le dégoût de la sensation initiale est toujours en moi à cause de la sensation suspecte et de l'imagination effrénée. En arrivant je regarde mes mains qui sont grasses et me sens obligé de les laver et relaver encore.

Je mets de l'eau pour des œufs à la coque, j'entends monter Argile. Il y avait un taxi, elle n'a pas voulu m'appeler. Elle prend une douche pendant que je mets la table. Nous mangeons, il est tard, elle est heureuse parce qu'elle a le plan de l'architecte pour le futur appartement. C'est un homme pratique, ingénieux, qui sait l'écouter et la comprendre. Je regarde, c'est bien, mais ce n'est encore qu'un plan. Ça va coûter cher, plus cher que prévu, comme d'habitude. Est-ce que ce plan ne va pas nous mettre en difficulté avec des charges trop lourdes ? On ne va pas parler de ça à cette heure, pas discuter, ni penser à Paule. Nous nous couchons et le sommeil vient brusquement.

Je m'éveille tard après une bonne nuit. Argile a préparé le petit-déjeuner avant de partir.

J'ai dit à la mère que je serais là à deux heures pour qu'elle puisse se promener. Je file donc en hâte à la porte Maillot et m'engouffre sur le périphérique. Je me suis trop pressé pour partir, trop pressé pour manger. Je range la voiture contre le mur extérieur, deux heures moins cinq. Je serai là à temps. Je peux même m'asseoir sur ce banc entre deux femmes arabes aux visages creusés, usés par le souci qui parlent très vite.

Quand j'entre dans la chambre, la mère s'apprête à sortir. Je me suis tellement pressé pour rien, Mykha est déjà là. Il tient la main de Paule, elle a l'air heureuse. Quand la mère sort, j'ai l'impression que je vais les gêner. Je voudrais partir mais il est trop tôt. Paule regarde son réveil et dit : “Ça va commencer.” Qu'est-ce qui peut encore commencer, alors que tout continue sans cesse ?

Mykha allume la télévision. Ce qui commence ou ce qui continue, ce sont les championnats de Wimbledon et le match Borg-Mc Enroe. Mykha regarde, mais je vois que sous son air d'intérêt, sous ses remarques et ses réflexions, le dur souci n'a pas désarmé. Paule est déjà dans la passion du jeu, mais ce n'est pas l'intérêt qu'une femme de cadre se doit de porter à cet événement sportif et mondain. Elle est personnellement concernée et l'a dit dès les premiers échanges : “Je suis pour

Borg, je veux qu'il gagne." S'est-elle identifiée à Borg et se dit-elle que s'il gagne elle gagnera son match contre la mort ? Je regarde le jeu de jambes, le balancement d'ours de Borg quand il attend le service de son adversaire, sa patience de bûcheron, sa régularité. De l'autre côté, les services fulgurants de Mc Enroe, la redoutable pugnacité de l'Américain. Sauf dans quelques traits de génie de Mc Enroe, tout est lutte, efficacité, attention tendue. Où est le jeu, où est le plaisir ? Tout est dans le conflit des deux hommes qui, malgré leur âge, ne sont plus des jeunes emportés par la lutte, la gaieté. Tout est rôdé, contrôlé autant que possible, ce sont les hommes de tournoi de notre époque, qui combattent encore pour la gloire mais surtout pour l'argent.

L'attention de Paule est tout à fait réelle, son visage est animé, elle ne pense plus à sa respiration qui est régulière, aisée et l'émotion qu'elle éprouve à certains moments ne provoque pas la moindre constriction. Mykha, lui aussi, cède à l'intérêt du spectacle, le lourd souci est toujours comme une pierre noire en lui, mais toute la superficie est conquise par le regard qui suit incessamment les mouvements de la balle. Relancer la balle de l'autre côté du filet, dans l'espace assigné, une fois de plus que l'adversaire. Je suis un set, Borg gagne, Paule exulte. Au deuxième une aversion insupportable s'empare de moi. Personne ne parle, ils sont complètement absorbés par l'image. Qu'est-ce que je fous ici, alors que j'ai tant de choses à faire ? J'attends, comme j'attends les RER et les métros. J'ai une telle habitude de tout ça. Je regarde les visages de Paule et de Mykha. Ce ne sont pas des visages animés, ni des visages libres, sereins, ramenés à l'essentiel par le calme ou le sommeil. Ce sont des visages occupés, des visages de spectateurs qui regardent et ne voient point le présent. Car le présent, c'est l'hôpital, la chambre, la porte avec sa lucarne, le lit, le lavabo, les médicaments sur la table de chevet et, fixée sur le mur, la courbe des températures.

La mère revient de sa promenade, elle enlève et range son imperméable. Elle s'assied et commence à contempler le visage de sa fille. Je n'avais pas vu jusqu'ici l'extrême attention avec laquelle elle suit sur le visage de Paule ses désirs, ses pensées, ses peurs, tout ce qui peut la soulager. Quand Paule dort, se sent bien ou reçoit des visites, elle regarde ce visage avec une attention peut-être un peu flottante, les cils à demi baissés et, si quelque chose se passe sur ce front, aux commissures des lèvres, si les narines palpitent ou si la perruque se déplace sur l'oreiller, les cils se relèvent un peu, un long regard gris filtre et, s'il y a lieu d'agir, elle agit, mais toujours après un très bref moment d'attente. Quand il ne se passe rien, elle ne détourne que rarement le regard et toujours pour peu de temps. Il est manifeste qu'elle ne sait pas qu'elle contemple, la contemplation fait certainement partie pour elle du vocabulaire des bondieuseries. Dans sa famille, une famille d'artisans, on devait penser depuis longtemps qu'on n'avait pas besoin de ça pour vivre ni pour mourir. On n'avait besoin que de courage et le courage ne manquait pas. Elle contemple donc sans le savoir le visage d'une femme, celui de sa fille. Marqué par la vie, par le souci d'être à la hauteur, par la souffrance. Moins marqué que le sien mais aussi moins ferme, moins dessiné par la sévère raison et son étroite réalité. Elle contemple sa fille comme d'autres contemplent Dieu.

“Ecrire, m’a dit Argile est ta forme de contemplation.” Au moment où elle m’a dit ça, j’ai eu un grand moment de joie. Je me suis senti reconnu. J’en ai bien rabattu depuis. C’est ma forme, mais c’est une forme inférieure. Ce que la contemplation doit donner, c’est la lumière qui se suffit à elle-même et l’écriture, au mieux, n’apporte que des éclaircies. Est-ce que la mère découvre la lumière sur le visage de Paule ? Ou ne la reconnaît-elle pas parce que personne ne lui a dit qu’elle pouvait la trouver. Elle est là, elle regarde, elle contemple sans bouger, sans rien attendre. Parfois quelque chose de ce genre m’arrive. A la campagne ou dans un parc, un jardin, un square, si je vois une ligne de feuillage continu sans trou et sans faille et que mon attention se fixe sur elle, je sais que la contemplation est proche. Mais ma journée est déjà occupée, il y a toujours un adieu rapide, net, presque tendre et la pression ou l’oppression se remet en marche. Je passe à autre chose, l’attention me fuit.

Le deuxième set est déjà avancé, il me semble que Mc Enroe prend l’avantage, une épouvantable fatigue de tout ce travail, de ce labeur forcené de balles et de raquettes me tombe dessus. Je dis qu’un mal de tête me force à partir. Paule se penche vers moi, m’embrasse sans quitter du regard l’écran, Mykha me serre la main, la mère ne regarde pas l’écran, elle contemple le visage de sa fille avec une attention souple, pensive, légère. Je pense à une plume très mince qui trace à l’encre de Chine une ligne à peine visible entre le proche et le lointain. Pour un instant, très droite, les cils presque baissés, elle me contemple aussi et ce regard éclaire entre nous une proximité, une connaissance qui étincelle un instant, qui n’est déjà plus qu’un petit tison d'allumette. Elle se lève pour me dire au revoir et je suis stupéfait de revoir qu'elle n'est pas grande alors que je la vois aussi haute en moi que Shadow.

Sur le boulevard périphérique il y a des masses de voitures qui se hâtent vers l'autoroute du Nord. C'est samedi. Il faut y aller, suivre le courant, aller à l'allure des autres. Si je ne me presse pas comme eux, ce sera pire.

Après la sortie à la porte Maillot, j'ai l'impression d'un repos, presque d'un silence en roulant vers la Défense. Je me redis les bribes d'une chanson :

Dans le mitan du lit la rivière est profonde
Tous les chevaux du roi pourraient y boire ensemble.

Je suis dans le mitan du lit, la rivière qui m'emporte est profonde. Pourquoi ce vers “tous les chevaux du roi” provoque-t-il en moi ce plaisir mêlé de regret ? J'ai souvent pensé qu'avec un corps aussi fragile que le mien je n'aurais pas fait de vieux os dans le monde ancien. Somme toute, je suis un produit de la médecine moderne, un survivant de la Sécurité sociale. J'ai envie de prier, je me redis les Béatitudes et le début de l'Hymne de Paul : “Quand je parlerais en langues, celles des hommes et celles des anges, si l'amour me manque, je ne suis qu'un métal qui résonne, une cymbale retentissante.” J'entends l'accent originel, celui où la terre, les éléments, la nature elle-même parlent. N'aurai-je été qu'un métal qui résonne, une cymbale même pas retentissante ? Un poète encombré par l'action, un homme de prière qui ne prie que lorsqu'il n'a rien de mieux à faire ou quand il souffre ? Un naufragé qui ne peut que lancer des bouteilles fêlées à la mer ?

Arrivé chez nous je m'assieds sur un vieux banc du jardin. Le soleil filtre un instant et je pense à un grand pin en Bretagne, dont la vue me signifie depuis quelques années les vacances. Il est là avec la ligne de pins qui s'étend à sa droite et les parterres d'hortensias bleus à sa gauche. Un peu au-dessus du sol, le large tronc se divise en deux branches qui s'élèvent à la même hauteur, composent, en s'épandant et en se rétrécissant vers le haut, une forme qui satisfait les yeux, le corps. Je regarde en moi cet arbre originel qui est le produit d'un très long travail et contient en lui le mouvement et le repos. Heureux les miséricordieux. C'est ainsi que la mère, en contemplant le visage de sa fille, lui apporte la miséricorde : Ne panique pas ! On voudrait se passer de la miséricorde, mais on ne peut pas.

Je monte chez nous, Argile est justement en train de préparer le thé. Elle dit : "J'ai vu le match, c'était superbe." Le thé est bon, il me réchauffe, je demande : "Est-ce que Paule a gagné ?" Pendant que je prends conscience de mon lapsus Argile me lance un regard étonné, puis plein de douceur. Elle répond : "Oui, Borg a gagné. De justesse m'a-t-il semblé."

Qu'est-ce que c'est gagner maintenant pour Paule ? Vie ou mort ?

Aujourd'hui je suis parti en hâte à l'hôpital, j'arrive dans une sorte de salon où Paule et Anne-Marie penchées sur des albums d'échantillons discutent moquettes. Je suis interdit, est-ce que Paule ne voit pas qu'au mieux elle ne pourra pas changer d'appartement, déménager, partir en Suisse ? En pleine campagne comme elle l'espère, comme elle le veut parce que la maison là-bas est louée et que son appartement à Paris va l'être. Elle a déjà choisi la moquette du salon et de la chambre à coucher. Il lui reste à choisir celle de la salle de séjour. C'est délicat, elle donne sur un verger. Le vert de la campagne va entrer dans la pièce. Il faut une harmonie entre cela, les murs, les rideaux, les deux canapés qui seront livrés bientôt. Paule demande mon avis. Je me récuse, je ne puis imaginer cette maison que je ne connais pas. Paule n'insiste pas et elles discutent avec beaucoup d'intérêt et de vivacité. Soudain Paule a un mouvement de fatigue, elle s'arrête, ferme les yeux, s'enfonce dans l'oreiller, sa perruque chavire. Une expression d'angoisse apparaît sur le visage d'Anne-Marie. La mère tourne un peu vers elle le visage de sa fille, redresse la perruque et quand elle ouvre les yeux capte son regard dans le sien qui est parfaitement calme. Anne-Marie a eu le temps de se détourner, moi aussi. Paule dit : "C'est lourd, ces albums." La mère, sans se presser, les enlève, les range au-dessus de la télévision. Il y a un moment de silence après cela. Paule dit : "J'ai trop parlé, à vous maintenant." Anne-Marie et moi nous nous regardons. Notre seul lien est Paule, nous ne connaissons rien l'un de l'autre. Pour Paule, cette amie représente une ascension sociale mais elles sont aussi unies secrètement parce qu'elles ont toutes deux été atteintes du cancer. Anne-Marie a guéri. Paule a cru guérir. Il y a entre elles un lien d'espérance et un lien de peur. Je me dis, les liens de deux soldats au combat. Le silence commence à peser sur nous et la mère me dit : "Avez-vous continué à lire ce livre dont vous nous avez parlé, ce livre sur l'éducation ?" Anne-Marie ne l'a pas lu mais elle en a entendu parler, le sujet la passionne. Et il est vrai que l'histoire de l'éducation intéresse les femmes comme elle, comme Paule dont les enfants approchent ou atteignent déjà l'adolescence. Elle m'interroge d'abord avec application mais cela devient vite une discussion où son esprit moqueur se heurte au mien. Je réponds en reculant de façon à maintenir la conversation. Paule est contente, elle écoute, elle doit penser à Win qui est en Angleterre – l'anglais, c'est si important – et songer un peu à ses moquettes. Elle s'endort. Nous continuons un instant à parler bas, puis nous nous taisons, nous regardons ce visage détendu, immobile, rendu à l'essentiel par le sommeil. Cela va-t-il durer ? Nous interrogeons du regard la mère qui dit : "Ça dure parfois dix minutes, parfois une heure." Si cela doit durer longtemps, cela semble indécent de rester à trois à guetter son réveil. La mère n'aimerait pas que nous partions ensemble, que nous parlions de sa fille en dehors d'elle. Un de nous deux doit partir d'abord. C'est moi. J'embrasse légèrement la main de Paule qui repose sur le drap et la sens détendue. Elle répond à ce geste par un petit tressaillement de la main, par l'ébauche, le premier trait d'un sourire heureux. Je ne serais pas vraiment sûr de l'avoir vu si la même trace de sourire n'apparaissait sur le visage de la mère, tourné vers sa fille. Je m'en vais sur la pointe des pieds. C'est un peu comme ça que j'ai vécu. Ce n'est peut-être pas ainsi qu'on peut porter soi-même tout son poids.

Ce matin j'ai un peu de loisirs et je m'abandonne à une rêverie sur le pin de Bretagne que j'ai revu en moi avant-hier. C'était une semaine de beau temps dans ce Finistère si agité d'ordinaire par le vent, les nuages, les tempêtes. Le pin avec sa forme d'œuf vert sombre, avec les lignes plus foncées du tronc, avec les trouées, les éclaircies du ciel entre ses branches, est d'avant les miracles. Ce n'est pas l'arbre fulminant des prophètes ni un arbre évangélique. C'est l'arbre de la création, un arbre des premiers versets de la Genèse. Un arbre qui ignore le péché. Ainsi des images, des réalités du paradis existent encore sur la terre, peut-être n'existent-elles que là et dans l'œil fait pour les reconnaître. Je voudrais bien écrire ce que je pense en cet instant des rapports de l'art, des dieux, des arbres et de la pensée. Mais ce mois-ci ma fonction n'est pas de penser, ni d'écrire, c'est d'aller jusqu'aux origines de l'odyssée de Paule, de Stéphane, de Shadow telles qu'elles se déroulent sur cette terre incertaine, souvent fangeuse, sous ce ciel des saisons changeantes, dans cette nuit des mutations qui sont ma terre, mon ciel, ma nuit.

Je vois le grand pin et je comprends que malgré sa forme inaltérable la vie ne cesse d'affluer et de se transformer en lui. La vie continue partout pendant cette semaine où le destin de Paule va se jouer.

Je pars la voir dans le petit vent aigre de ce mois qui m'est devenu familier. Je suis si fatigué du métro, du bus, de l'entrée de l'hôpital, que je tends un voile de miséricorde sur mes perceptions. Je me retrouve assis à côté de Paule dans un fauteuil. La mère se lève, elle va se promener, malgré le temps maussade, pendant que je suis là.

Paule prend ma main, la met autour de la sienne. Elle a très bien mangé, elle se sent mieux, le nouveau médicament commence à faire son effet. Le professeur est venu hier, il l'a interrogée au sujet de leur appartement à Paris. Ils étaient sur le point de le céder. Il lui a dit de ne pas le faire. En sortant de l'hôpital, elle aura encore besoin pendant plusieurs mois de soins et de surveillance. Cela ne sera pas possible si elle est en Suisse. Il lui a conseillé de remettre d'un an son déménagement. Mykha sera pris entre Paris et la Suisse, c'est un inconvénient que le professeur ne sous-estime pas mais qu'il juge moins grave qu'un changement de médecin et de soins. Surtout que là-bas, elle n'aurait pas sa mère pour l'assister. Ils ont donc décidé de changer leurs plans. Ils vont rester encore un an à Paris. Le propriétaire de la maison qu'on leur a louée en Suisse acceptera de résilier le bail avec une indemnité modérée puisque c'est un cas de force majeure. Elle plaide, elle cherche à me séduire comme si j'étais contre ces changements de projets, comme s'ils révélaient une faute qu'elle devrait se faire pardonner. Je joue le rôle du père, je la rassure. Je dis : "Pour toi, pour ta famille, ta santé passe avant tout." Sa main un peu abandonnée dans mes mains me fait plaisir. C'est un moment heureux, peut-être gai où la dure volonté se relâche, se détend. Où Paule s'endort et ce léger sommeil est comme un don qu'elle fait. "Tu vois, je m'abandonne. Je suis contente que tu approuves le conseil du professeur." J'entends la mécanique de l'espérance, c'est son langage qui est parlé. On renonce parce qu'on espère sortir de l'hôpital, parce que le professeur a laissé entendre que c'est possible. Le fait qu'il ait pensé aux soins, à la surveillance nécessaire à ce moment montre qu'il estime qu'il y aura un après. La mère entre. J'ai toujours la main de Paule dans la mienne, j'admire qu'elle ne cherche pas à annexer sa fille, elle la veille, elle la contemple. Qu'elle guérisse ou qu'elle meure, il y aura à nouveau entre sa fille et elle une distance grandissante. Elle le sait.

Elle regarde Paule dormir. Elle dit : "Elle est mieux aujourd'hui. Hier soir elle était agitée à cause de toutes ces décisions." Nous regardons le sommeil si léger de Paule, nous voyons bien qu'elle va bientôt revenir à la conscience, aux projets, à la sévère espérance. Nous pensons tous les deux en voyant sa forme frêle sous les draps qu'elle dort d'une vie si légère qu'elle n'est plus qu'un souffle. Paule s'éveille doucement par reprises successives, pourtant sa bouche s'ouvre un peu, appelle l'air comme un poisson hors de l'eau. Mais elle le trouve, elle aspire, elle respire calmement. Elle a encore sa rivière, son fleuve, son océan d'air. Elle nous retrouve des deux côtés de son regard et elle sourit.

XXII

Quand nous arrivons, Argile et moi, à l'hôpital, nous voyons tout de suite que les choses vont moins bien. Paule est pâle, elle respire avec difficulté. Mykha est à côté d'elle, il lui prend la main, il lui dit des choses à l'oreille. Toute son impatience de la semaine dernière a disparu. Elle a peur, il tente de la rassurer, une larme soudain roule le long de sa joue. Il l'essuie doucement avec son mouchoir. La mère sans quitter sa fille du regard se tient en retrait. Nous nous sentons de trop, Argile dit à la mère : "Je crois que nous ferions mieux de sortir." Suivant des yeux une seconde larme que Mykha essuie, elle dit : "Vous venez de si loin, restez un peu, votre présence lui fait du bien." Mykha souffle à Paule : "Ce n'est rien. On te fera un bridge, personne ne verra rien. Tu seras aussi belle qu'avant." Elle sourit à ses paroles avec une moue sceptique. Une infirmière vient pour une piqûre. Nous sortons, Mykha nous rejoint. "Elle a eu de nouveau mal dans la bouche hier, elle a cru que c'étaient des aphtes, mais ce matin elle avait encore plus mal. Un des médecins du service est venu, puis le professeur. C'est un abcès sous une dent qui les inquiète, ils ont décidé de faire demain matin une extraction dentaire. Elle a peur et aussi du chagrin." Je dis : "C'est naturel, les dents sont liées à la sexualité, à l'intégrité symbolique de la personne." Pourquoi ai-je dit cela, pourquoi vouloir expliquer ? Il me regarde, un peu interloqué, un peu sceptique. Puis : "C'est dur, c'est dur pour elle", et revenant brusquement à lui-même : "Je suis dans la merde jusqu'au cou." Que répondre ? Je mets timidement ma main sur son épaule et nous restons un moment à regarder le soleil couchant percer parfois au-dessus des toits un épais matelas de nuages. La mère vient nous rejoindre. "Après sa piqûre, dit-elle, Paule s'est endormie." Elle se tourne vers nous : "Il vaut mieux que vous partiez, il n'est pas sûr qu'elle se réveille bientôt. Elle s'est énervée et elle a beaucoup souffert." Elle regarde le ciel, le soleil a été avalé par les nuages et de grosses gouttes commencent à tomber. "Finalement ce mauvais temps est assez bien pour elle, s'il faisait chaud elle aurait bien plus de mal à respirer."

Nous les embrassons tous les deux et partons dans le couloir qui est devenu sombre et où personne n'a encore allumé l'électricité. Arrivé à l'ascenseur je me retourne et vois leurs silhouettes immobiles qui se dessinent en noir sur le rectangle un peu plus clair de la fenêtre.

Nous revenons chez nous par la longue route habituelle, ayant un peu chaud dans l'autobus, puis un peu froid dans le RER.

Argile me conduit à la gare de Rueil, elle voit que je suis angoissé, elle l'est aussi. J'ai trop de choses à faire aujourd'hui. Elle me remplacera à l'hôpital, où elle sera dès deux heures afin que la mère de Paule puisse aller se promener. Comme chaque jour les stations défilent, dans une certaine paix ce matin, comme les grains des chapelets de jadis, comme le chapelet d'aphtes de Paule qui s'est transformé en abcès. Je change aux Halles ce qui casse mon rythme intérieur comme d'habitude. Je descends au Luxembourg, je traverse le jardin, il est beau sous un ciel de nuages très bas qu'on dirait coupé par deux profondes échancrures bleues mais je ne perçois que des taches sombres et d'autres claires. Est-ce que le monde serait, comme le suppose Borges, un léopard enfermé dans un souterrain ? Est-ce que tout le secret du monde pourrait être écrit sur une de ses taches dont quelques grands artistes peuvent seuls décrypter des fragments ? Quelqu'un m'a parlé d'un professeur de grec dans une université suisse. Son père, qui était maraîcher, est mort prématurément, il avait d'autres enfants trop jeunes pour reprendre l'exploitation familiale. Pendant trois ans le professeur en a repris la direction tout en faisant ses cours. Les jours de marché, après son cours, il enlevait la redingote qui était alors de rigueur, pour revêtir la veste de toile bleue du maraîcher et aider sa mère à écouler la marchandise. Je pense à cet homme d'autrefois et à cette simplicité. Je ne l'ai pas connu, je n'ai même jamais vu une photo ou un texte de lui, mais il est devenu avec le Douanier Rousseau et le Facteur Cheval un de mes amis intérieurs.

Je repense à Paule. La piqûre ne fait plus son effet, la plaie consécutive à l'extraction lui fait mal. Qu'est-ce qu'ils ont vu en dessous de sa dent ? Qui n'est plus sa dent, sa défense, son outil qui ne mâchera plus pour elle, qui ne soutiendra plus sa joue. Qui n'est plus maintenant cette chose précieuse qu'on soigne, qu'on respecte, qui n'est plus une partie de son sourire, de son rire mais un petit morceau d'ivoire sanglant que l'on jette.

Je dois passer prendre un vêtement commandé, le vendeur qui est jeune et beau fait maintenant partie de ceux qui m'ont appris que j'avais changé, que je vieillissais. Ce sont les autres qui m'ont appris cela. Comme ils m'ont fait savoir que je n'étais plus un enfant, plus un jeune homme. Toujours que je n'étais plus, que je ne suis plus ce que j'ai été. Implacables les autres pour vous faire constater que tout change et vous apprendre à mourir. Sans les autres, est-ce que l'on ne mourrait pas ?

Argile est allée à l'hôpital à ma place. Je ressens cela comme une faute, mais comment faire, comment aurais-je pu faire aujourd'hui ? Elle est inquiète. Paule ne va pas bien. Elle a senti qu'il ne fallait pas qu'elle reste trop longtemps. Je pense qu'elle s'est enfuie comme je l'aurais fait à sa place. Nous mangeons en silence je ne sais quoi qui a un goût d'angoisse.

Je sors, je traverse le jardin qui est tout vert sous très peu de lune. Vert avec des roses, et sur la terrasse le parfum des fleurs blanches dont j'oublie toujours le nom. Je me rappelle les premiers temps de mon amour encore inavoué pour Argile et le vers qui occupait à ce moment-là mon esprit : “Amour, passant amour que ferai-je de toi ?” A ce moment-là je pensais que seul comptait l'amour de Dieu. Les autres amours ne pouvaient être que des passants, des passantes. Cela ne s'est pas passé ainsi. L'amour de Dieu a éclairé ma vie par signes vifs et intermittents. Les intermittences de Dieu, c'est la réalité que j'ai vécue. Cela m'a éclairé, parfois illuminé mais c'est l'amour humain qui m'a réchauffé. Finalement l'amour est une lumière, une chaleur, c'est aussi un nœud, un nœud coulant : ne va pas trop vite, ne va pas trop loin, sinon ça va serrer. On apprend cela tout enfant, on cherche à ne pas le savoir, on le sait pourtant. L'amour tient une laisse invisible. Shadow, lui, n'était pas en laisse, c'est pour cela qu'il faisait peur. Un grand animal, terriblement armé, qui se promène libre et silencieux dans les rues. Personne ne se doute qu'il n'est pas en laisse comme nous tous. Lui le sait, il pourrait en jouir, mais il ne va pas jusqu'à la jouissance qui est un arrêt, un terme provisoire. Il est dans l'Eros du secret, du pouvoir secret, du plaisir ignoré de tous et qui ne veut pas du spasme de la jouissance. Oui tout cela a été vrai jusqu'à ce que... Jusqu'à ce qu'il rencontre Stéphane. Je ressens une sorte de joie effrayée à l'idée que Shadow, lui aussi, a été pris dans la grande laisse de la vie. Stéphane a été le plus fort, c'est lui qui a pris Shadow en laisse : c'est ce que je découvre soudain. Pourtant Shadow l'a tué de la manière la plus cruelle, les faits vont dans l'autre sens. Je remarque alors que tout ce que je sais de Stéphane depuis le temps où nous grimpions ensemble je le tiens de Shadow. Oui, la vision glorieuse que j'ai de lui est celle de Shadow. Je n'avais jamais pensé qu'il pourrait devenir un grand résistant, capable de faire jeu égal avec Shadow. C'est sur l'échiquier de Shadow qu'en face du roi noir Stéphane est devenu le roi blanc. Pas sur le mien, je n'ai pas d'échiquier, je vis au hasard, dans la nécessité, parfois dans l'amour. Jamais dans la liberté du jeu. Comme eux, comme les vrais grands.

C'est Shadow, c'est son regard qui ont vu en Stéphane un grand homme inconnu. Moi, je n'avais vu en lui qu'un homme beau, un très bon alpiniste, mon ami. Je préférais même ne pas savoir qu'il m'aimait. Et si aujourd'hui je l'aime vraiment, à qui le dois-je, sinon à Shadow ?

Je vois entre les arbres l'eau noire du fleuve. La Seine, avec tout ce qu'elle roule, suit irrésistiblement son cours. Comme je fais aussi mais en allant constamment à contre-courant.

XXIII

Shadow assis contre le mur regarde Stéphane. Est-ce que Stéphane le voit ou non, je ne le saurai jamais. Shadow se couche, ils dorment, rêvent peut-être l'un de l'autre, étendus dans leurs parallèles qui ne se rencontreront pas. Stéphane gémit parfois à cause de son bras cassé. L'attente est si longue, l'issue si incertaine que Shadow ne peut, pour la première fois de sa vie, que gémir lui aussi. Il l'entend, ce qui est irréparable. Stéphane a provoqué la fêlure dans l'abominable, l'admirable indifférence de Shadow.

"Dans ce qui vient de se passer, dit Shadow, la question est de savoir qui est le roi qui est la reine. Il n'y a plus un roi noir et un roi blanc face à face. Tous les pions sont mêlés par le combat. Il y a un roi blanc, c'est Stéphane et si ce roi a su déceler que je suis la reine noire, la reine doit tuer."

En revenant à la maison j'ai conscience des roses dans le jardin. Ces roses sont dans la nuit où Paule avec sa douleur dans la bouche, avec son corps amaigri dort sans doute, terrassée par les somnifères. Je remonte l'escalier, je m'assieds sur le coussin du canapé, adossé à lui comme nous faisons pour regarder un film. Je regarde dans l'obscurité l'écran éteint de la vieille télévision qui ne peut plus, en noir et blanc, nous donner qu'une chaîne. Il n'y a rien sur l'écran, la mort de Stéphane, la forme noire de Shadow écroulée me suffisent. Moi aussi, je dormirai écrasé par un soporifique. Argile est depuis longtemps endormie, elle a laissé le store levé, un rayon de lune éclaire son visage apaisé. J'abaisse le store, je me glisse sous les draps, je pense : Stéphane est mort depuis trente-six ans, il y a une cicatrice mais les chairs se sont ressoudées, la peau a tout recouvert. Je n'ai plus mal. Plus vraiment ? Pourtant la douleur est là, dans l'écriture et elle pèse sur ma plume de toutes ses forces. Il ne me reste qu'à m'endormir d'un sommeil affreux qui me laisse brisé au petit matin, qui s'adoucit ensuite jusqu'au moment où le rêve avant de m'éveiller suscite en moi des images à la fois douces et sévères que je suis incapable de capter.

En préparant le petit-déjeuner, je pense soudain que je dois aller chez le médecin. C'est un rendez-vous que j'ai pris lorsqu'il m'a dit : “Il faut surveiller votre fatigue, votre tension, voir l'effet des médicaments.” Le rendez-vous est aujourd'hui. Cela semble absurde, Paule et Stéphane occupent tout l'événement. Qu'ai-je à m'occuper de moi-même, à voir un médecin pour mon corps qui tient toujours alors que Paule est peut-être condamnée et que Stéphane et Shadow attendent de moi la vie précaire de l'écriture ? La mère a dit : “Le matin Paule a ses soins, après le repas elle se repose. Ensuite venez me remplacer un moment.” Je sens que ses paroles sont inscrites en moi comme des consignes. Il ne faut rien changer à mes projets. Le médecin travaille en équipe, je sonne, j'entre dans la salle d'attente commune. Il me reçoit, il est jeune, il aime la voile, cela me plaît. Il sait que Paule est gravement malade et connaît mes préoccupations, il dit avec un demi-sourire : "Somme toute vous n'allez pas trop mal. Il faut tenir jusqu'aux vacances." Mais y aura-t-il des vacances cette année ?

Il y a un peu de soleil sur la Seine, je traverse le pont de l'Alma, je retrouve Argile au restaurant. Je saisis tout le plaisir et toute la précarité de l'heure dans ce lieu bien clos. Argile va partir vingt-quatre heures chez sa sœur, voir avec elle comment équiper la cuisine de notre futur appartement. Je suis sous l'effet de sa grâce et du cancer de Paule, je ne cherche pas à séparer les deux choses en moi. Argile me donne les clefs de la voiture, elle reviendra par ses propres moyens, je tourne autour de l'Arc de Triomphe, je bifurque à la porte Maillot, je m'engage sur le boulevard périphérique qui n'est pas trop bouché à cette heure et j'égrène le chapelet des portes.

J'ai beau faire, je suis anxieux, je range la voiture comme d'habitude face au mur sale, j'arrive à la chambre, je regarde par la lucarne, un choc, c'est ce que je craignais. Paule a de nouveau un masque à oxygène sur le visage. En entrant dans la chambre je vois que la place de la mère est vide et qu'il y a une autre présence, celle de Lilie. C'est une amie de Paule et de Mykha. Elle arrive de Suisse, Paule est manifestement contente de la voir. Je sens que Lilie est secrètement effrayée, mais c'est la femme d'un médecin, habituée à voir autour d'elle les choses ramenées à leurs axes essentiels et à ce qui peut se faire.

Je m'assieds près de Paule, elle me tend sa main qui me semble petite et fiévreuse. Elle demeure un moment à regarder quelque chose sur le mur ou au-delà du mur. Un peu plus bas que le point où se fixe son regard il y a le rectangle de l'écran de la télévision qui me semble soudain étrangement lourd et obtus, tout à fait en dehors de ce qui est en train de se passer.

Paule tourne lentement la tête vers moi et dit : "Qu'est-ce qu'on veut vraiment quand on ne veut plus vouloir ?" J'entends la question avec un point d'interrogation qui semble s'adresser à moi. Je lui ai parfois parlé, à sa demande, de la conception taoïste de non-vouloir et du lâcher-prise des bouddhistes zen. Elle m'a plusieurs fois interrogé là-dessus. J'entends une question mais elle détourne la tête et me laisse en suspens. Je ne peux pas ici, dans cette chambre, tenter de comprendre ce qu'elle veut. Elle n'attend pas de moi une réponse. Elle ne me posait pas de question. Pas à moi. Qui d'autre pouvait-elle, en ce moment, interroger qu'elle-même ?

La mère revient, elle s'assied dans son fauteuil et le visage de Paule se tourne peu à peu vers elle. Elles communiquent par le regard. Paule dit parfois quelques phrases à Lilie ou à moi, mais nous voyons bien que les réponses glissent sur elle et qu'elle est parvenue à un point où elle ne peut guère parler et où nous ne pouvons plus prendre l'initiative de nous faire entendre d'elle. Du temps s'écoule, sans secousses, rythmé par sa respiration difficile, par les entrées et les sorties des infirmières qui apportent des médicaments, puis le thé. Elle préfère une tisane que je lui ai apportée. Ce choix me touche, je n'aurai pas été tout à fait inutile. Mykha arrive, il a téléphoné en Angleterre, il apporte des nouvelles de Win qui semble heureux. Nous sommes cinq maintenant dans la chambre, Paule s'endort parfois pour quelques instants, elle semble aller mieux, sa respiration est plus régulière. Je pense au corps de Stéphane que Shadow a laissé se décomposer dans l'eau, dans l'élément grâce auquel il a cru le vaincre. La mort évoque pour moi un rituel, une tombe, la pureté, la dureté de la pierre, l'ordre et l'alignement des cimetières, tout ce qui permet de ne pas évoquer le chaos originel de la naissance, le chaos final de la mort. Shadow a laissé derrière lui les signes du chaos où l'avait plongé Stéphane, et ceux du chaos réel sur lequel il a dédaigné de tracer les signes de la décence, du respect.

L'infirmière vient pour les soins du soir. Au moment de sortir la mère me dit : "Si vous pouvez venir demain à deux heures, j'irai me reposer un peu chez moi, je crois que j'en aurai besoin." Mykha me demande si je peux conduire Lilie à un restaurant près de Notre-Dame. Je suis heureux de ne pas être seul. Il est près de sept heures, j'entre dans le flot des voitures également dense dans tous les sens. Accélérations, arrêts, élans, bouchons, je ne connais que trop la cadence du périphérique. Lilie me dit qu'elle a été atterrée en voyant Paule, elle ne croyait pas d'après les nouvelles qu'elle avait reçues qu'elle était dans cet état. Comme moi elle l'a trouvée un peu mieux avant que nous partions. Je ne peux pas m'empêcher de lui demander : "Croyez-vous qu'elle peut guérir ?" Elle hésite : "Si le nouveau médicament agit, elle peut, m'a dit mon mari, avoir un répit de quelques mois, sinon ce sera plutôt quelques jours."

Nous passons par la porte de la Villette. J'ai un moment de panique en voyant à un feu rouge : rue Corentin-Carioux. Je pensais être dans la rue de Flandres, que vient faire ici ce prénom breton qui me fait penser à mon enfance et aux albums de Bécassine. Je ne me suis pas trompé pourtant, voici bien la rue de Flandres avec ses maisons grises, crevassées, ses innombrables boutiques brillantes de plastique et de vêtements aux tons forts.

Lilie me parle, il y a un certain calme qui vient d'elle, de ses tournures vaudoises. Un calme qui vient d'un espace moins surmené, moins travaillé que celui de Paris. Une présence du lac, du vignoble, des arbres, des feuilles. J'arrive entraîné par le torrent désordonné des voitures à la place où s'élèvent de grands immeubles, des tours qui me font penser à des paquebots. J'ai envie d'un autre monde où il n'y aurait plus cette folie mécanique, ces murs, ce ciel toujours emprisonné qu'on ne voit qu'en lambeaux, mais ce monde est le nôtre, celui que nous avons voulu.

Dans le flot de voitures dont il serait vain de vouloir se dégager, nous prenons les quais, nous longeons Notre-Dame dans le désordre de la circulation du soir. Je parviens à passer peu à peu d'une file à l'autre et à amener Lilie devant le restaurant, où des amis l'attendent.

La masse de voitures reste compacte, agrippée à moi comme un élément, après Saint-Michel, peu à peu, elle se dilue. Ce n'est pas la fluidité, c'est un cours encore lent, où les saccades, les hoquets, les blocages s'atténuent. Le souffle reprend, ce n'est plus le débit si difficile du souffle de Paule. C'est une sorte de demi-sommeil, de demi-détente, d'espérance de paix. Je poursuis ma route entre feux verts et feux rouges, franchissant même sans bouchon le pont de Chatou. Je pense : Est-ce que Paule s'est endormie ? Je m'étonne, personne ne m'a parlé de sa dent. C'est cela qui était défendu. Qu'est-ce qu'on veut quand on ne veut plus vouloir ? Quand on est dans les encombrements on peut s'énerver, on peut patienter, on ne peut plus vouloir.

Ne plus vouloir, est-ce que ce n'est pas encore vouloir quelque chose ? Que faut-il faire pour sortir complètement du vouloir ? Je roule le long de la Seine, voilà l'écluse, le tournant, les blocs de l'île verte, la ligne droite. Au moment où je sors de la voiture, un taxi s'arrête derrière moi. C'est Argile qui arrive avec deux paquets. Je cours vers elle pour ne plus être seul, pour l'aider à monter les provisions. Elle paie le taxi, je prends les paquets. Elle se change pendant que je mets la table. Soudain je me rappelle la chose urgente que je voulais lui dire : "Puisque tu dois aller chez ta sœur, pars tout de suite, Paule ne va pas bien, Lilie pense qu'elle n'en a peut-être que pour trois ou quatre jours." Elle me regarde, ses yeux cillent, elle dit : "Je partirai demain matin et je rentrerai après-demain."

Pendant qu'Argile prépare son départ, je vais jusqu'au bord de la Seine. Peut-être trois ou quatre jours ? Ce n'est pas sûr, rien n'est sûr que la mort qui s'approche et celle qui a déjà eu lieu, qui se ravive, et survient à nouveau. Le corps de Stéphane, bleui, gonflé, flottant entre deux eaux à la surface du grand étang.

Ce n'est pas Stéphane noyé qui me trouble tant ce soir que la forme sombre de Shadow tombée dans l'herbe. Forme de l'ombre, de la nuit, de la prédatrice nocturne.

La Seine coule sous le ciel sans étoiles. Cette masse noire s'échappe, triomphe de Paris et de son incessant travail, triomphe de moi, de Stéphane qui pourrait être un de ces corps sanglants, bloqués contre les parois de l'écluse, qu'on retire des mousses blanches qui s'accumulent, débordent et s'en vont au fil de l'eau formant des îles, des archipels de matières chimiques et gluantes.

Je dors dans cette eau noire jusqu'au matin, je note dans mon carnet une matière de rêve éblouissante et cruelle. Argile s'apprête avant que je la conduise au RER. Le rêve m'a dit quelque chose que je n'ai pas le temps d'écouter maintenant, car il faut se presser. J'aime l'instant de la première gorgée de thé, de cette pause avant la journée. Nous irons à la gare, ensuite rien ne presse, puisque la mère m'a demandé d'être là à deux heures. J'aurai tout le temps de noter mon rêve après le départ d'Argile qui est prête, presque prête, qui fourre le dossier volumineux et les plans du futur appartement dans son sac et qui, en prenant son thé, sourit.

Au même moment quelque chose se demande où est la clef de la voiture, quelque chose sait ou pressent l'insolite. Le trousseau n'est pas sur la cheminée où nous le rangeons toujours ni dans la poche de mon pantalon, ni dans celle de mon blouson. Il est resté sur la voiture, je me précipite dans l'escalier, la grille résiste comme d'habitude. La voiture est ouverte, la clef est dessus. Hier soir dans ma précipitation, c'est clair, j'ai laissé le contact allumé. Je m'assieds, j'essaie

d'être calme, je mets le démarreur, pas la peine d'insister, j'ai mis la batterie à plat. C'est dimanche, demain c'est le 14 Juillet, je ne trouverai personne pour me dépanner. Argile doit partir et je dois être absolument à l'hôpital à deux heures. J'ai le sentiment d'une catastrophe. Dans un éclair, je vois que ce n'est qu'un ennui, un de plus mais le sentiment de désastre est plus fort. Je lutte contre ce sentiment et quand j'entre dans la pièce Argile me dit : "Qu'est-ce qui ne va pas ?
— J'ai laissé la clef sur la voiture, la batterie est à plat."

Elle rit : "C'était pas le jour. Je vais appeler un taxi. Reprends du thé, il est encore bien chaud, prends une autre tasse, celle-là a refroidi." Elle téléphone, le taxi va arriver.

C'est dimanche aujourd'hui, demain c'est le 14 Juillet. Impossible de faire dépanner la voiture pendant deux jours. Comment faire sans voiture si… Je ne veux pas mener plus loin ma pensée, je vois le mur de ces deux jours de fête. Je me verse du thé chaud. Comment ai-je commis un tel acte manqué ? Pourquoi si ce n'est parce que je ne veux pas aller à l'hôpital parce que je ne veux pas assister à… Je suis sur le point de dire à Argile : "N'y va pas. Ne pars pas, elle va mourir je le sais, je le savais déjà hier soir." Je m'arrête, ce serait de la superstition, ce serait prétendre que je sais ce que j'ignore. Je ne dis rien, le taxi s'arrête, je descends avec elle, Argile me fait en partant un signe qui me rappelle à la réalité : me préparer, me doucher, me raser, mettre des souliers qui me permettent d'aller à la gare même s'il pleut, pour être à deux heures à l'hôpital.

Je me prépare, j'essaie de ne rien oublier, je mange un peu. Je refais du thé. Il est midi, j'ai le temps. Dans le jardin, je vois Marie-José qui cueille des salades. Elle vient rarement le dimanche, je suis heureux de la voir, comme elle voit que je vais vers le chemin au bord de la Seine, elle demande : “Vous allez à pied ?

— J’ai mis ma voiture en panne hier soir, la batterie est à plat. Et tout est fermé pour deux jours. Je dois partir à l’hôpital.”

Elle se relève : “Peut-être que José pourrait faire quelque chose. Vous êtes ennuyé ?

— Très ennuyé, ma belle-fille va plus mal. Si José peut faire quelque chose…

— Je vais lui dire, la clef est sur la cheminée ?

— Elle est là.”

Je me hâte, il semble que voici des années que je me hâte. Cette fois-ci je me presse sur le chemin le long de la Seine, coupé par les flaques d’eau des derniers orages. Je me hâte vers l’hôpital. Il y aura peu de trains à Chatou un dimanche, je prends le pont pour aller jusqu’à la gare de Rueil. Il n’y a pas trop de voitures mais leur bruit me perturbe comme un abus de pouvoir. Le train, les maisons, la verdure, le tunnel, Auber, le changement de train et l’interminable trajet jusqu’au fort d’Aubervilliers, je lis, je lis tout le temps le livre d’Ariès sur l’éducation. Je trouve là l’empreinte du temps, celle du changement, du visage de la vie et de la mort. Je me dis qu’intérieurement je me bats contre l’image de la mort à notre époque. La mort à l’hôpital.

Quand je sors de la station du fort d’Aubervilliers, il est une heure quarante, j’ai le temps, je serai à l’heure, je vais jusqu’à l’arrêt de l’autobus. Je pense au petit carnet que j’ai fourré dans ma poche et sur lequel, cette nuit, j’ai noté mon rêve.

Dans ce rêve, je vais au château d’Ardennes, il y a de grands bois, une colline, je ressens un enchantement, mais à l'entrée du château il y a trois vieilles Dames menaçantes en robes et chapeaux victoriens.

Je vais à l'arrêt de l'autobus, il n'arrive pas, l'angoisse me chasse, je marche à grands pas vers l'hôpital, il est deux heures moins dix.

Je ne suis jamais allé au château d'Ardennes. Pourquoi le rêve m'a-t-il mené dans ce monde fantastique des chasseurs des forêts d'Ardennes ?

Je marche trop vite. Je pénètre dans une rue qui tourne, il pleut légèrement, j'ai ouvert mon parapluie sans m'en apercevoir. J'ai toujours fait ce trajet en voiture ou en bus, c'est plus long que je ne croyais. Il est deux heures dix. Il pleuvine, mais je me suis tant pressé que je transpire. Je risque de prendre froid. Je suis maintenant sur la route principale, à peine moins encombrée que pendant la semaine.

Le porche, l'allée centrale avec ses flaques, ses bancs où fantasmatiques se tiennent les trois Dames du rêve en cheveux blancs, vêtues de noir et de violet. Des dames comme il en existait encore dans mon enfance. Oui, la reine, la veuve Victoria multipliée par trois, toutes pareilles, chacune ayant à sa manière une écrasante personnalité. Je suis troublé par leur terrible certitude que ce qui est a toujours été. Que ce qui a été sera toujours. Pire, peut-être.

Je sors du rêve, happé par l'ascenseur jaune, hissé jusqu'au département des cancéreux. Arrivé à l'étage une aimable infirmière me souffle : "Je crois que vous êtes arrivé." Je regarde ma montre, le rendez-vous était à deux heures et il est deux heures vingt. Je reprends haleine dans le couloir, je remets mon parapluie dans son fourreau. Je me repeigne, je m'approche de la vitre de la porte 108. Je vois tout de suite que

Paule a un masque à oxygène à deux tuyaux, soutenu par un double rang de sparadrap vert, qui ressemble à un masque funéraire en bronze que j'ai vu un jour chez un écrivain. Ce masque a souvent hanté ma pensée comme un signe de fierté stoïque qui aurait traversé les âges. La mère n'est pas là. Lilie et Mykha, de chaque côté du lit, sont penchés sur Paule. J'entre, ils se retournent. Paule respire mal. Ils me disent ou me font signe que cela ne va pas, qu'il ne faut pas être nombreux dans la chambre. Je rouvre la porte, je livre passage à une infirmière qui a une seringue à la main. Je suis arrivé trop tard, on m'a remplacé. J'ai eu beau faire, me presser, je suis exclu comme je m'y attendais depuis ce matin.

Dans le couloir j'attends et je sens alors que je suis pressé, très pressé, les toilettes sont devant moi. Il faut de nouveau franchir une porte jaune sous le regard des trois Dames. Heureusement le W.-C. est libre, j'entre et je pisse avec un plaisir certain. Je vois l'infirmière qui sort de la chambre 108. Je vais au fond du couloir et je regarde la lumière du ciel pluvieux qui se reflète en signes blafards sur le linoléum. Le vieux malade, qui est venu me parler l'autre jour, sort de sa chambre et dit : "Je croyais que la nourriture était meilleure ici qu'au nouvel hôpital, mais non, ce n'est pas mieux. Finalement toujours de la bouffe d'hôpital." Il soupire, j'allais lui répondre mais je vois Mykha qui se dirige vers moi. Il dit : "Viens, on lui a fait une piqûre. L'interne va venir. Ça s'est aggravé brusquement au début de l'après-midi. J'ai appelé sa mère."

Dans la chambre quelque chose a changé. Paule a un visage très calme, elle respire difficilement mais sans soubresauts, sans lutte.

Le visage est toujours divisé par les traits verts qui tiennent le masque. Je vois de nouveau le fragment d'un casque de chevalier avec en dessous la bouche souple, abandonnée, aspirante et au-dessus le front qui paraît plus large et plus serein.

J'ai le sentiment que Paule a été avertie mais je n'ai pas le temps d'y penser, car l'infirmière entre, précédant l'interne dont je vois confusément la blouse blanche et la silhouette très jeune. Elle nous demande de sortir, seul Mykha peut rester. Je sors, je marche vers les fenêtres, vers le lieu éclairé, Lilie me dit : "C'est la fin." Elle pleure. Je m'aperçois qu'il n'y a pas que Lilie, il y a trois autres amies de Paule qui sont arrivées. Il me semble qu'elles disent : "Non, on ne m'a pas appelée, j'ai senti qu'il fallait que je vienne." Elles sont là, elles sont des jeunes femmes de l'âge de Paule avec des yeux brillants de larmes. L'une d'entre elles a eu le cancer, elle a guéri. Elle est comme l'image de l'espérance, elle ne croit pas à une survie. Elle a dit à Paule qu'il ne faut croire qu'en soi-même, pourtant elle pensait comme moi qu'il aurait fallu la préparer. Je sais maintenant que Paule a été avertie, préparée sans l'intervention de personne.

Je regarde vers la porte 108, je vois l'interne sortir et s'en aller vers le bureau et je suis frappé par la jeunesse de sa démarche. Mykha le suit, il vient vers nous, je vois qu'il pleure, je suis un peu à l'écart du cercle des amies. A ma grande surprise c'est vers moi qu'il se dirige, il m'étreint les épaules et je fais de même. Oui, à travers les années, les incompréhensions, l'éloignement nous nous retrouvons comme au temps de son enfance et de ma jeunesse. Il dit : "C'est fini, l'interne l'a dit, c'est fini, je ne peux pas y croire. On a beau s'y attendre, on ne peut pas y croire."

Je sens que je suis pour un instant le pilier, le faible pilier dont il a besoin. Je sens toute l'amertume des espérances, des secrets, des habitudes brisées et en même temps ce réconfort d'être là pour lui en ce moment. Nous restons un long moment liés par nos corps, par la désolation, par l'événement imminent dont nous sommes en train de souffrir ensemble. Il y a un pas pressé dans le couloir, un pas que je reconnais tout de suite, le pas précis et martelé des talons de la mère.

La mère est là. Mykha la rejoint. Elle regarde un instant par la vitre. Lilie entre avec eux. Je reste avec les trois amies. La porte s'ouvre, l'infirmière sort, puis la mère, qui va téléphoner. Elle revient, nous nous sommes approchés de la porte. Elle dit : “On ne peut pas lui faire cette piqûre, c'est contraire à son traitement qui peut encore agir.”

J'entre parfois dans la chambre, j'en sors, j'ai l'impression de vivre un film ou un rêve pénible. Un rêve en noir et blanc sauf le visage pâle de Paule avec son masque vert et ses lèvres qui disent oui à chaque aspiration.

J'entends des sons, des bruits de parole. Quelqu'un dit : “Elle ne veut pas de la piqûre pour Paule, c'est de la folie, il ne faut pas qu'elle souffre. Je sais que Paule a répondu à sa mère, qui lui disait «Tu vas te trouver mal !», «Je veux me trouver mal.»”

Est-ce que cela veut dire : je veux m'abandonner ? Je ne sais pas. Je souffre et ne vais pas me lancer dans la folle entreprise de penser. Je ne puis dire oui comme Paule. Je ne puis pas dire non. Je ne puis rien dire, je ne puis rien faire et pourtant je dois être là. J'ai usé de l'espérance, j'en ai abusé comme nous tous autour de ce lit et maintenant l'espérance est muette et pourtant aussi invincible qu'au temps où elle ressemblait à un phare, à une forteresse.

J'ai dû être refoulé dans le couloir, je vois arriver de nouveau l'interne. Il croise à quelques pas de moi une jeune infirmière qui est très belle. Il lui sourit d'un sourire gai qui illumine son visage. Son sourire s'éteint et ses yeux gris entrent en moi pour toujours. Il pénètre dans la chambre. J'ai vu la mort jeune, souriante, en blouse blanche. Est-ce que c'est son visage actuel ou seulement son visage de week-end, quand les grands patrons de la vie et de la mort ne sont pas là ? Quelqu'un dit : "Si l'interne est venu, ce n'est plus une affaire d'heures maintenant mais de minutes." Je vois pourtant que l'espérance a beau être abattue, foudroyée, elle est toujours là. En miettes, en poussière invincible. Cette phrase personne ici ne l'a proférée dans ce couloir mais je ne suis plus dans le couloir, l'interne est sorti, les amies sont entrées dans la chambre et je les ai suivies. Il n'y a plus rien à espérer, c'est ce que je me disais dans le couloir, ici le visage de Paule, ce visage recueilli, accueilli, préparé, corrige doucement ma pensée. Sur son visage, la pensée ne pense déjà plus mais elle éclaire encore.

L'infirmière entre faire une dernière piqûre pour soutenir le cœur. Je sors une fois encore, l'infirmière me suit très vite. Est-ce qu'elle a fait la piqûre, est-ce qu'elle y a renoncé ? Je l'ignore, je veux l'ignorer toujours. Paule meurt, je suis dans le couloir. Lilie est sortie de la chambre et me dit : "Elle ne souffre plus."

Je reviens dans la chambre ou plutôt je sors du couloir qui semble être ma place ce jour-là. Mykha est agenouillé à côté du chevet de Paule, le corps courbé vers elle, il lui baise la main comme un chevalier devant sa dame. Je voudrais m'agenouiller comme lui mais il n'y a pas la place et je reste étourdi par la rapidité de l'événement. On a fermé les yeux de Paule mais on ne lui a pas encore enlevé le masque à oxygène, sa bouche est restée ouverte et semble encore dire oui avec une expression d'étonnement. Son visage et ce moment sont restés très beaux. Mykha est encore agenouillé. L'infirmière s'approche de lui, il se lève, elle lui dit quelque chose que je n'entends pas. Il dit : "Bien, nous allons le faire puisqu'il le faut." L'infirmière attache un bandeau sous le cou de Paule, retire le masque. Avec son visage dénudé elle a l'air d'un petit soldat qui a longtemps combattu et auquel on a enlevé son casque. Il ne reste plus que ce visage tranquille avec sa bouche ferme et la disparition à jamais de ce qui fut son regard. Il ne reste que ce corps devenu peu à peu fragile sous les coups de la maladie, qui a perdu sa rapidité, son volume, son souffle et n'est plus maintenant sous le drap que le signe de ce qui fut le passage d'une vague soulevée par on ne sait quel océan. La mère a un bref moment de crise, elle pleure, elle crie, les amies l'entourent et l'emmènent dans le couloir, je retrouve l'antique familiarité des femmes et de la mort.

Je voudrais rester là, méditer, prier, veiller peut-être ainsi qu'on le faisait autrefois auprès des morts, mais il faut libérer la chambre. Oui, c'est ce que l'infirmière est venue dire à Mykha. Non, on ne peut pas attendre, cette nuit déjà le corps de Paule sera transporté quelque part. Demain, la chambre vidée, nettoyée, désinfectée, sera affectée à un nouveau malade. Elle sera sa chambre pour guérir ou pour mourir. En un éclair, je vois la cruelle nécessité de tout cela. Mykha, un moment démonté par cette exigence, sort une valise de l'armoire, Lilie l'aide. Je veux aussi faire quelque chose mais il me dit : "Laisse, nous irons plus vite à deux." Il y a là un moment très sombre, je me sens refoulé vers le corridor. Par la fenêtre, je vois qu'il s'est mis à pleuvoir, avec une force et une régularité qui fascinent. Je suis debout devant la fenêtre, à côté de moi la mère est entre les amies. Elles parlent entre femmes et je ne dois pas me mêler à ce dialogue. La pluie tombe en rebondissant sur les toits, mes pensées rebondissent aussi sur la réalité du visage bleui de Paule. Je veux la revoir. Au même moment le groupe des femmes se dirige comme en procession vers la chambre 108. Il y a là un rituel très ancien qu'elles observent. Elles entrent dans la chambre, Mykha et Lilie s'arrêtent de ranger des vêtements et des objets dans les valises. Je me souviens que Paule, par son mariage, était devenue une grande voyageuse, qu'elle a dans les deux sens fait le tour du monde. Ces valises, qu'elle a sans doute choisies avec soin, vont lui survivre.

Nous nous arrêtons tous et nous regardons le visage de Paule, qui s'est sculpté, qui porte déjà d'autres ombres. Il y a un moment d'arrêt solennel dont je ne peux mesurer la durée, un moment où s'ouvre le deuil. Puis les amies s'en vont, je les reconduis jusqu'à l'ascenseur, en silence. Quand je me retrouve devant la porte je vois par la fenêtre que la mère a été irrésistiblement attirée par le besoin de faire et de ranger. Les armoires se vident, les valises s'emplissent. Que d'objets il aura fallu à Paule pour mourir ! Je sens que je gênerais dans la chambre, je reste devant la porte, je voudrais moi aussi m'activer, faire les choses qui paraissent nécessaires, ou m'absorber dans la contemplation du visage de Paule. Peu à peu, le corridor s'établit dans sa vie nocturne, des malades passent, une infirmière va de chambre en chambre pour voir si tout est en ordre. Devant la 108 elle passe sans entrer. Les valises sont pleines. Mykha prend les deux plus lourdes, je prends la troisième. La mère emporte avec elle un sac dans lequel elle a mis les affaires personnelles dont elle se servait pendant les longues journées qu'elle a passées à l'hôpital. Je regarde le fauteuil où elle a été pendant plusieurs mois l'incarnation de celle qui veille, qui est présente, de l'attention active et de l'espérance. Ici se termine un moment de sa vie où il lui fut imposé et donné d'être dans la réalité une incarnation de l'immense image de la mère. Lilie et elle sont sorties, je sens que Mykha souhaite que je sorte aussi, peut-être parce que les valises le mettent dans l'atmosphère de presse et d'agitation des voyages d'autrefois ou qu'il désire rester un instant seul en face de Paule. Je heurte avec la valise le chambranle de la porte, je me retourne un peu vers le visage de Paule mais le poids de la valise m'entraîne. Mon dernier regard ne tombe pas sur elle mais sur le fauteuil de la mère qui va bientôt redevenir anonyme après avoir été le lieu d'une action pour laquelle j'éprouve du respect. Je me hâte vers l'ascenseur où la mère garde la porte ouverte. Je sens derrière moi que Mykha se presse aussi. Pourquoi ? Est-ce qu'une fois qu'on est sorti de cette chambre, qu'on s'est arraché à elle, il faut s'enfuir ?

Arrivés au rez-de-chaussée, Mykha sort le premier et il va vers la porte près de laquelle la mère et lui ont garé leurs voitures. Il semble qu'il y ait une espèce d'urgence à charger ces valises et à foncer vers Paris. Je me dépêche. Mykha est en colère car il pleut très fort et nous allons nous mouiller en chargeant la voiture. Heureusement j'ai pris un grand parapluie et je puis le protéger pendant qu'il place les valises dans le coffre. Puis je reviens pour abriter la mère. Nous nous embrassons sur le seuil. C'est une séparation sans parole dans le bruit de la pluie qui tombe très forte, très serrée. Nous avons le visage mouillé par la pluie, peut-être par les larmes.

Lilie et moi montons dans la voiture de Mykha, une lumière sombre s'est étendue, argentée par l'orage. Nous nous enfonçons dans cette masse, dans cette matière, portés vers de nouveaux instants. Je me dis que Paule est seule maintenant dans la chambre avec son bandeau sous le menton et son visage bleui. Aucune veillée, aucun rite, aucune prière pour atténuer cela. Tout à l'heure je suis arrivé pour voir une malade jeune et vivante. Maintenant nous repartons sans elle avec trois valises qui ont fait, qui referont peut-être le tour du monde. Le temps, je le sais bien, atténuera ce qui est aujourd'hui un fait brutal. Paule a été au centre de l'attention de quelques êtres. Elle n'est plus là. Nous mettons, je mettrai des mots sur tout cela pour voiler, pour tenter de voiler ce vide incompréhensible, cette béance. Ainsi nous vivons entourés, protégés par l'attention de quelques êtres qui nous sont peu à peu arrachés. Mykha roule vite, c'est le dimanche soir, demain est un jour de fête. Il ne devrait pas, dit-il, y avoir trop de retours à Paris. Il prend le périphérique. Il y a du monde mais ça roule. J'ai l'impression que nous fonçons dans l'obscurité, sur quatre colonnes de front. J'ai le sentiment de me trouver au milieu d'un régiment, d'une division d'un corps d'armée de cavalerie qui défile au galop comme je l'ai fait autrefois. Dans un temps qui me paraît fabuleusement lointain, aux manœuvres de l'été 1934. Oui, un temps où il existait encore une cavalerie finissante. C'est Paule qui est morte et c'est moi le vivant. Et nous chargeons, moi et mon fils dans l'énorme défilé des voitures dont je ne saurai jamais d'où elles viennent, ni où elles vont dans l'obscurité brillante.

Nous arrivons en bas de chez eux, nous sortons avec peine les valises. Il faut attendre l'ascenseur. Il n'est pas possible de monter à trois avec les valises. J'attends avec la mienne.

J'ai un peu tardé à rappeler l'ascenseur, j'ai eu quelque peine à y faire entrer la valise et je suis attendri de voir que mon fils m'attend sur le palier et saisit la valise en me faisant un sourire navré.

J'entre, il me dit : "Viens nous allons manger, Lilie est en train de préparer quelque chose de chaud." Et nous nous asseyons, nous mangeons, nous sommes trois, il y a entre nous un humble lien de chaleur, d'affection, de nourriture qui se forme. Dans ce malheur il y a un petit lieu d'apaisement, d'espérance. Aucun de nous trois n'est seul, nous formons une sorte de corps transitoire, maladroit mais plein de respect et de tendresse pour la plaie vive de la mort de Paule. C'est une petite lumière, une communion douloureuse tout humaine et fragile.

J'ai perdu le sens de l'heure, soudain je me rends compte qu'il est tard, près de minuit, si je ne pars pas tout de suite, il n'y aura plus de RER pour rentrer. Mykha ne veut pas me laisser aller seul. "Tu n'as pas de voiture, je vais te reconduire." C'est loin après la journée qu'il a vécue mais il est décidé. Ni lui ni Lilie ne veulent rompre le lien précaire qui nous a unis pour peu de temps. Je refais avec eux tout le trajet jusqu'à la maison au bord de son jardin vert et fleuri. Nous nous embrassons, j'irai demain à la fin de la matinée les aider. Je vis une minute amère où pourtant je ne suis pas seul, eux non plus. Cette heure où le corps de Paule repose, raidi dans le lieu ignoré où l'on a peut-être éteint la lumière.

J'attends que la voiture de Mykha ait tourné et repasse devant la maison, le petit cercle étroit que nous avons formé pendant deux ou trois heures se défait, il doit en être ainsi. Quelque part résonne en moi une phrase qui dit : Ce qui importe ce n'est pas de faire mais de défaire. Je me dis seulement que le travail de Paule, le dur travail de l'espérance a consisté à défaire. Défaire pour la chose inconnue qui ressemblait plus à une sorte d'achèvement qu'à une défaite. Mon Antigone intérieure me prend par la main, je la suis jusqu'à la terrasse et là je regarde le jardin trempé par la pluie, la nuit mouvante où parfois la fuite des nuages laisse voir une étoile. Plus loin il y a cette masse sombre, la Seine, qui coule à contre-courant des nuages. Je regarde ces deux mouvements qui vont chacun dans leur sens sans se heurter. Ni l'un ni l'autre ne contient toute la vérité.

Je quitte la terrasse, je monte les marches de l'escalier dans l'obscurité, je me rappelle que Paule les a montées un soir, le jour où elle était sortie de l'hôpital. Mykha a dû la porter sur les dernières marches. Haletante elle s'est installée dans un fauteuil, a téléphoné alors au professeur et lui a dit : "Je suis la plus heureuse des femmes, grâce à vous." J'ai pensé à ce moment, la voyant si fatiguée, qu'il eût mieux valu pour elle d'être encore à l'hôpital, bien soignée, au lieu de s'épuiser à tant d'activités et de projets comme elle voulait le faire, comme elle l'a fait. Je ne pense plus cela aujourd'hui. Je vois un sens à ce bonheur fugitif, à ce répit, à cette espérance insensée qui a fini par trouver son accomplissement puisqu'elle est morte avertie, préparée.

Alors ! Alors rien, sinon qu'au moment où Paule est morte je suis sûr que la liberté était là. Je suis fatigué, très fatigué, je dois me coucher. Je me lave d'abord les dents, il le faut, il faut, il faut toujours, je prends quelque chose pour dormir, le lit se réchauffe un peu, je me perds de vue très lentement en pensant aux trois dames en noir qui défendaient l'entrée du château d'Ardennes avec leurs cheveux blancs et leurs rubans violets.

XXIV

Je m'éveille, j'ai oublié de descendre les stores et il y a dans la pièce la lumière grise qui a été celle de tous ces derniers jours. Je me retrouve avec le souvenir vague d'un rêve de démission, peu à peu, je comprends que dans ce rêve il fallait vraiment démissionner de l'espérance. Fin de mission.

Je m'habille, je prends le petit-déjeuner. Je suis frappé par le silence dans la rue, c'est le 14 Juillet, un jour de repos, un jour de fête, de drapeaux, de défilés. Il faut que je me dépêche pour arriver à temps chez Mykha, car je n'ai pas de voiture. Il y a un pas d'homme dans l'escalier, je sors sur le palier. C'est José : “J'ai rechargé votre batterie hier. Vous pouvez prendre la voiture, je l'ai essayée, elle marche.” Il m'explique comment il a remis la batterie en ordre, je suis submergé de reconnaissance. Arranger ma voiture un dimanche, la veille d'un 14 Juillet. Je ne peux que dire : “Merci, merci, cela me rend un immense service.” Il me regarde avec une certaine crainte, il demande : “Et votre belle-fille à l'hôpital ?” Il a peur de l'hôpital, je le sais, peur aussi de la mort. “Elle est morte hier.” Il dit : “Ah merde !” Il me serre de nouveau la main, son amitié me réconforte.

Je descends avec lui, il me fait voir que la voiture démarre bien, rien à craindre. Il me fait encore un signe d'amicale compassion en haussant un peu les épaules devant l'inévitable et s'en va. Je suis heureux de mon autonomie retrouvée grâce à la voiture. Quand j'arrive chez Mykha, c'est Lilie qui m'ouvre, elle me dit qu'il a bien dormi, qu'il s'est levé tard. Il est dans la salle de séjour avec un ami. Il est deux heures, ils n'ont pas encore mangé et Lilie me propose de déjeuner avec eux mais je n'ai pas faim. On parle de choses pratiques : l'organisation des funérailles, le congrès scientifique international où Mykha doit faire une communication. Il ne sait pas encore s'il aura le courage d'y aller. Il faut décider de l'église où aura lieu le service. Lilie sert du café, le téléphone sonne. C'est le responsable des pompes funèbres. Il peut le recevoir malgré le jour de fête mais alors tout de suite. Mykha part en trombe avec son ami.

Je reste avec Lilie, je ne parviens pas à me rappeler ce que nous avons dit, je me revois seulement en face d'elle. Nous parlons de ce que nous venons de vivre, de la manière dont nous l'avons vécu et je me sens étrangement proche d'elle. Je n'aurais jamais cru que cette femme mince et très positive avait pensé à tout cela. Ni que j'en savais autant sur la mort, d'un savoir qui n'est pas le mien mais celui d'une longue, très longue lignée, qui s'est peu à peu constitué par la prise de conscience de l'inévitable. Nous restons là trente, quarante minutes peut-être, échangeant quelque chose qui n'est pas fait pour s'inscrire dans la mémoire mais dans la vie, dans ce que nous aurons vécu. Mykha revient et me demande de venir avec lui voir les églises du quartier pour choisir celle dans laquelle auront lieu les funérailles. Il ne sait pas encore où Paule va être enterrée, c'est un problème. Dans un cimetière de Paris, ce n'est pas facile. En province où la famille de la mère possède un caveau ? Ce qui est difficile à régler rapidement. J'éprouve à l'écouter la même impression d'encombrement que sur le boulevard périphérique. Trop de monde, trop de corps, où trouver de la place ? Je suis étonné de voir comme il conduit, avec plus de puissance et de rapidité mais aussi plus d'impatience que moi. Je vois que son impatience se heurte de front à ce monde d'obstacles qui est le nôtre ou celui de toujours. Nous nous arrêtons à une église dont la haute flèche domine depuis un mois tous mes retours par le périphérique. Non, ce n'est pas le lieu, il y a là quelque chose de froid qui m'arrête. Mykha doit sentir la même chose, il démarre.

Une autre église ne nous plaît pas non plus peut-être à cause de tous les détours qu'il faut faire sur sa place encombrée. Nous arrivons à Saint-Ferdinand, l'église est de style composite mais elle est calme et me semble accueillante. "Ici, c'est plus sympathique." Mykha dit : "Tu penses comme moi." Il est content de cette décision, il va téléphoner au curé de la paroisse.

Je pars pour l'hôpital, où Argile m'a donné rendez-vous pour revoir le corps de Paule, comme le lui a demandé la mère. Pourquoi avons-nous accepté ? A cause de souvenirs d'enterrements passés, de chapelles ardentes dans des maisons familiales. En reprenant le périphérique je me rends compte que nous n'allons rien trouver de semblable. Il y a beaucoup de monde aujourd'hui, beaucoup de gens qui profitent de ce jour pour rendre visite aux malades, une sorte de foule un peu en fête. J'ai le temps, Argile est arrivée à la gare du Nord mais il faut qu'elle trouve un taxi. L'ascenseur est presque vide, je monte à l'étage, je vais instinctivement jusqu'à la chambre 108 et là, d'un regard par la petite vitre, je vois que déjà quelqu'un d'autre occupe la chambre.

Je vais vers le fond du couloir, je prends mon livre, je relis les *Essais* sur la façon de vivre la mort au cours de l'histoire. Ce que nous avons vécu serait déjà sur la voie de la sensibilité anglo-saxonne. On écarte le rituel mais pas tout à fait. Nous sommes dans la frange dite avancée de l'humanité où on cherche à faire l'économie du deuil et de ses manifestations extérieures, à l'opposé de cette immense partie de l'humanité où se perpétuent les divers rituels et cultes de la mort. Ici, à l'hôpital, c'est déjà l'effacement immédiat, compensé par la présentation des morts habillés et arrangés à l'amphithéâtre.

La porte jaune de l'ascenseur s'ouvre, c'est Argile, elle est émue, moi aussi, nous pleurons dans les bras l'un de l'autre. Il faut aller à l'amphithéâtre voir Paule, habillée ce matin par sa mère et ses amies. Nous nous heurtons à un obstacle imprévu, c'est un jour de fête, l'amphithéâtre est fermé. En montant dans la voiture, je vois qu'Argile est très enrhumée. Oui, elle a pris froid la nuit chez sa sœur, en juillet le chauffage était éteint. Elle n'avait qu'une couverture sur son lit, pas d'autre dans l'armoire, elle a grelotté toute la nuit.

Nous repartons par le périphérique pour aller rendre visite à la mère de Paule. Cela semble la chose indispensable à faire. J'ai une sorte de plaisir amer à me retrouver sur le périphérique. Il n'est pas trop bouché, ça circule à peu près. Il n'en va pas de même en moi où grandit la question qu'Argile m'a posée : “Et Win ?” Après quelques erreurs nous voilà dans la bonne rue, au bon numéro. La mère vient nous ouvrir, elle est très pâle et je ne sens plus en elle cette matière ferme, indestructible qui a soutenu pendant tant de jours l'espérance indécise de Paule. Elle a accompli sa tâche, alors pour un temps c'est le deuil, rien que le deuil. Nous nous asseyons. Argile dit : "Est-ce que vous ne croyez pas qu'il faudrait faire revenir Win ?" Sa question tombe dans le vide. Ce matin la mère est allée avec des amies de sa fille à l'amphithéâtre habiller Paule. "Comme elle était belle avec sa robe rouge. Il faut absolument que vous alliez la voir." Elle ne peut manifestement penser à rien d'autre. Nous repartons par les boulevards des Maréchaux, que nous espérons moins encombrés que le périphérique mais où le défilé des noms des gloires impériales nous exténue aujourd'hui.

En dînant, je vois qu'Argile est vraiment très enrhumée, ce n'est pas le moment d'attraper la grippe. Je trouve des médicaments homéopathiques, je lui en donne et en prends aussi. Argile se couche et m'appelle : "C'est une grande erreur de laisser Win en Angleterre pendant les funérailles. Je suis sûre que tu penses comme moi." Je pense comme elle et tente de me le cacher depuis la mort de Paule. Je ne puis que lui répondre : "C'est vrai, mais englouti comme il l'est par les difficultés, ce n'est pas moi qui peux persuader Mykha d'aller le chercher en Angleterre, alors qu'il croit qu'il faut protéger les enfants du spectacle des drames familiaux." Elle murmure : "C'est faux", se retourne avec un petit gémissement et s'endort. Je me couche à mon tour.

Au réveil, je prépare le thé, Argile est très enrhumée. Elle ne peut pas manger, elle ne prend que du thé. En buvant elle dit : “Non, ce n’est pas possible de laisser Win là-bas pendant qu’on enterre sa mère. Comment lui expliquer cela ensuite ? Il faut qu’il le vive avec son père, avec sa famille. Tu as peur de Mykha… ?”

Je ne réponds pas, c’est vrai que j’ai peur d’aggraver le chagrin, le fardeau de Mykha, dépassé par les difficultés de sa vie, dans le château de merde de Shadow. Et puis j’ai peur de sa colère, c’est à lui de décider. De quoi je me mêle ? Pourtant Argile a raison, je le sens, il faut que j’agisse, que je fasse quelque chose. Mais quoi ? Je saisis le téléphone, mais ne me décide pas à faire son numéro.

Je suis un homme de mon époque, je crois aux spécialistes. Au lieu d’appeler Mykha, je téléphone à une amie psychanalyste dont j’apprécie l’esprit ouvert et profond. Je lui dis que Paule vient de mourir et que Win, son fils, est en Angleterre. “Nous pensons qu’il faut le faire revenir mais Mykha partage le point de vue de ses amis anglais qui croient qu’il ne faut pas mêler un enfant aux événements troublants de la vie familiale. Après les funérailles il pense aller en Angleterre et lui expliquer ce qui a eu lieu.” La réponse de Dominique est très nette : “Win a le droit d’enterrer sa mère, de vivre l’événement aux côtés de son père. Comment pourrait-on choisir à sa place ? Il faut qu’il revienne et tu sais bien que c’est aussi nécessaire pour son père que pour lui.”

Je raccroche, je sais qu’elle a raison mais je veux encore avoir l’avis du pédiatre que Paule consultait pour Win. C’est un professeur connu et quand je lui expose le problème il est très amical. Il pense lui aussi qu’il faut faire revenir Win. Il a également peu de temps, il me dit : “Je suis sûr que vous trouverez les mots pour convaincre votre fils." Et il raccroche. Je suis loin d'être sûr de trouver les mots, j'hésite. Argile sort de la chambre, je me cramponne au téléphone et j'appelle Mykha. Je me trompe de numéro et, déconcerté, m'aperçois que ce n'est pas lui au bout du fil. Argile me dit : "Tu ferais mieux d'aller lui parler." Je n'en ai pas la force, il me semble que la distance qu'entretiendra entre nous le téléphone me donnera plus de courage pour le pousser à bouleverser tous ses plans au moment où il est plongé dans le malheur et submergé par les problèmes à régler.

"Convaincre" votre fils, a dit le professeur, dans ce mot il y a vaincre, c'est ce que sentira tout de suite Mykha, c'est aussi ce que je ne dois plus faire, dans cette période de ma vie je n'ai plus à vaincre que moi-même. S'il ne m'en demande pas, pourquoi donner des conseils à mon fils ? Durant ces semaines d'épreuves et hier encore, en allant visiter les églises, j'ai senti que Mykha avait les pieds sur terre, était plus solide et plus décidé que moi.

J'éprouve l'horreur et la secrète terreur de lui donner un conseil, plus encore de vouloir le convaincre de ce qu'il n'a pas pensé lui-même. Il faut pourtant que je lui parle, si j'hésite il ne sera plus là.

Le téléphone sonne, je décroche, c'est lui. Sans préambule, dans un affreux désordre, je lui fais part de mon angoisse, de celle d'Argile au sujet de Win. "Il faut le faire revenir près de toi pour les funérailles. Je ne suis pas seul à penser cela, j'ai consulté des spécialistes, le professeur pédiatre qui s'est occupé de lui et une psychanalyste qui a elle-même des enfants. Ils pensent comme moi que Win a le droit d'enterrer sa maman avec son père."

Je suis confus, j'emmêle tout et je sens Mikha devenir de plus en plus froid et hostile.

Il balaie brusquement tout mon recours aux arguments et me ramène aux difficiles rapports entre père et fils, à une sorte de hargne, de revendication obscure, aux rapports réels entre lui et moi. Il dit : "Pourquoi ne l'as-tu pas dit plus tôt ?"

Je ne m'attendais pas à cette question, sans réfléchir je dis la vérité qui pèse sur moi : "Je n'ai pas osé…" Je sens que ce n'est pas assez, que je ne dis pas ce qu'il faut, qu'est-ce que je pourrais dire de plus ? Je l'ignore. L'angoisse monte avec le silence, la colère sans doute, à l'autre bout du fil. Au moment où je pense, c'est raté, c'est ma faute, je m'entends dire d'une voix toute cassée que je n'aurais jamais cru pouvoir sortir de moi : "Que veux-tu, je suis vieux maintenant et tu as tant de chagrin, tant de problèmes, je savais bien que j'allais te charger d'un fardeau de plus. Jusqu'ici je n'ai pas pu, je n'ai pas osé…" Et je me mets à pleurer, je ne peux plus m'arrêter. Je sens qu'il se passe quelque chose du côté de Mykha, je ne sais pas quoi, je ne puis que tenter de retenir mes larmes et saisir mon mouchoir.

Il y a un silence et j'entends Mykha me dire d'une voix ferme et sans colère : "Bon, je vais téléphoner en Angleterre et j'irai le chercher à Londres, je te donnerai des nouvelles ce soir." Et il raccroche comme s'il avait compris que j'étais incapable de lui répondre. Je sens qu'il est décidé et ne changera plus d'avis et pourtant je pleure, je pleure, je ne peux pas m'arrêter. Oui, le professeur pensera que j'ai trouvé les mots pour convaincre Mykha, je n'ai rien trouvé, je n'ai fait que bafouiller et pleurer. Ce ne sont pas mes paroles, ce sont mes larmes qu'il a entendues.

Quelque chose s'est soudain brisé en moi et il l'a senti. Sans doute est-ce l'irréparable défaite de l'âge, c'est aussi un lâcher-prise auquel je ne me décidais pas et qui était nécessaire. Je n'avais plus à dévoiler ma force, mais ma faiblesse, ma compassion sans force. Ma pensée au sujet de Win n'était pas un conseil mais une souffrance étroitement nouée à la sienne et qu'il a pu entendre. Pour cela il a fallu que je reconnaisse en moi quelque chose que j'ignorais : je suis vieux, je ne suis plus l'ami de Stéphane, je suis le père de Mykha et le grand-père de Win. Ce qui a eu lieu c'est une passation de pouvoir. Je ne voulais plus avoir de pouvoir sur Mykha et j'avais encore un pouvoir intérieur, sa colère l'a montré. Mes larmes ont renoncé à ce pouvoir et la situation a changé du tout au tout, bien que je mesure tous les problèmes et la fatigue que le changement de décision de Mykha va lui causer.

Argile ouvre la porte, elle est bouleversée de me voir si troublé et refoulant mes larmes. J'essaie de lui expliquer ce qui a eu lieu, mais que s'est-il passé en réalité ? Je l'ignore. Il y a la brusque décision de Mykha qui est sortie de cette immense émotion qui me submerge encore tout entier. Rien de cela n'est explicable, il y a eu dans nos profondeurs un partage de chagrin, un double lâcher-prise, qui se situent hors des mots.

Elle me conseille de manger un peu avant de partir, je le fais et je suis plusieurs fois dépassé par le retour des larmes, je ne puis que murmurer : “Qu'est-ce que j'ai ?... Idiot, je suis vraiment idiot.”

Le café me fait du bien, il est plus tard que je ne croyais, il faut tout de suite partir à l'hôpital pour aller voir, comme nous l'avons promis à la mère, le corps de Paule dans sa belle robe rouge.

Nous partons en voiture, ça roule pour le moment mais en arrivant à la Défense je suis repris par une crise de larmes. Je m'arrête sur la voie latérale et donne le volant à Argile. Je ne puis pas conduire comme ça, qu'est-ce que j'ai, qu'est-ce que j'ai donc ?

Argile semble très bien voir ce qui se passe. Elle prend le tunnel porte Maillot et descend sur le périphérique. Nous arrivons en plein bouchon, la vue est partout obstruée et les voies encombrées par d'énormes camions qui font penser au milieu des voitures aux énormes pétroliers que nous avons vus de loin au large de la Bretagne. Nous sommes le 15 juillet, tous les camions immobilisés par la Fête nationale ont déchargé et rechargé ce matin et s'en vont maintenant cahin-caha vers les autoroutes. C'est une immense pression supplémentaire qui s'exerce sur nous pendant que nous roulons entre saccades et blocages vers la porte de la Villette et l'hôpital.

Nous sommes derrière un énorme camion anglais qui porte sur un fond blanc sale des affiches publicitaires et des graffitis pornos. Aucun moyen de le dépasser, il faut supporter cela avec le reste. Nous sommes pris, englués dans cette masse, qui déambule lourdement à grands efforts sur ce boulevard à quatre voies. Le chagrin, l'impatience, inextricablement liés, nous oppressent comme une fièvre, une difficulté respiratoire. Il faut passer par là et à partir de la porte de Saint-Ouen la circulation ralentit encore à cause de travaux. Nous ne roulons plus que sur deux files et la lenteur parvient à une sorte d'excès. Beaucoup de camions tournent et le grand camion anglais avec eux pour aller prendre l'autoroute du Nord.

Nous arrivons à la Villette, je regarde ma montre je suis stupéfait du temps passé pour arriver jusqu'ici. Pourvu que nous n'arrivions pas en retard. Nous perdons un peu de temps à retrouver le chemin de l'amphithéâtre, quand nous y parvenons, nous voyons tout de suite que nous ne sommes plus dans les délais d'ouverture, l'amphithéâtre est fermé depuis une heure.

Nous repartons, énervés, exaspérés d'abord, puis peu à peu nous sentons que c'est mieux ainsi, nous avons aimé Paule vivante, il vaut mieux garder cette image en nous. Le soir je téléphone à Mykha, il a parlé à ses amis en Angleterre. "Ils ne comprennent pas ma décision. Ils voulaient que je laisse Win chez eux. Pourquoi mêler un enfant de cet âge à un enterrement ! Ils m'ont désapprouvé d'une façon qui m'a étonné, mais je n'ai pas cédé. Ce sont de bons amis, tout de même, l'un d'eux m'amène Win à Londres. Je pars le chercher demain matin. Veux-tu t'occuper avec le curé de la paroisse des textes à lire le jour des funérailles ?"

Argile a encore de la fièvre, elle est épuisée, se couche et s'endort vite. Notre amie psychanalyste m'appelle pour savoir comment les choses se sont passées. Je lui dis que Mykha va chercher Win demain à Londres.

"Cela n'a pas été trop dur ?

— Trop non, mais dur tout de même quand je lui ai dit que nous pensions qu'il fallait faire revenir son fils, il s'est fâché. Il y a eu un grand silence au téléphone, puis je n'ai pu que bredouiller vaguement et pleurer. Je crois qu'il l'a entendu, il m'a brusquement dit qu'il allait téléphoner en Angleterre et puis partir le chercher à Londres.

— Bon, les choses prennent parfois d'étranges chemins, mais cette fois c'était dans la bonne direction. Sans doute pour toi aussi. Je pars à la campagne demain. J'ai vérifié, le texte que tu voudrais faire lire aux funérailles, il est dans le Livre des Rois. Voici la référence."

XXV

Je descends dans le jardin, je sens sous mes semelles l'herbe encore trempée par les pluies d'orage. Je vais le long de la Seine dans la demi-clarté du soir. Il y a de nombreuses flaques, je n'y fais pas attention et marche à travers tout. La nuit s'obscurcit, cela me fait penser à Shadow et à la lumière disparue de Stéphane. Je m'enfonce dans la nuit comme dans un tunnel, le tube noir et sans abri où le rêve m'a si souvent engagé.

Quand je suis arrivé pour répondre à la dernière convocation de Shadow à la prison un gardien m'a fait monter jusqu'à sa cellule. Devant la porte il y avait des briques et du mortier, la cellule était complètement vide. Marguerite est sortie de la cellule où elle se tenait toujours. Elle a dit : "Il est mort avant-hier, il n'a pas voulu qu'on vous prévienne. On a brûlé son corps comme il le voulait. Comme vous le saviez déjà, je partirai demain. On va refaire ici deux cellules." Elle est triste mais calme. "Sa mort a été comme lui, on peut dire dure, on peut dire terrible. Il a beaucoup souffert, sans se plaindre et il est parti tout d'un coup, à sa façon.

— Et Stéphane, Marguerite, comment est-il mort ?

— Je ne sais pas, je n'étais pas là. Shadow – on ne pouvait rien lui cacher – savait que j'aimais Stéphane, bien qu'il ne soit jamais venu au magasin que pour acheter des choses. Shadow ne parlait jamais de ce qu'il faisait, je voyais qu'il aimait beaucoup Stéphane, beaucoup plus qu'on n'aurait pu le croire d'un homme comme lui. Un jour j'ai osé lui demander ce qui s'était passé, il m'a dit : Il a plongé..."

A ce moment le directeur de la prison est venu me chercher. Il était pressé, manifestement désireux de mettre un terme définitif à mes visites. Il m'a parlé pendant que Marguerite ajoutait quelque chose. J'ai cru la comprendre, mais le directeur me parlait en même temps. Marguerite n'avait pas envie de parler devant lui, elle m'a fait un petit signe de la main et est retournée dans sa cellule. Elle a quitté la prison le lendemain, Marcello m'a dit qu'elle était partie pour le Brésil, mais ne savait rien de plus. Je ne l'ai jamais revue.

Ce qui m'est resté dans la tête, c'est : il a plongé. La phrase est ambiguë, sans doute a-t-il été abattu dans l'étang par les balles tirées dans ses pieds puisqu'on n'a trouvé aucune autre trace de balle sur son corps. Dans l'eau il a dû se débattre un certain temps, puis sombrer.

On l'a retrouvé nu, manifestement on ne l'avait pas déshabillé dans l'eau. Il n'y avait pas d'autre corps dans l'étang. Il y a eu d'autres morts ce jour-là, ils ont été fusillés, on a retrouvé les corps dans une fosse commune. Tous étaient vêtus et leurs corps criblés de balles.

Stéphane a plongé dans l'obscurité de Shadow, dans son insondable labyrinthe où n'apparaît aucune étoile. Comment comprendre ? Y a-t-il d'ailleurs quelque chose à comprendre ? Tout s'est passé en actes, les uns entraînant les autres irrésistiblement, comme cela a lieu dans les moments de passion. Shadow a été le plus fort et Stéphane a plongé, a sombré comme un navire qui se brise sur un écueil ou un iceberg.

Il y a un banc au bord du chemin, je le tâte de la main, il n'est plus humide, je m'assieds un instant. Shadow, l'objet géant, la dernière fois que je l'ai vu, ne m'a pas donné le sentiment d'avoir vaincu Stéphane. Il a dit : "Je l'ai pris, je l'avais à ma merci et il m'a échappé." Comment Stéphane s'est-il échappé ? Il y a dans le ciel une vaste brèche de nuages et la lumière de la lune me fait voir la Seine noire et brillante et le vent exubérant dans les arbustes qui la bordent.

Marguerite a ajouté quelque chose, d'une voix plus forte pour couvrir celle du directeur, puis, ne voulant pas se répéter devant lui, elle est rentrée dans sa cellule. Ces mots je les ai entendus, entendus sans les comprendre à cause de l'impatience du directeur. A la porte de la prison il n'y avait plus de taxi comme les fois précédentes, je devais repartir par mes propres moyens. Quelque chose était vraiment fini. Je suis allé à la gare où j'ai vu qu'un train allait partir pour Bruxelles. Je me suis précipité vers le quai et j'ai pu le prendre au moment où il se mettait en marche. La voiture était bondée, j'ai fini par trouver une place dans un compartiment comme il y en avait alors, où des étudiants discutaient ou jouaient aux cartes. J'ai écouté distraitement ce qu'ils disaient au lieu de me concentrer pour retrouver les paroles de Marguerite.

Ce soir il me semble qu'elles ne sont pas loin. Je laisse entrer en moi la grande brèche du ciel pour retrouver poussé par le vent le tunnel nocturne de Shadow et son grand corps abattu, fauché dans l'herbe après sa contemplation de l'agonie de Stéphane. Les mots sont tout proches, je reconnais la voix de Marguerite : "Il a dit : Stéphane a plongé… il a ajouté : d'un mouvement superbe."

D'un mouvement superbe. Comme je reconnais bien là Stéphane, tel que je l'ai connu et si mal aimé. Quel rapport avec "il a plongé" ? Stéphane ne pouvait pas plonger puisqu'il ne savait pas nager. Pourquoi était-il nu ? Si impitoyable qu'était Shadow il n'allait pas le faire mettre tout nu avant de le fusiller.

Stéphane était en parfait rapport avec son corps, sans doute n'avait-il jamais plongé lui-même, il avait vu plonger. C'est un mouvement qu'il pouvait faire et il est vrai que chacun de ses mouvements, le plus simple comme le plus difficile, était un repos et un plaisir pour l'œil.

Si Stéphane avait, avant de se trouver devant le peloton d'exécution, préparé les choses, et n'avait eu qu'un pantalon et une chemise sur lui ? Il est mené là par deux hommes à la place où son corps va tomber à la renverse dans l'étang. Etrange façon de faire, pensent peut-être l'officier qui commande le peloton et ses hommes, mais bien conforme aux imprévisibles comportements du colonel.

Pendant que les gardes prennent leur place, Stéphane fait tomber son pantalon, enlève la chemise qu'il a fendue pour cela et se retrouve nu devant le peloton. La nudité, la proximité de l'eau provoquent sa crise habituelle, il tremble de tous ses membres, on croit qu'il va tomber. Il a tout l'aspect de la peur, de la terreur devant la mort. Le lieutenant a un sourire de mépris et crie un premier ordre au peloton. Stéphane ne peut pas se tenir droit, il ne peut pas crier : Vive quelque chose ! Il doit se montrer tel qu'il est face à la mort par noyade. Shadow lui-même ne comprend pas. Debout sur le côté il regarde impassible et stupéfait le héros inconnu qui montre à tous sa honteuse frayeur.

L'ordre est donné, les fusils se lèvent et se braquent, certains tremblent un peu tant le spectacle est inattendu de la part d'un homme dont on a dit qu'il était un dangereux terroriste. Le lieutenant se tourne avec hésitation vers Shadow. Stéphane fait un brusque tour sur lui-même et il plonge... d'un mouvement superbe, dans l'eau de l'étang, il accomplit ce beau mouvement souple et arrondi qui hante toujours mes rêves.

Shadow crie "Feu !" devançant le lieutenant déconcerté. Trop tard, le plongeon de Stéphane se termine et seuls ses pieds sont atteints.

Les soldats attendent. Le lieutenant, voyant Shadow à grandes enjambées se précipiter vers l'étang, leur donne l'ordre d'abaisser leurs armes.

Shadow est au bord de l'étang, il voit que Stéphane a d'emblée avalé beaucoup d'eau, il y a des traces de sang sur l'eau, le corps se déplie un moment, les yeux révulsés, la bouche ouverte, le corps sombre.

Le lieutenant, son revolver à la main, s'approche, il est très pâle. Shadow le voit, il sursaute : "Que voulez-vous ?

— Lui tirer une balle dans la tête pour être sûr de sa mort, comme le prévoit le règlement.

— Il est mort."

Puis soudain comme une supplication : "Laissez-nous !"

Le lieutenant hésite, le règlement est formel, il n'est pas de ceux qui transgressent les règles.

Alors un cri : "Arrière !" C'est un ordre brutal, qui fait reculer l'autre effrayé, humilié, de plusieurs pas.

"A vos ordres, mon colonel." Il salue et s'en va.

Shadow regarde le corps s'enfoncer, remonter, bleuir, le sang des blessures se répandre. Stéphane est mort. Il a plongé lui-même dans la mort, il lui a échappé comme il a toujours su le faire. Cette fois sans paroles, d'un seul mouvement. D'un mouvement superbe.

"Est-ce que c'est ainsi que cela s'est passé ?

— C'est ainsi."

Comment puis-je le savoir, seul dans la nuit, assis sur un banc au bord de la Seine, encore tout ébranlé par la mort de Paule ?

Je ne le sais pas, je le vois. Je vois Stéphane se débattre dans l'eau, je vois son corps plonger, remonter presque à la surface, heureusement dans la partie de l'étang qui est sans algues. Je le vois maintenant mort, avec les blessures de ses pieds qui saignent, portant sur tout son corps les traces lumineuses du mouvement superbe grâce auquel, de sa propre volonté, il a quitté la vie et a échappé à la force, au pouvoir qui semblaient l'enserrer de tous côtés. Shadow se retourne, d'un geste il fait signe au lieutenant : "Préparez tout pour le départ. Cette nuit nous serons relevés, nous devrons partir avant le jour pour éviter les avions ennemis."

Le lieutenant lui montre ses soldats qui attendent : "Nous allons le repêcher et le mettre dans la fosse avec les autres."

La réponse de Shadow le stupéfie. "Non, faites brûler toutes ses affaires, mais laissez-le là. L'eau a été son enfer comme le feu sera le mien."

Le lieutenant pense que Shadow est fou, il a peur de cette folie, il a envie de s'enfuir, mais il a été bien dressé. Ce n'est pas son affaire, il le sait, de penser mais d'obéir aux ordres. Il salue et s'en va. Shadow reste longtemps à contempler l'étang et le corps mort de Stéphane. On voit passer des avions américains, il ne les entend pas. Cachés dans le bunker les soldats le regardent par les embrasures.

Soudain Shadow se retourne, il va vers son bureau de son pas appesanti par ses blessures. Un avion de combat plonge et lance vers lui une gerbe de balles de mitrailleuse. Il ne daigne pas s'arrêter ni voir les balles qui l'entourent. L'avion reprend de la hauteur, Shadow continue à marcher. Près de son bureau, on dirait qu'il est frappé d'un énorme coup, il s'abat la face dans l'herbe où son grand corps, qui ne bouge plus, fait une tache sombre. Tous ont vu qu'il n'a pas été blessé, personne et surtout pas le lieutenant n'ose venir à son secours.

L'avant-garde de la relève arrive, en piteux état après avoir été incessamment bombardée. Tout est prêt, les derniers SS montent dans trois camions blindés, surmontés de mitrailleuses antiaériennes. Les nouveaux arrivants les contemplent avec envie. Ils n'ont plus de matériel pareil et leurs derniers chars, les chenilles à demi mortes, ont dû être chargés sur wagon. Ils sont contents pourtant car les bunkers semblent solides et Shadow, qui pense à tout, a réuni pour eux pas mal de victuailles, leur a fait préparer du café chaud et, sachant leur manque de munitions, leur a laissé une importante réserve.

Shadow ne peut partir avec sa voiture qui a été détruite par une bombe. Il monte dans le dernier camion à côté du chauffeur. Il n'est pas retourné au bord de l'étang, il contient sous son calme et son apparence impassible les forces tumultueuses qui le déchirent.

XXVI

Le lendemain je vais chercher Mykha et Win à Roissy. Argile, malgré sa grippe, a absolument voulu m'accompagner. Nous nous perdons un peu dans les dédales des bâtiments de l'aéroport. Je ne suis jamais allé à Roissy, il y a des années que nous n'avons plus les moyens de voyager en avion. Tout est uniforme, tout a lieu dans une sorte de tumulte somnambulique traversé de voix rendues anonymes et autoritaires par les haut-parleurs.

Nous attendons et je pense à ce que Lilie m'a raconté. A Vancouver, Win avait un petit chat, il l'aimait beaucoup, on l'a retrouvé mort un matin, il n'a manifesté aucun chagrin, mais le soir, en prenant sa douche, persuadé que personne ne le verrait, Paule l'a entendu pleurer.

Des files de gens arrivent, sur les escaliers roulants qui s'entrecroisent. Voilà Mykha, grave, tenant Win par la main. Mykha nous dit : “Win était tout étonné que je sois venu le chercher, on ne lui avait rien dit. Je lui ai parlé, il a beaucoup pleuré, mais sans bruit, maintenant il est calme.” Nous attendons les bagages et au milieu des valises tournoyantes et des gens qui vont et viennent nous ne savons que nous dire.

Quand les valises de Win sont là, Mykha les empoigne avec facilité, refusant mon aide. Je lui demande de prendre le volant, je lui parle des textes que j'ai soumis pour les funérailles au curé de Saint-Ferdinand. Je voudrais lui en dire plus mais la mort de Paule pèse sur nous et nous empêche de parler. Arrivé chez lui, Mykha nous propose de monter à l'appartement mais Argile a trop de fièvre et nous rentrons. Lilie, heureusement, est chez eux et sa présence les aidera tous les deux.

Je m'endors en présence de Shadow, entouré par lui, d'une sorte de chaleur noire. Je suis plein de revendications confuses et en même temps je suis bien. Stéphane m'apparaît parfois comme une sorte de tout petit dieu ou d'enfant merveilleux à l'intérieur d'un océan de calme.

Le lendemain matin, je persuade Argile, qui a encore de la fièvre, de passer la journée au lit de façon à se remettre pour les funérailles. Mykha me téléphone que sa communication au congrès international a été bien accueillie, c'est quelqu'un d'autre qui l'a lue finalement. Lui se sentait trop ému. La discussion a été intéressante. La veille au soir Win est venu dans son lit, il s'est collé contre lui et ils ont pleuré un long moment dans les bras l'un de l'autre et se sont endormis ainsi. Je sens que cela a été pour tous deux un moment très triste et en même temps très doux.

Comme Mykha est pris par le congrès et les préparatifs des funérailles je vais m'occuper des fleurs qu'il a commandées. Le fleuriste que Mykha m'a indiqué est manifestement un spécialiste des enterrements et des mariages. Il a déjà préparé un grand rectangle de fleurs dans lequel se dessine une croix dont les branches horizontales sont écourtées. Les fleurs et les couleurs sont belles et en même temps funèbres et très convenables.

Il s'agit d'exprimer un chagrin mesuré par l'argent. Pendant qu'il me montre cela, je vois sa femme et un employé en train de préparer les fleurs pour un mariage. Là aussi, tout est soigné, bien adapté, mais aussi en rapport avec un devis précis. La maladie de Paule, le déménagement, les meubles commandés pour la Suisse, je sens que parmi ses chagrins et ses préoccupations le problème argent pèse lourd sur Mykha et il me semble y voir une constante de notre monde. Irrésistiblement nourriture, sommeil, travail, argent, la vie continue et les camions, les voitures continuent à rouler sans fin sur le périphérique formant une éternité de mouvement, de bruit et d'énergie.

J'entre à l'église Saint-Ferdinand, Mykha m'a indiqué où était le bureau du curé, je frappe, une petite plaque s'allume qui me demande d'attendre. Je m'assieds dans l'église, j'écoute le bruit sourd qui vient du boulevard périphérique, je ressens le calme de ce lieu aujourd'hui solitaire. Je pense à Dieu et j'ajoute intérieurement : s'il existe. S'il accepte d'habiter un monde comme le nôtre et le cœur oublieux des hommes.

Le curé est là. Il est en civil, comme me le font penser les longues années que j'ai vécues au temps des soutanes. Il m'emmène à son bureau. Il approuve le texte de Ramuz, auquel tient Mykha, car il figurait sur son livret de mariage. Pour celui du Livre des Rois il dit : "C'est beau ça." Quand il parvient au texte de Lao-tseu il dit : "C'est votre belle-fille qui aimait cela ?

— Elle aimait parfois que je lui parle du non-vouloir qui était tout le contraire d'elle-même. Elle était toute action et volonté."

Il me regarde d'un air amusé : "Est-ce que vous êtes un homme du non-vouloir ?" Comme s'il pensait : vous n'en avez pas l'air.

“Le plus souvent je n’en ai pas le temps. De toute façon ce n’est pas facile.

— Non, ce n’est pas facile.”

Il se lève, son temps est limité, il a d’autres personnes à recevoir.

Je reviens chez nous, Argile a beaucoup de fièvre. Cela m’inquiète et je lui propose de ne pas venir aux funérailles.

“J’irai, ce n’est qu’une grippe et j’aimais Paule. Après la messe je ne vous accompagnerai pas pour l’enterrement. Auxerre, c’est trop loin. Je prendrai un taxi pour revenir me soigner.”

J’ai faim, Argile guère, nous mangeons en silence, elle se couche et je prépare mes affaires pour le lendemain, afin de ne pas m’énerver avant le départ. Je m’éveille au milieu de la nuit, cherchant à rassembler les bribes éparses d’un rêve perdu. Il s’agissait peut-être de Stéphane. Un obstacle nous séparait, un obstacle très lourd, très pénible. En y pensant j’ai envie de prier. De prier pour Paule, pour Stéphane, pour Shadow qui ne sont pas vraiment morts, qui ne le seront jamais en moi, tant qu’ils vivront dans mes images et dans l’insondable mémoire.

Je m’éveille le matin avec le sentiment d’un grand jour, comme les jours de fête de mon enfance quand je vivais encore suivant les grands mouvements de la liturgie, les grandes étapes de la vie familiale : baptêmes, communions, confirmations, mariages, funérailles. Le jour est étonnamment sombre, il fait frais pour un jour de juillet. Je n’ai pas attrapé la grippe tant redoutée mais Argile a encore beaucoup de fièvre.

Je mets mon costume gris qui a été fait sur mesure il y a douze ans, il est encore convenable. Je prends aussi une gabardine, il va sûrement pleuvoir. Argile est habillée avec discrétion de gris, de noir et de blanc, ce qui me semble correspondre tout à fait à son degré de parenté et d'intimité avec Paule. Je lui dis : "Tu es parfaite." Elle me répond d'un sourire heureux, puis navré, je crois qu'elle va pleurer mais elle se retient.

Près de Saint-Ferdinand je vais mettre la voiture au parking que j'ai repéré hier. Quand je rejoins Argile à l'entrée de l'église, le corbillard, chargé de fleurs, arrive, nous entrons dans l'église qui est fleurie et accueillante.

On apporte le cercueil, Mykha et Win le suivent. Je suis frappé par Win, il est beau, vêtu d'un blouson sombre et tient résolument la main de son père. A ce moment je n'ai plus de doute, il fallait vraiment qu'il revienne et qu'ils participent ensemble aux funérailles. Il y a beaucoup de monde dans l'église, des parents, des amies de Paule, des amis et des collègues de Mykha. Derrière la mère se tiennent les amies de Paule qui ont été présentes à sa mort. Le prêtre monte à l'autel, l'homme un peu anonyme de l'autre jour est dans sa chasuble, un prêtre revêtu d'une dignité singulière.

Il fait un signe à Mykha et celui-ci au pied de l'autel lit les lignes du texte de Ramuz. Je retrouve le piétinement un peu lourd, la recherche de la matière fondamentale, le goût pour une sorte de simplicité patriarcale de la vie que j'ai aimé dans ses livres. La Suisse, la montagne, la neige, le lac apparaissent dans mon esprit comme un espace définitivement perdu.

Mykha a repris sa place, je perçois qu'on attend quelqu'un qui doit lire le second texte, le prêtre me cherche des yeux, Mykha se tourne vers moi et Argile me souffle : "C'est à toi." Je pense : Une fois de plus, je n'étais pas là. Je me hâte en trébuchant sur les marches de l'autel. Je sors de ma poche mon texte et mes lunettes et fais face à la nombreuse assistance. Je lis : "Premier Livre des Rois, XIX, 11-13. «Le Seigneur dit à Elie : 'Sors et tiens-toi sur la montagne devant le Seigneur : voici, le Seigneur va passer.' Il y eut devant le Seigneur un vent fort et puissant qui érodait les montagnes et fracassait les rochers ; Le Seigneur n'était pas dans le vent. Après le vent il y eut un tremblement de terre ; le Seigneur n'était pas dans le tremblement de terre. Après le tremblement de terre, il y eut un feu ; le Seigneur n'était pas dans le feu. Et après le feu, le bruissement d'un silence ténu. Alors, en l'entendant, Elie se voila le visage avec son manteau.»"

Le silence ténu de l'Eternel, l'instant sans début ni fin passe sur l'assistance. Il transperce, il confronte à l'événement, à la densité, à la nudité de ce monde que nous ne percevons que par intermittences. L'instant est bref et déjà nous nous réfugions dans l'admiration d'un grand texte archaïque venu de l'âge du bronze. Je retourne à ma place, le lecteur qui me succède monte dans le choeur. Argile me souffle : "Tu as très bien lu."

Je tente de reprendre pied en moi-même, je n'y parviens pas. Je revois Paule mourante, à sa droite la mère pleure, à sa gauche Mykha agenouillé la tient dans ses bras. Au pied du lit, la présence de Stéphane, à la tête l'ombre immense de Shadow. Ils se font face, les yeux clos comme les grands gisants des abbayes d'autrefois. Ils protègent Paule de leurs yeux fermés, ayant vu ce que je n'ai pas su voir, ils me forcent à comprendre qu'elle était, qu'elle est un être mystérieusement éveillé à sa condition mortelle.

Louveciennes, le 27 juillet 2007.

DU MÊME AUTEUR

Géologie, poèmes (prix Max-Jacob), Gallimard, 1958.
Gengis Khan, théâtre, Mermod, 1960 ; Actes Sud-Papiers, 1989.
L'Escalier bleu, poèmes, Gallimard, 1964.
La Déchirure, roman, Gallimard, 1966 ; Actes Sud, 2003.
La Pierre sans chagrin, poèmes, L'Aire, 1966 ; Actes Sud, 2001.
La Machination, théâtre, L'Aire, 1969.
Le Régiment noir, roman (prix Frans-Hellens, Prix triennal du roman), Gallimard, 1972 ; Les Eperonniers, 1987 ; Actes Sud, 2000 (nouv. éd. revue) ; Babel n° 647, 2004.
Célébration, poèmes, L'Aire, 1972.
La Chine intérieure, poèmes, Seghers, 1975 ; Actes Sud, 2003.
La Sourde Oreille ou le Rêve de Freud, poème, L'Aire, 1981.
Essai sur la vie de Mao Zedong, Flammarion, 1982.
Poésie 1950-1986 (prix de la Société des gens de lettres, Prix triennal de la ville de Tournai), Actes Sud, 1986.
L'Ecriture et la Circonstance, Chaire de poétique de l'université de Louvain-la-Neuve, 1988.
Œdipe sur la route, roman (prix Antigone, Prix triennal du roman, grand prix de l'Union latine 2002), Actes Sud, 1990 ; Babel n° 54, 1992.
Diotime et les Lions, récit, Actes Sud, 1991 ; Babel n° 279, 1997.
Jour après jour, journal 1983-1989, Les Eperonniers, 1992 ; Babel n° 588, 2003.
Heureux les déliants, poèmes, Labor, 1995.
Antigone, roman (prix Rossel), Actes Sud, 1997 ; Babel n° 362, 1999.
Prométhée enchaîné d'Eschyle, adaptation théâtrale, Cahiers du Rideau, 1998.
Journal d'Antigone, journal 1989-1997, Actes Sud, 1999.
Les Vallées du bonheur profond, récits, Babel n° 384, 1999.
Exercice du matin, poèmes, Actes Sud, 1999.
L'Ecriture à l'écoute, essais, Actes Sud, 2000.
Théâtre complet, Actes Sud-Papiers, 2001.
Passage de la Bonne-Graine, journal 1997-2001, Actes Sud, 2002.

Œdipe sur la route, livret d'opéra, Actes Sud, 2003.
L'Enfant bleu, Actes Sud, 2004 ; Babel n° 727, 2006.
La Grande Muraille, journal 1960-1965, Babel n° 684, 2005.
En noir et blanc. Vu par Lionel, nouvelles, Les éditions du Chemin de fer, 2005.
Nous ne sommes pas séparés, poésie, Actes Sud, 2006.
Le Présent d'incertitude, journal 2002-2005, Actes Sud, 2007.
Le Boulevard périphérique, roman (prix Inter 2008), Actes Sud, 2008.
La Lumière Antigone, poème pour le livret de l'opéra de Pierre Bartholomée, Actes Sud, 2009.
Poésie complète, Actes Sud, 2009.

817. NORBERT ROULAND
Soleils barbares

818. PRALINE GAY-PARA
Contes curieux

819. MARGARITA XANTHAKOU
On raconte en Laconie…

820. INTERNATIONALE DE L'IMAGINAIRE N° 22
Evénementiel *vs* action culturelle

821. COLLECTIF
Le Dialogue des cultures

822. VÉRONIQUE OVALDÉ
Déloger l'animal

823. METIN ARDITI
La Pension Marguerite

824. LYONEL TROUILLOT
Les Enfants des héros

825. JEAN-PIERRE GATTÉGNO
Le Grand Faiseur

826. CLAUDE PUJADE-RENAUD
La Chatière

827. DANIEL ZIMMERMANN
Le Spectateur

828. STÉPHANE FIÈRE
La Promesse de Shanghai

829. ÉLIE-GEORGES BERREBY
L'Enfant pied-noir

830. TAMIKI HARA
Hiroshima, fleurs d'été

831. VASSILI AXIONOV
A la Voltaire

832. WILLIAM T. VOLLMANN
Les Fusils

833. YOKO OGAWA
Le Réfectoire un soir et une piscine sous la pluie

834. ELIAS KHOURY
Un parfum de paradis

835. MAHMOUD DARWICH
Une mémoire pour l'oubli

836. CHRISTIAN GOUDINEAU
Regard sur la Gaule

837. GABRIEL CAMPS
Les Berbères

838. JAMES KNOWLSON
Beckett

839. ROBERT C. DAVIS
Esclaves chrétiens, maîtres musulmans

840. ANNE-MARIE GARAT
Dans la main du diable

841. NANCY HUSTON
Lignes de faille

842. LAURENT GAUDÉ
Eldorado

843. ALAA EL ASWANY
L'Immeuble Yacoubian

844. BAHIYYIH NAKHJAVANI
Les Cinq Rêves du scribe

845. FAROUK MARDAM-BEY
Etre arabe

846. NATHANIEL HAWTHORNE
Contes et récits

847. WILLIAM SHAKESPEARE
Sonnets

848. AKI SHIMAZAKI
Tsubame

849. SELMA LAGERLÖF
Le Livre de Noël

850. CHI LI
Pour qui te prends-tu ?

851. ANNA ENQUIST
La Blessure

852. AKIRA YOSHIMURA
La Guerre des jours lointains

853. GAMAL GHITANY
La Mystérieuse Affaire de l'impasse Zaafarâni

854. PAUL BELAICHE-DANINOS
Les Soixante-Seize Jours de Marie-Antoinette à la Conciergerie, t. II

855. RÉGINE CRESPIN
A la scène, à la ville

856. PHILIPPE BEAUSSANT
Mangez baroque et restez mince

857. ALICE FERNEY
Les Autres

858. FRANÇOIS DUPEYRON
Le Grand Soir

859. JEAN-LUC OUTERS
Le Bureau de l'heure

860. YOKO OGAWA
La Formule préférée du professeur

861. IMRE KERTÉSZ
Un autre

862. OSCAR WILDE
Quatre comédies

863. HUBERT NYSSEN
Quand tu seras à Proust la guerre sera finie

864. NIMROD
Les Jambes d'Alice

865. JAVIER CERCAS
A la vitesse de la lumière

866. TIM PARKS
Double vie

867. FRANZ KAFKA
Récits posthumes et fragments

868. LEENA LANDER
La Maison des papillons noirs

869. CÉSAR AIRA
La Guerre des gymnases

870. PAUL AUSTER
Disparitions

871. RUSSELL BANKS
Hamilton Stark

872. BRIGITTE SMADJA
Le jaune est sa couleur

873. V. KHOURY-GHATA
La Maison aux orties

874. CLAUDIE GALLAY
Dans l'or du temps

875. FRÉDÉRIC MISTRAL
Mes origines

876. YAAKOV SHABTAÏ
Et en fin de compte

877. ORLY CASTEL-BLOOM
Dolly City

878. KLAUS MANN
Le Tournant

879. DON DELILLO
Les Noms

880. YU HUA
Vivre !

881. NAGUIB MAHFOUZ
Son Excellence

882. PAUL NIZON
La Fourrure de la Truite

883. JAMES LEO HERLIHY
Macadam Cowboy

884. SAMIR KASSIR
Considérations sur le malheur arabe

885. JÖRG BLECH
Les Inventeurs de maladies

886. OLIVIER PY
Théâtre complet I

887. ANNE-MARIE GARAT
Chambre noire

888. MINH TRAN HUY
Le Lac né en une nuit

889. ABDOURAHMAN A. WABERI
Aux Etats-Unis d'Afrique

890. VILMA FUENTES
L'Autobus de Mexico

891. LEENA LANDER
Vienne la tempête

892. THÉODORE MONOD
Le Fer de Dieu

893. MARC de GOUVENAIN
Un printemps en Sibérie

894. *
Le Chevalier paillard

895. VOLTAIRE
Ce qui plaît aux dames

896. DOMINIQUE PAGANELLI
Libre arbitre

897. FRÉDÉRIQUE DEGHELT
La Vie d'une autre

898. FRÉDÉRIC CHAUDIÈRE
Tribulations d'un stradivarius en Amérique

899. CHI LI
Soleil Levant

900. PAUL AUSTER
Dans le scriptorium

901. FRANS G. BENGTSSON
Orm le Rouge, t. I

902. LAURENT GAUDÉ
Dans la nuit Mozambique

903. MATHIAS ÉNARD
La Perfection du tir

904. ANTOINE PIAZZA
Les Ronces

905. ARNAUD RYKNER
Nur

906. ANNE BRAGANCE
Danseuse en rouge

907. RAYMOND JEAN
Un fantasme de Bella B

908. ÉRIC NONN
Une question de jours

909. OMAR KHAYYÂM
Robâiyât

910. METIN ARDITI
L'Imprévisible

911. JOSÉ CARLOS SOMOZA
La Théorie des cordes

912. JULI ZEH
La Fille sans qualités

913. HELLA S. HAASSE
L'Anneau de la clé

914. TORGNY LINDGREN
Divorce

915. HODA BARAKAT
La Pierre du rire

916. FRANÇOISE DUNAND
Isis, mère des dieux

917. MARIE DE FRANCE
Lais

918. IMRE KERTÉSZ
Roman policier

919. YOKO OGAWA
Tristes revanches

920. NEIL BARTLETT
Ainsi soient-ils

921. EMILI ROSALES
La Ville invisible

922. ERWIN WAGENHOFER
Le Marché de la faim

923. ALEXIS DE TOCQUEVILLE
Sur l'esclavage

924. ALEXANDRE POUCHKINE
Eugène Onéguine

925. AKI SHIMAZAKI
Wasurenagusa

926. MURIEL CERF
L'Antivoyage

927. PERCIVAL EVERETT
Blessés

928. GÖRAN TUNSTRÖM
Le Livre d'or des gens de Sunne

929. ANNE-MARIE GARAT
Une faim de loup

930. INTERNATIONALE DE L'IMAGINAIRE N° 23
L'Internationale de l'imaginaire de Jean Duvignaud

931. FAIRFIELD OSBORN
La Planète au pillage

932. PHILIPPE DOUMENC
Contre-enquête sur la mort d'Emma Bovary

933. GUSTAVE FLAUBERT
Madame Bovary
(à paraître)

934. DENIS LACHAUD
Le vrai est au coffre

935. PAUL AUSTER
La Vie intérieure de Martin Frost

936. KUNZANG CHODEN
Le Cercle du karma

937. ALBERTO MANGUEL
La Bibliothèque, la nuit

938. MICHEL VINAVER
L'Ordinaire

939. OLIVIER PY
Théâtre complet II

940. DANIEL KEHLMANN
Les Arpenteurs du monde

941. ALAA EL ASWANY
Chicago

942. NAGUIB MAHFOUZ
Miroirs

943. STEFANO BENNI
Achille au pied léger

944. CLAUDIE GALLAY
L'Office des vivants

945. *
La Trilogie de Pathelin

946. YOKO OGAWA
Amours en marge

947. ANDRÉ BRINK
L'Amour et l'Oubli

948. MADISON SMARTT BELL
Dix Indiens

949. MAHMOUD DARWICH
Anthologie poétique

950. MADELEINE BOURDOUXHE
Les Jours de la femme Louise

951. KATARINA MAZETTI
Le Mec de la tombe d'à côté

952. ANTON SHAMMAS
Arabesques

953. JØRGEN-FRANTZ JACOBSEN
Barbara

954. HANAN EL-CHEIKH
Poste restante Beyrouth

955. YU HUA
Un amour classique

956. WACINY LAREDJ
Le Livre de l'Emir

957. INTERNATIONALE DE L'IMAGINAIRE N° 24
L'Immatériel à la lumière de l'Extrême-Orient

958. ETGAR KERET
Un homme sans tête

959. CLAUDE PUJADE-RENAUD
Le Désert de la grâce

960. ANNA ENQUIST
Le Retour

961. LIEVE JORIS
L'Heure des rebelles

962. JOHN STEINBECK
Dans la mer de Cortez

963. CARLA GUELFENBEIN
Ma femme de ta vie

964. FRANS G. BENGTSSON
Orm le Rouge t. II

965. ALEXANDRE POUCHKINE
La Dame de pique
(à paraître)

966. MURIEL CERF
La Petite Culotte

967. METIN ARDITI
La Fille des Louganis

968. MINH TRAN HUY
La Princesse et le Pêcheur

969. LYONEL TROUILLOT
L'amour avant que j'oublie

970. CÉCILE LADJALI
Les Souffleurs

971. AKI SHIMAZAKI
Hotaru

COÉDITION ACTES SUD – LEMÉAC

Ouvrage réalisé
par l'atelier graphique Actes Sud.
Reproduit et achevé d'imprimer
en août 2009
par Normandie Roto Impression s.a.s.
61250 Lonrai
sur papier fabriqué à partir de bois provenant
de forêts gérées durablement (www.fsc.org)
pour le compte des éditions
Actes Sud
Le Méjan
Place Nina-Berberova
13200 Arles.

Dépôt légal
1re édition : septembre 2009
N° impr. 092287
(Imprimé en France)